我的沉默
震耳欲聋

张守涛 著

中国友谊出版公司

图书在版编目（CIP）数据

我的沉默震耳欲聋 / 张守涛著 . —— 北京：中国友
谊出版公司 , 2023.12

ISBN 978-7-5057-5773-8

Ⅰ . ①我… Ⅱ . ①张… Ⅲ . ①长篇小说 – 中国 – 当代
Ⅳ . ① I247.5

中国国家版本馆 CIP 数据核字 (2023) 第 222477 号

书名	我的沉默震耳欲聋
作者	张守涛
出版	中国友谊出版公司
发行	中国友谊出版公司
经销	北京时代华语国际传媒股份有限公司　010-83670231
印刷	唐山富达印务有限公司
规格	710 毫米 ×1000 毫米　16 开
	16 印张　204 千字
版次	2023 年 12 月第 1 版
印次	2023 年 12 月第 1 次印刷
书号	ISBN　978-7-5057-5773-8
定价	65.00 元
地址	北京市朝阳区西坝河南里 17 号楼
邮编	100028
电话	（010）64678009

张守涛是我的小老乡、小文友，年轻有为，也很有才华、思想和情怀，有着山东人的纯朴和旧式文人的风骨，尤其是他初心不改，矢志不移，想成为一个真正的知识分子。因此，这些年，他在做好大学老师本职工作之余，办公众号、做短视频、写书，他出版的几本书反响都不错，而本书可谓他的代表作，希望也是他的成名作。他这么踏实、勤奋、有才情、有追求，也该成名了。

众所周知，电视剧《觉醒年代》一经面世便备受好评。张守涛的这本书以鲁迅为中心，真实地书写了那个时代先行者的风采、特点，以及所处的历史背景、现实意义，还讲述了他们后来的人生命运。在一定程度上，此书可谓《觉醒年代》的"续篇"，也可谓我的作品《南渡北归》的"前传"。

"觉醒年代"是中国历史上继春秋战国"百家争鸣"之后的又一启蒙时期，群星璀璨，照亮了那个时代昏暗的天空，至今也照耀着我们。我们不应忘记那些先行觉醒者，也需要挖掘、展示、弘扬其宝贵的精神、文化、思想资源。从这个意义上讲，张守涛这本书具有重要的文化价值、现实意义。

更特别的是，这本书语言非常鲜活生动、风趣幽默，接地气、有灵气，贴近时代、贴近年轻人，非常适合年轻读者阅读。从这样的语言也可以看出，作者是一个有情有义、有血有肉的性情中人。

另外，作者非常崇敬鲁迅并深入研究过鲁迅，发表过很多有关鲁迅的文章甚至是专业论文，长期在校开设"鲁迅经典作品鉴赏"课程。这保证了本书有趣又有料，既通俗易懂又专业靠谱。

因此，我为这部作品点赞，也乐意推荐给各位读者，相信大家读完之后，就知道我所言非虚。

是为序。

癸未元月

编者的话

在编校本书过程中，为了充分尊重鲁迅先生的作品，给读者展现出原汁原味的鲁迅作品，故在不影响阅读理解的情况下，全书涉及鲁迅的作品，除非极明显排印错误，采取一字不改的原则。因年代问题，鲁迅作品中难免会有不符合现代汉语语法、用字用词的情况，请读者阅读时酌情理解。

读者在沟通与写作时，请使用规范的现代汉语用法。

编者

2023 年 2 月 2 日

自 序

2021年，电视剧《觉醒年代》火了，引发广泛关注，广受好评。的确，这部电视剧有料、有思想、有情怀，真实、生动、有意义，最重要的是揭示了那些先醒者、先行者为唤醒国人而付出的艰辛、牺牲。我们今天的确不应该忘记他们，如《觉醒年代》编剧龙平平所言："《觉醒年代》中有许多英雄志存高远、才华横溢，为了追求真理不惜慷慨赴死，他们理应成为今天青年的偶像。"

那个"觉醒年代"群星璀璨，充满了理想主义，无数有理想的人为理想奋斗不止。就像《觉醒年代》里所演，每个人，虽然人生信仰、道路不同，但都富有高尚理想，都旨在救国救民，都值得我们尊敬、学习。

其中一颗璀璨的星当属鲁迅，他一生志在唤醒国民。那么今天我们还需要鲁迅吗？当然还需要。首先，鲁迅的作品作为文学经典本身依旧值得我们阅读。鲁迅是伟大的思想家和革命家不假，但他首先是伟大的文学家，他的革命思想主要寄托在文字上。鲁迅的作品有着独特、永恒的艺术魅力和文学价值，如小说《阿Q正传》、小说集《故事新编》、散文集《朝花夕拾》、散文诗集《野草》等都称得上经典，值得我们一读再读。

鲁迅的作品不仅是文学经典，还是历史的"经典"。他的许多文章是对历史的真实刻画，鞭辟入里，入木三分，读懂鲁迅便基本上可以读懂中国历史和当时的社会现实。鲁迅是真正的"人间清醒"，永远是我们的"民族魂"，是我们民族的思想源泉、精神导师、人格榜样。只有读懂鲁迅，我们才能读懂中国，才能明白社会存在哪些问题，需要怎样发展。

对于我们个人而言，依旧需要读鲁迅、读懂鲁迅。鲁迅既是"横眉冷对千夫指，俯首甘为孺子牛"的战士，也是有着浪漫情怀的文人，还是个有着普通爱好、有缺点的凡人。我们今天既要纪念、学习鲁迅的战士精神，也需要像鲁迅一样热爱生命、热爱生活、热爱文艺，做一个敢爱敢恨、有血有肉的真实的人。

更深层面上来讲，读鲁迅还关乎我们的灵魂、内心，如学者羽戈所言："鲁迅内心的幽暗和仇恨，无疑与深渊更为匹配。当他化作一道黑色的深渊，横在我们面前，对他的探测，关乎我们生命的深度与存在的勇气。"读懂了鲁迅，我们便不会在晦暗时感到孤单、绝望。"年少读不懂鲁迅，如今再读泪流满面"，鲁迅是一本常读常新的书，是一面映射我们灵魂的镜子，可以与不同阶段、情景的我们对话，读懂鲁迅也便能读懂自己。

"鲁迅思想的魅力在于其强大的现实性"，所以，我们今天还需要读鲁迅。令人欣喜的是，鲁迅在今天依旧受到很多人喜欢，尤其是再次成了年轻人的"大先生"。如鲁迅几乎成为 B 站顶流，许多网友喜欢给网络金句套上"鲁迅先生说过"。现在很多人开始认真读鲁迅，恍然发现"原来鲁迅是这样的人"，鲁迅先生真正说过的话比网络金句有意思多了，鲁迅骂起人来，也让人拍手叫绝。如陈丹青所言："鲁迅是百年来中国第一好玩的人。"他是"战士""大 V""梗王""毒舌"，也是"吃货"、段子手、设计师、超级奶爸、科普达人……如鲁迅在《"题未定"草（六至九）》中所言："譬如勇士，也战斗，也休息，也饮食，自然也性交。"真实的鲁迅很酷、很牛、很鲜活，也很可敬、可爱，他爱过、恨过、战斗过，也彷徨过、绝望过、孤独过，更淋漓尽致地活过。

除了鲁迅，"觉醒年代"的很多知识分子同样值得我们了解、致敬。本书便以鲁迅为中心，以鲁迅与"觉醒年代"知识分子的交往为主线，还原他们的本色人生和当时的真实历史。本书致力于呈现真实的"觉醒年代"，补充《觉醒年代》主人公后来的命运。让鲁迅回归鲁迅，也让那个群星璀璨的"觉醒年代"重现。如鲁迅所言："死者倘不埋在活人的心中，那就真真死掉了。"① 我们应该让"觉醒年代"那些仁人志士永远"埋在活人的心中"。

2023 年是鲁迅小说集《呐喊》出版一百周年，本书也献给《呐喊》一百周年，致敬鲁迅和先生们的呐喊！

① 出自鲁迅自编杂文集《华盖集续编》中《空谈》。

目录

1

鲁迅与林语堂："相得复疏离" / 183

鲁迅与钱玄同："时光可惜，默不与谈" / 199

鲁迅与刘半农："渐渐忘却" / 208

鲁迅与陈独秀："主将"与"主帅"

但是《新青年》的编辑者，却一回一回的来催，催几回，我就做一篇，这里我必得记念陈独秀先生，他是催促我做小说最着力的一个。①

我却以为真实的鲁迅并不是神，也不是狗，而是个人，有文学天才的人。

黑夜常常寂寞、漫长，让人绝望。但"绝望之为虚妄，正与希望相同"②，与其绝望，不如希望。而"希望本是无所谓有，无所谓无的。这正如地上的路；其实地上本没有路，走的人多了，也便成了路"。③

武昌首义，辛亥革命，民国成立，袁氏篡权，二次革命，宋公被刺，洪宪帝制，护国运动，张勋复辟，讨逆运动，军阀混战……短短几年，神州巨变，天翻地覆，可"狐狸方去穴，桃偶已登场"，波澜壮阔的水面下渣滓依旧泛起，似乎黑夜也依旧。

① 出自鲁迅自编杂文集《南腔北调集》中《我怎么做起小说来》。
② 出自鲁迅散文诗集《野草》中《希望》。
③ 出自鲁迅短篇小说集《呐喊》中《故乡》。

这时的鲁迅还叫周树人，时任教育部社会教育司佥事兼第一科科长。这个官职并不小，鲁迅是当时社会教育司第二号人物，但这一时期却是他一生的至暗时刻。已过而立之年的鲁迅仍一无所有，事业未兴，爱情无踪，家庭残缺。昔日因看不过国人麻木愚昧而在东京弃医从文的鲁迅，原希望以笔为枪唤醒并救治国民的灵魂，如今却迫于生计做了一个"区区佥事"。他也曾希望在体制内有一番作为，"利用职权，各行其是"。兢兢业业，主持设计国徽，制定字母方案，讨论小说审核标准，筹备博览会，参与京师图书馆、通俗图书馆、历史博物馆等的建设……

作为上班族的鲁迅有时也很忙很辛苦，比如 1913 年 10 月 29 日，鲁迅受命编造当年社会教育司的年度预算，同日还要拟写改组京师图书馆的建议，他在办公室里写写算算又改改，忙了一天，不禁"头脑岑岑然"，领导没给加班费也没给加个鸡腿。有时候工作也很无聊，如鲁迅在 1912 年 5 月 10 日日记中写道："晨九时至下午四时半至教育部视事，枯坐终日，极无聊赖。"

但鲁迅在体制内并非如鱼得水，"覆巢之下，焉有完卵"，险恶的环境下又能成就什么呢？鲁迅的顶头上司夏曾佑原是鼓吹"诗界革命"和"小说革命"的风云人物，而今深知一切不可为，整日喝酒敷衍，一副无所谓的态度。其他同事要么赌博，要么讨姨太太，要么赏玩书画。大家都在"莫谈国事"。鲁迅原本对革命、共和充满期待，最后却说："我觉得革命以前，我是做奴隶，革命以后不多久，就受了奴隶的骗，变成他们的奴隶。"微风吹起几个涟漪又能怎样，不久就一切复原，渣滓重新泛起。

共和了，人人"咸与维新"了，可旧思想、旧传统仍不断袭来。1915 年，为帮助袁世凯复辟制造社会舆论，教育总长汤化龙明确指示小说要"寓忠孝节义之意"，并召见小说股主任鲁迅传达指示。然而，鲁迅坚定自己的立场雷打不动，于是，不久之后鲁迅小说股主任的职位就被免去了。范源濂继任教育总长后甚至提出"祭孔读经"，鲁迅坚决反对，联名同事写信驳斥。结果，其他同事被排挤到外地，鲁迅因为身在重要岗位而幸免于外放。社会是如此黑暗，反抗是如此无力，鲁迅能做什么呢？

读佛经，抄古碑，玩古董，沉闷之余，鲁迅便坐在会馆院子里的槐树下摇蒲扇。天空看不见几颗星星，唯有冰冷的槐蚕不时地掉下来，寂寞则像大毒蛇一样缠住他的灵魂。"人生最苦痛的是梦醒了无路可以走。"[①] 夜正长，路在何方，这样绝望的黑夜到底什么时候才是尽头，心中深藏的梦想究竟能否实现？鲁迅在"装睡"、在沉默，在沉默中呜咽："沉默呵，沉默呵！不在沉默中爆发，就在沉默中灭亡。"[②]

人生如果不如意，请君学学周树人。一时的失意、迷惘、绝望在所难免也并不可怕，可怕的是忘记初心，忘掉梦想。在黑夜里，在人生的至暗时刻，如果不能发光发亮，那至少可以"不降其志，不辱其身"，爱惜羽毛，积蓄羽毛，养精蓄锐，守时待机。黎明总有一天会到来，羽毛丰厚者总有一天会展翅高飞。对于鲁迅而言，不久，这一天就到来了。

"希望"和"助威"

1916 年 8 月，鲁迅的同窗好友钱玄同来访。当初二人一同在东京听章太炎课时，钱玄同的话最多，而且爱在席上爬来爬去，故被鲁迅戏称为"爬翁"。这位"爬翁"今非昔比，现是北京大学（简称北大）和北京高等师

---

① 出自鲁迅杂文集《坟》中《娜拉走后怎样》。
② 出自鲁迅自编杂文集《华盖集续编》中《记念刘和珍君》。

范学校的教授，兼《新青年》杂志编辑。

看到鲁迅桌面上的古碑抄本，钱玄同很不屑地问：

"你钞了这些有什么用？"

"没有什么用。"

"那么，你钞他是什么意思呢？"

"没有什么意思。"

"我想，你可以做点文章……"

鲁迅明白钱玄同的意思，他之前也关注过《新青年》杂志，但如周作人所言"可是他并不怎么看得它起"。因为《新青年》刚开始虽然倡言"文学革命"，登的却是古文，鲁迅认为这有些荒谬。而且，虽然《新青年》诸位同人卖力呼喊，但应者寥寥，甚至连激烈的反对者都没有。这种寂寞是最可怕的，鲁迅想起了自己当年在东京留学筹办《新生》杂志时类似的情景，虽不免有些同病相怜，但依旧感到绝望。鲁迅又问：

"假如一间铁屋子，是绝无窗户而万难破毁的，里面有许多熟睡的人们，不久都要闷死了，然而是从昏睡入死灭，并不感到就死的悲哀。现在你大嚷起来，惊起了较为清醒的几个人，使这不幸的少数者来受无可挽救的临终的苦楚，你倒以为对得起他们么？"

钱玄同坚定地回答：

"然而几个人既然起来，你不能说决没有毁坏这铁屋的希望。"

鲁迅在《呐喊》的自序中如此解释自己为何答应钱玄同作文章。

是的，我虽然自有我的确信，然而说到希望，却是不能抹杀的，因为希望是在于将来，决不能以我之必无的证明，来折服了他之所谓可有，于是我终于答应他也做文章了，这便是最初的一篇《狂人日记》。从此以后，便一发而不可收，每写些小说模样的文章，以敷衍朋友们的嘱托，积久就有了十余篇。

1932年，鲁迅在为《自选集》作自序时，对于这段往事又补充回忆道：

为什么提笔的呢？想起来，大半倒是为了对于热情者们的同感。这些战士，我想，虽在寂寞中，想头是不错的，也来喊几声助助威罢。首先，就是为此。自然，在这中间，也不免夹杂些将旧社会的病根暴露出来，催人留心，设法加以疗治的希望。

"希望""助威"其实都是"借口"，归根结底，重新提笔还是因为鲁迅心中的梦想在燃烧。"我也想，顺着春风暖江，在人海里漂游，可是这海烂得太臭，我只能逆行着，缓缓抬头，在那血雨腥风中做个旗手。"[①]也曾失落，也曾绝望，但鲁迅始终不忘自己的初心是打破铁屋，唤醒国民。

历经千帆归来，鲁迅依旧不忘初心。鲁迅就此加盟《新青年》，加入新文化运动阵营，"从今往后就叫鲁迅"，开启了自己的"光荣与梦想"。"鲁"是鲁迅母亲的姓，"迅"字表示自己的中国梦并未中断，还是要迅捷地反抗，要"立人"救国。《新青年》因鲁迅的加盟而实力大增，"觉醒年代"也因鲁迅的闪亮登场而熠熠生辉。

"主将"与"主帅"

钱玄同邀请鲁迅加盟《新青年》是受《新青年》主编陈独秀委托，陈独秀和鲁迅一样留学过日本，对鲁迅的才华、思想早有耳闻。

1907年，陈独秀在日本东京早稻田大学学习，鲁迅此时也在东京自学。虽然当时两人没有直接见过面，但通过彼此的朋友圈互相了解过。如鲁迅

---

① 本句出自哔哩哔哩自制视频《〈孤勇者〉鲁迅版填词 献给先生的歌》，填词作者＠中年大猫。

留学日本时，因为剪了辫子被学监姚煜威胁要停了他的官费，正当鲁迅志忐之际，夜里几个人闯入学监姚煜的居室强行剪掉了他的辫子。这几个人里面就有陈独秀，据章士钊记载，"由张继抱腰，邹容捧头，陈独秀挥剪"。十多年后，鲁迅还把这段历史写进了小说《头发的故事》：

> 我出去留学，便剪掉了辫子，这并没有别的奥妙，只为他太不便当罢了。不料有几位辫子盘在头顶上的同学们便很厌恶我；监督也大怒，说要停了我的官费，送回中国去。不几天，这位监督却自己被人剪去辫子逃走了。

陈独秀主张共和，重视文化思想，认为"要巩固共和，非先将国民脑子里所有反对共和的旧思想，一一洗刷干净不可"。因此，1915 年 9 月，陈独秀在上海创办《青年杂志》，拉开了新文化运动的大幕，如启明星般开始照亮阴霾密布的夜空，中国近代"最为壮丽的精神日出"出现了。创刊词《敬告青年》中指出 "人权说""生物进化论""社会主义"是近代文明的特征，要实现社会改革，关键在于新青年的自身觉悟和观念更新，而新青年的标准在于："自主的而非奴隶的，进步的而非保守的，进取的而非退隐的，世界的而非锁国的，实利的而非虚支的，科学的而非想象的。"他还指出这六条标准的基本精神是"科学"与"民主"，就此举起了"科学"与"民主"这两面大旗，将"德先生"和"赛先生"作为新文化的核心价值，揭开了中国"觉醒年代"的大幕。如鲁迅后来所言："有一分热，发一分光，就令萤火一般，也可以在黑暗里发一点光，不必等候炬火。此后如竟没有炬火：我便是唯一的光。"①

次年《青年杂志》改名为《新青年》，以"改造青年之思想，为本志之天职"，并号召青年做"新青年"。陈独秀认为"新青年"应该生理上

---

① 出自鲁迅杂文集《热风》中《四十一》。

身体强壮，心理上"斩尽涤绝做官发财思想"，"内图个性之发展，外图贡献于其群"，以自力创造幸福，而"不以个人幸福损害国家社会"。《新青年》虽然渐渐有了影响，也有了李大钊、高一涵、胡适、钱玄同等理论"先锋"，但还是缺乏冲锋陷阵的"大将"，于是陈独秀就想到了鲁迅，从而委托钱玄同向鲁迅约稿。

钱玄同将鲁迅的《狂人日记》交给陈独秀后，陈独秀关上门一口气读完，禁不住拍案叫绝，"实在五体投地的佩服"。然后，陈独秀拉着来找他一起吃饭的钱玄同的手说："玄同，豫才的《狂人日记》写得好哇，'礼教吃人'揭露得深刻。你有功劳，走，我请你到学士居吃饭。"

《狂人日记》发表后一鸣惊人，是中国现代第一篇富有影响力的白话小说，它像一把利刃划破时代的黑幕，用陈独秀的话说是开创了新文化运动新纪元。鲁迅此后一发不可收，又在《新青年》发表了《我之节烈观》《我们现在怎样做父亲》等杂文和《梦》《爱之神》《桃花》等新诗，在《新青年》"随感录"专栏也发了一些"随感"。五四运动之前，鲁迅在《新青年》上共发表文章三十一篇，"其中论文一篇、诗六篇、小说三篇、随感二十一篇。这些文字都是内容十分饱满，文笔十分精炼，革命性十分强烈，每一篇都在青年思想上发生影响的"。

1917年，陈独秀应北大校长蔡元培之邀担任北大文科学长，《新青年》编辑部搬到北京，由北大教授陈独秀、钱玄同、高一涵、李大钊、胡适、沈尹默等六人轮流担任《新青年》主编，陈独秀总负责。鲁迅受陈独秀邀请参与了《新青年》的编辑工作，参加了一些《新青年》编辑会议，如鲁迅在《〈守常全集〉题记》中写道："我最初看见守常先生的时候，是在独秀先生邀去商量怎样进行《新青年》的集会上。"鲁迅曾建议《新青年》开设"蒲鞭"即文明批评栏目，对《新青年》的发行也很关心，在给好友许寿裳的信中说："《新青年》以不能广行，书肆拟中止；独秀辈与之交涉，已允续刊，定于本月十五出版云。"而鲁迅弟弟周作人此时也应蔡元培之邀来北大任国史编纂员，因此和陈独秀相识而很快加盟《新青年》，在此之前，他已经读过哥哥鲁迅寄给他的十大本《新青年》杂志。

五四运动爆发时，鲁迅没有亲身参与，但当天他仔细询问了参加示威游行的学生孙伏园，"鲁迅先生详细问我天安门大会场的情形，还详细问我游行时大街上的情形，他对于青年们的一举一动是无时无刻不关怀着的"。虽然鲁迅没有亲自参加五四运动，但鲁迅的文章对当时的青年学生很有影响，如孙伏园所言："在五四运动前后，用唐俟和鲁迅两个笔名所发表的几十篇文字，在青年思想界所起的影响是深远而广大的。"北大学生、《新潮》主编傅斯年也写道：

鲁迅先生所作《狂人日记》的狂人，对于人世的见解，真个透彻极了，但是世人总不能不说他是狂人。哼哼！狂人！狂人！耶稣、苏格拉底在古代，托尔斯泰、尼采在近代，世人何尝不称他做狂人呢？但是过了些时，何以无数的非狂人跟着狂人走呢？文化的进步，都由于有若干狂人，不问能不能，不管大家愿不愿，一个人去辟不经人迹的路。

其后，鲁迅又在《新青年》发表了《孔乙己》《药》《风波》等白话小说，使得白话文创作得以真正立足，并深刻揭露了旧文化、旧思想之荼毒。"我翻开历史一查，这历史没有年代，歪歪斜斜的每叶上都写着'仁义道德'几个字。我横竖睡不着，仔细看了半夜，才从字缝里看出字来，满本都写着两个字是'吃人'"；而落魄的孔乙己则是活脱脱的旧文人象征，迂腐穷酸又自尊敏感，艰辛地匍匐在科举道路上，最终因不会"营生"而惨死；旧思想更恶毒的是麻木国人，让愚昧的国民将革命义士的"人血馒头"当"药"吃……

到1921年8月1日，鲁迅在《新青年》共发表小说、诗歌、杂文、译文、通信等50余篇。《新青年》成为鲁迅冲锋陷阵的第一个思想阵地，鲁迅在新文化战线上不断战斗，逐渐从"奉命"敲敲边鼓的"小卒"成长为新文化运动的"主将"。

如《〈呐喊〉自序》所言，刚开始鲁迅只是在为"在寂寞里奔驰的猛士"呐喊助威，且"须听将令的"，这"在寂寞里奔驰的猛士"和"将令"自然是指《新青年》的主编陈独秀。陈独秀也是鲁迅的"助产婆"，对鲁迅频频催稿，如他在 1920 年 3 月 11 日致周作人的信中说："我们很盼望豫才先生为《新青年》创作小说，请先生告诉他。"鲁迅自己也在 1933 年 3 月 5 日所作的《我怎么做起小说来》中回忆道："但是《新青年》的编辑者，却一回一回的来催，催几回，我就做一篇，这里我必得记念陈独秀先生，他是催促我做小说最着力的一个。"

陈独秀对鲁迅的小说给予了高度评价，如他在给周作人的信里说："鲁迅兄做的小说，我实在五体投地的佩服"，并建议结集出版，"豫才兄做的小说实在有集拢来重印的价值"。此时鲁迅和陈独秀交往比较密切，1920 年 8 月至 9 月，鲁迅日记里有十多次和陈独秀的书信往来记录，《我之节烈观》《阿 Q 正传》等文章里也曾有陈独秀的名字闪现。

随着鲁迅在《新青年》发表的文章越来越多，影响越来越大，鲁迅已渐渐成了《新青年》冲锋陷阵的"主将"，而陈独秀更像在幕后运筹帷幄的"主帅"。"主将"和"主帅"，应当是《新青年》时期鲁迅和陈独秀关系的准确概括。陈独秀是《新青年》发号施令的"主帅"，但真正将《新青年》发扬光大冲上一线的"主将"首推则是鲁迅。鲁迅以笔为枪，以梦为马，切实践行着《新青年》对旧文化、旧道德的批判，对新文化新思想的弘扬，尤其以自己的作品证明了白话文不逊于文言文，显示了"文学革命"的实绩，初步实现了陈独秀在《文学革命论》中提出的"推倒雕琢的、阿谀的贵族文学，建设平易的、抒情的国民文学；推倒陈腐的、铺张的古典文学，建设新鲜的、立诚的写实文学；推倒迂晦的、艰涩的山林文学，建设明了的、通俗的社会文学"。

"假如将韬略比作一间仓库罢，独秀先生的是外面竖一面大旗，大书道：'内皆武器，来者小心！'但那门却开着的，里面有几枝枪，几把刀，一目了然，用不着提防。"鲁迅在《忆刘半农君》中对陈独秀的这番评价，表达了他对光明磊落的陈独秀的佩服、赞扬。总体上，这一阶段，鲁迅听从陈独秀号令冲锋陷阵，对陈独秀是感激、敬佩的。甚至学者石钟扬在《永远的新青年》一书中说《狂人日记》中的"狂人"或正是陈独秀，陈独秀喊出了那个时代的最狂音，也具有狂飙式的精神领袖气质。

1918年底，陈独秀、李大钊又创办《每周评论》，主要发表政论性文章，陈独秀在其《发刊词》中明确指出："我们发行《每周评论》的宗旨，就是'主张公理，反对强权'八个大字。"1919年4月，陈独秀发表《二十世纪俄罗斯的革命》一文，认为十八世纪法兰西的政治革命，二十世纪俄罗斯的社会革命都是"人类社会变动和进化的大关键"。五四运动时期，身为"五四新文化运动的总司令"的陈独秀实际领导了五四运动。

1920年，《新青年》编辑部搬到了上海。同年，陈独秀主编出版了《新青年》"劳动节纪念号"，刊发了孙中山、李大钊、陈独秀、蔡元培等为劳动节撰写的亲笔题词以及各地各界工人组织开展纪念活动的情况报道，发表了李大钊写的《"五一"May Day运动史》及陈独秀写的《上海厚生纱厂湖南女工问题》等文章。1920年末，陈独秀应陈炯明邀请到广州出任教育委员长，临行前将《新青年》委托给陈望道负责，并写信将此事告知在北京的胡适、高一涵等《新青年》同人。

主张"少谈些主义，多研究些问题"的胡适本来就对《新青年》逐渐"色彩过于鲜明"不满，更不愿意将《新青年》交给素不相识的陈望道主编。于是，他写信给李大钊、钱玄同、鲁迅等人征求他们对《新青年》的意见，到底要不要继续办，如果还办的话该怎么办，要不要"凉拌"。胡适盼望《新青年》"稍改变内容，以后仍趋重哲学文学为是"，李大钊主张"听（任）《新青年》流为一种有特别色彩之杂志，而另创一个哲学文学的杂志"，钱玄同主张分裂为两个杂志，陶孟和主张停办，周作人赞成"在北京编辑"，而鲁迅则表示"索性任他分裂……不必争《新青年》这一名目"。

这次争论标志着"新青年"阵营的分裂，也标志着新文化运动的基本告结，其根本原因在于陈独秀、李大钊、胡适、钱玄同等人在思想上的分道扬镳，陈、李倾向革命，而胡适坚持改良，钱玄同则转向"国故"。于是，道不同不相为谋，曾经并肩作战的《新青年》小伙伴们从此风流云散，如后来鲁迅所言："后来《新青年》的团体散掉了，有的高升，有的退隐，有的前进。"[①] 胡适则于 1923 年 10 月 9 日在给高一涵、陶孟和等人的信中惋惜说："《新青年》的使命在于文学革命与思想革命。这个使命不幸中断了。"

陈独秀将《新青年》交给陈望道负责，鲁迅也将《故乡》等文章投给《新青年》，但不久《新青年》编辑部在上海被查封。于是陈独秀顺理成章地将《新青年》搬到了广州，并给鲁迅、周作人兄弟写信要稿，说"北京同人料无人肯做文章了，唯有求助于你两位"。

《新青年》一枝独秀不久，《新潮》《小说月报》《晨报副刊》等宣扬新文学、新思想的报刊纷纷创建，可谓"百花齐放"，鲁迅也因此有了更多选择，于是他没有再向《新青年》投稿而是将《阿Q正传》等文章发在了《晨报副刊》上。鲁迅和陈独秀的直接联系也便中断了，两人从此有了不同的人生选择，陈独秀开始成为革命家、政治家，而鲁迅还是以笔为枪的思想家、文学家。

---

① 出自鲁迅《南腔北调集》中的《〈自选集〉自序》。

"他是催促我做小说最着力的一个"

　　有一种感情叫不在一起但彼此牵挂，鲁迅与陈独秀中断联系后对彼此还是保持关注。在《扣丝杂感》中，鲁迅指出"而白话则始于《新青年》，而《新青年》乃独秀所办"。在《〈伪自由书〉后记》，鲁迅对陈独秀为中国新文学所作的贡献给予充分肯定，他认为："中国文坛，本无新旧之分，但到了五四运动那年，陈独秀在《新青年》上一声号炮，别树一帜，提倡文学革命，胡适之钱玄同刘半农等，在后摇旗呐喊。"

　　鲁迅于 1927 年 1 月到广州中山大学任教，这是受陈独秀之子、时任中共广东区委书记陈延年的策划和邀请。鲁迅到中山大学后，与学生党员徐文雅、毕磊等来往密切。有一天，鲁迅问徐文雅："你们的负责人是不是陈独秀的大儿子陈延年？""延年我是知道的，我见过他，也认识他，他很有出息。他是我的老仁侄。"鲁迅称陈延年为"老仁侄"，可见他心中还将陈独秀视为兄弟。陈延年也以"父执"相待鲁迅，在离开广州前特意提醒中山大学的共产党员要继续做好鲁迅的工作，并十分肯定地说："越到环境不好的时候，他就越能站到我们这边来，鲁迅先生就是这样的人。"

　　1933 年 3 月，鲁迅在《我怎么做起小说来》一文中特意提起陈独秀来，高度赞扬陈独秀对自己的帮助：

　　但我的来做小说，也并非自以为有做小说的才能，只因为那时是住在北京的会馆里的，要做论文罢，没有参考书，要翻译罢，没有底本，就只好做一点小说模样的东西塞责，这就是《狂人日记》。大约所仰仗的全在先前看过的百来篇外国作品和一点医学上的知识，此外的准备，一点也没有。但是《新青年》的编辑者，却一回一回的来催，催几回，我就做一篇，这里我必得记念陈独秀先生，他是催促我做小说最着力的一个。

与陈独秀同在狱中的濮清泉后来在长文《我所知道的陈独秀》中回忆了陈独秀对鲁迅的评价："谈到鲁迅，陈独秀说，首先必须承认，他在中国现代作家中，是首屈一指的人物。他的中短篇小说，无论在内容、形式、结构、表达各方面，都超上乘，比其他作家要深刻得多，因而也沉重得多。不过，就我浅薄的看法，比起世界第一流作家和中国古典作家来，似觉还有一段距离。《新青年》上，他是一名战将，但不是主将，我们欢迎他写稿，也欢迎他的二弟周建人写稿，历史事实，就是如此。现在有人说他是《新青年》的主将，其余的人，似乎是喽啰，渺不足道。言论自由，我极端赞成，不过对一个人的过誉或过毁，都不是忠于历史的态度。"

鲁迅当时曾以何家干的笔名在《申报·自由谈》上发表文章《言论自由的界限》，濮清泉以为鲁迅在这文章中骂陈独秀是《红楼梦》中的焦大，便又问陈独秀："是不是因为鲁迅骂你是焦大，因此你就贬低他呢？"陈独秀则说："我决不是这样小气的人，他若骂得对，那是应该的，若骂得不对，只好任他去骂，我一生挨人骂者多矣，我从没有计较过。我决不会反骂他是妙玉，鲁迅自己也说，谩骂决不是战斗，我很钦佩他这句话，毁誉一个人，不是当代就能作出定论的，要看天下后世评论如何，还要看大众的看法如何。总之，我对鲁迅是相当钦佩的，我认他为畏友，他的文字之锋利、深刻，我是自愧不及的。人们说他的短文似匕首，我说他的文章胜大刀。他晚年放弃文学，从事政论，不能说不是一个损失，我是期待他有伟大作品问世的，我希望我这个期待不会落空。"其实，鲁迅这篇文章骂的主要是新月社而非陈独秀，虽然陈独秀误解了鲁迅这篇文章，但通过这番谈话也可以看出陈独秀对鲁迅的钦佩和厚望。

全面抗日战争爆发后，陈独秀很快获释出狱。他在1937年11月21日出版的《宇宙风》杂志上发表了文章《我对于鲁迅之认识》，是应《宇宙风》编者陶亢德为纪念鲁迅逝世一周年的约稿：

世之毁誉过当者，莫如对于鲁迅先生。

鲁迅先生和他的弟弟启明先生，都是《新青年》作者之一人，虽然不是最主要的作者，发表的文字也很不少，尤其是启明先生；然而他们两位，都有他们自己独立的思想，不是因为附和《新青年》作者中那①一个人而参加的，所以他们的作品在《新青年》中特别有价值，这是我个人的私见。

鲁迅先生的短篇幽默文章，在中国有空前的天才，思想也是前进的。在民国十六七年，他还没有接近政党以前，党中一班无知妄人（注：指创造社和太阳社当时对鲁迅的批判），把他骂得一文不值，那时我曾为他大抱不平。后来他接近了政党，同是那一班无知妄人，忽然把他抬到三十三层天以上，仿佛鲁迅先生从前是个狗，后来是个神。我却以为真实的鲁迅并不是神，也不是狗，而是个人，有文学天才的人。

最后，有几个诚实的人，告诉我一点关于鲁迅先生大约可信的消息：鲁迅对于他所接近的政党之联合战线政策，并不根本反对，他所反对的乃是对于土豪、劣绅、政客、奸商都一概联合，以此怀恨而终。在现时全国军人血战中，竟有了上海的商人接济敌人以食粮和秘密推销大批日货来认购救国公债的怪现象，由此看来，鲁迅先生的意见，未必全无理由吧！在这一点，这位老文学家终于还保持着一点独立思想的精神，不肯轻于随声附和，是值得我们钦佩的。

陈独秀这篇文章再次高度评价了鲁迅对《新青年》的贡献及鲁迅的才华和思想，尤其是第一次在历史上指出了"真实的鲁迅并不是神，也不是狗，而是个人"，意义非同寻常。的确，所有的人都"并不是神，也不是狗，而是个人"，鲁迅如此，陈独秀何尝不是？"没有从天而降的英雄，只有挺身而出的凡人"，只不过是有的凡人做出了不平凡的事业而已。

---

① 通"哪"。

鲁迅其实也是凡人，鲁迅一方面和大多数凡人一样有着平常的兴趣、习惯，如鲁迅有一大爱好，喜欢收集裸体绘画，他收集过很多日本和欧美的裸体绘画，卧室墙上公然挂过一幅西洋女裸体版画。再比如，鲁迅和大多数凡人一样爱财、爱名也爱惜生命，懂得生活和休闲，对待爱情既渴望又瞻前顾后，对待孩子则有无限柔情。

鲁迅可谓"超级奶爸"，著名诗人柳亚子就曾经说过："近代对于儿童教育最伟大的人物，我第一个推崇鲁迅先生。"老来得子的鲁迅对周海婴非常疼爱，极尽所能地满足他的愿望，给他买最新的玩具，带他看最新的电影，看马戏表演，放下手头工作陪海婴玩，甚至还会带海婴玩骑大马的游戏，有时还叫他"小乖姑"，用胡须刺他的双颊……周海婴后来回忆道："凡是有益于儿童身心健康的电影，父亲总是陪我去观看，像《泰山之子》《米老鼠》《仲夏夜之梦》都是我那时钟爱的影片。"逛玩具店代替了鲁迅以往的逛书店活动，鲁迅给周海婴买过万花筒、木匠工具、儿童三轮脚踏车等新潮玩具。夏天天热，周海婴起了痱子，鲁迅就亲自给他涂痱子药水，许广平在一边摇扇子，周海婴后来称："这是我感到最快活的时刻。"周海婴小时候有哮喘病，经常咳嗽，学医的鲁迅尝试了各种治疗方法，听到海婴的咳嗽声总是第一个跑过去照料孩子，有时一陪就是一夜。

当时有人笑话对敌人冷酷的鲁迅对孩子却这般宠爱，鲁迅特意写了一首诗回击："无情未必真豪杰，怜子如何不丈夫？知否兴风狂啸者，回眸时看小於菟。"[①]每当有朋友来访，鲁迅经常将周海婴抱出来秀一秀，也经常在致朋友的信里提及周海婴。要是鲁迅活在今天，他肯定是朋友圈里的"晒娃狂人"。为了哄海婴睡觉，鲁迅还特地编了一首歌谣："小红，小象，是小红象。小象，

---

① 出自鲁迅《答客诮》。

小红，是小象红。小红，小象，是小红象。小象，小红，是小红红……"

周海婴每天晚上睡觉前都会和鲁迅道别："爸爸，明朝会！"明朝会，就是明早见的意思，鲁迅则回道："明朝会。"哪怕是在他临终前，饱受病重折磨也要用尽力气来回应："明朝会。"

疼爱孩子之外，鲁迅对周海婴也非常尊重、理解，如他在《我们现在怎样做父亲》中所言："开宗第一，便是理解……孩子的世界，与成人截然不同；倘不先行理解，一味蛮做，便大碍于孩子的发达。所以一切设施，都应该以孩子为本位。"有一次，鲁迅请客，在家里吃鱼丸，周海婴嚷嚷道鱼丸不新鲜，其他人都以为是小孩子胡说，鲁迅却尝了尝周海婴盘子里的鱼丸，果然不新鲜，于是他说："孩子说不新鲜，一定有他的道理，不加以查看就抹杀是不对的。"有朋友送了周海婴两套丛书"儿童文库"和"少年文库"，许广平先给周海婴看比较浅显易懂的"儿童文库"，不久周海婴就看腻了，非得要看"少年文库"，许广平让他长大些再看，而鲁迅则让许广平拿出"少年文库"随周海婴翻看。

这些小故事充分说明鲁迅对周海婴这个小朋友的理解、尊重，如周海婴后来回忆说："父母对我的启蒙教育是顺其自然，从不强迫，不硬逼。"理解之外，鲁迅在《我们现在怎样做父亲》中写道："第二，便是指导……长者须是指导者协商者，却不该是命令者。"即父母不应该命令孩子而是指导孩子。鲁迅经常给周海婴讲故事，通过讲故事来培养周海婴的想象力，如讲狗熊如何生活，讲萝卜如何长大。对于周海婴的各种奇怪甚至幼稚的问题，鲁迅也总是予以耐心回答，有一次周海婴想吃爸爸手里的沙琪玛，问："爸爸，可以吃吗？"鲁迅却偷换了概念，回道："按理说是可以的，但爸爸只有一个，吃了就没了，所以还是不要吃得好。"为了打破孩子对身体、性别的禁忌观念，鲁迅还曾特意与许广平在家里裸体走动。周海婴顽皮时，鲁迅偶尔也会揍他，但不是真打只是吓唬而已，鲁迅给自己母亲的信中说：

"打起来，声音虽然响，却不痛的。"

当然，最重要的是"解放"孩子，如鲁迅在《我们现在怎样做父亲》中所写："全部为他们自己所有，成一个独立的人。"鲁迅虽然自己是大文豪，但从来没有要求孩子一定要从文，反而在遗言中嘱咐"孩子长大，倘无才能，可寻点小事情过活，万不可去做空头文学家或美术家"，即只要孩子自食其力就好，不要华而不实。后来，周海婴没有从事文学，而是成了无线电专家和摄影家。

"这样，便是父母对于子女，应该健全的产生，尽力的教育，完全的解放。"鲁迅如他在文章《我们现在怎样做父亲》中所说，做到了这三点。鲁迅不仅是伟大的思想家、文学家、革命家，也是一位伟大的父亲，很值得我们今天点赞、学习。

此外，吸烟、喝酒、饮茶是鲁迅的"三大瘾"。郁达夫在《回忆鲁迅》中说："鲁迅的烟瘾，一向是很大的；在北京的时候，他吸的，总是哈德门牌的拾枝装包。当他在人前吸烟的时候，他总探手进他那件灰布棉袍的袋里去摸一枝来吸；他似乎不喜欢将烟包先拿出来，然后再从烟包里抽出一枝，而再将烟包塞回袋里去。"鲁迅还喜欢喝酒，经常喝得酩酊烂醉，且在喝酒过程中烟不离手，话不离口。喝茶也是鲁迅的终身爱好，他经常去茶楼喝茶，在文章中也经常提及茶事。

除了"三大瘾"，鲁迅还喜欢吃，是个"吃货"，每到一个地方必定吃遍当地美食，在北京去过的知名餐馆就有 65 家。他刚补完牙回家路上就忘了牙疼还去稻香村买饼干。尤其是，他像很多女生一样喜欢吃水果，有次上街买日本产的青森苹果，不料遇到日本朋友被"强赠一筐"，鲁迅也未拒绝，携之而归[①]。他更喜欢吃糕饼糖果等甜食，为此甚至馋嘴。有朋友

---

① 见鲁迅《日记（14）》中《日记十八（1929）十月》记载。

从河南来，送给鲁迅一包方糖，鲁迅打开一尝，"又凉又细腻，确是好东西"①，便迫不及待吃起来。半夜里馋得睡不着，鲁迅忍不住，爬起来又吃掉大半。还有一回，有人送了柿饼给鲁迅，他藏起来自己偷偷享用。只有女士来做客时，他才"大方"地拿出来，因为女士胃口小吃得少。

另一方面，鲁迅也和大多数凡人一样有着自己的缺点。鲁迅并非完人，他性格多疑、敏感、偏激，对中医、古书、京剧等传统文化的看法就不太肯定，和林语堂、刘半农等一些老友也常常因为误会导致友谊的小船说翻就翻。在鲁迅参与的一百多场论战中，其实也有一些是由于私怨所致。比如，他和陈源骂个不休，甚至鲁迅的《华盖集》有一半的内容、《华盖集续编》有三分之一的内容都"无偿奉献"给了陈源，有一个重要原因是陈源指控鲁迅的《中国小说史略》抄袭了日本人盐谷温的《支那文学概论讲话》。当然，如鲁迅所言："有缺点的战士终竟是战士，完美的苍蝇也终竟不过是苍蝇。"②

鲁迅也曾误解陈独秀，如 1932 年 11 月 27 日鲁迅在北平师范大学演讲时，有人问："先生对陈独秀怎么看？"鲁迅回答说："陈独秀早离开了革命阵线……"实际上，陈独秀一直没有离开革命阵线，一直在探索着革命出路，直到 1942 年 5 月病逝于四川江津。陈独秀可谓"终身反对派"，但如学者唐宝林在《陈独秀全传》中所言："同时他也有一生追求不渝的信念：从忧国忧民到救国救民，高举'科学'与'民主'两面大旗。而且，他是从提高国民性（即人权自觉）和国家决策科学化这两个根本问题上来救国救民的。"

而这也正是"觉醒年代"那些仁人志士共同的追求和坚持，他们是黑

---

① 出自《华盖集续编》中《马上日记》。
② 出自《华盖集》中《战士和苍蝇》。

夜中的星星、眼睛、点灯人，如阿伦特在《黑暗时代的人们》中所言："即使在最黑暗的时代中，我们也有权去期待一种启明……这光亮源于某些男人和女人，源于他们生命和作品，它们在几乎所有情况下都点燃着，并把光散射到他们在尘世所拥有的生命所及的全部范围……像我们这样长期习惯了黑暗的眼睛，几乎无法告知人们，那些光到底是蜡烛的光芒还是炽烈的阳光。"

在那个风雨如晦、万马齐暗的黑暗年代，陈独秀、鲁迅等孤勇者、先行者为救国救民鞠躬尽瘁，死而后已，无论结果如何都值得我们尊敬。"以最孤高的梦，致那黑夜中的呜咽与怒吼，谁说站在光里的才算英雄。"①

如鲁迅1925年所说："文艺是国民精神所发的火光，同时也是引导国民精神的前途的灯火。"②鲁迅和陈独秀等"新青年"曾经并肩前行共同点亮"引导国民精神的前途的灯火"，燃烧自己照亮国人，开启了光辉灿烂的觉醒年代。虽然后来他们不再同行，但正如孙郁在《鲁迅与陈独秀》中所言："他们彼此远远地望着，各自都知道对方的劳作，对于中国，都是切迫的。在直面生活的时候，两人不自觉地站在了同一个地方。"鲁迅和陈独秀等"新青年"还是不谋而合地站在"同一个地方"，望向同一个远方，因为"无穷的远方，无数的人们，都和我有关"③，而那远方即是中国光明的未来。

---

① 出自《英雄联盟》中文主题曲《孤勇者》歌词，演唱：陈奕迅，作词：唐恬。
② 出自鲁迅杂文集《坟》中《论睁了眼看》。
③ 出自鲁迅杂文集《且介亭杂文末编》中《"这也是生活"》。

鲁迅与李大钊：站在同一战线上的伙伴

在《新青年》时代，我虽以他为站在同一战线上的伙伴，却并未留心他的文章，……他的遗文却将永住，因为这是先驱者的遗产，革命史上的丰碑。[①]

鲁迅先生是我们《新青年》中最谦虚、最热忱的成员。他非常爱护青年，又最顾全大局。我们见面虽不多，但他和我却很能"默契"。他善于"忘我"，在这错综复杂的社会中，真是不可多得的好战友。

在"新青年"时期，如果说陈独秀和鲁迅是"主帅"和"主将"的关系，那鲁迅和李大钊则是亲密"战友"，鲁迅称之为"站在同一战线上的伙伴"，李大钊也称之为"真是不可多得的好战友"。

---

① 出自鲁迅自编杂文集《南腔北调集》中《〈守常全集〉题记》。

"真是不可多得的好战友"

李大钊，字守常，1889 年出生于河北乐亭大黑坨村。1907 年李大钊考入北洋法政专门学校学习，他在校任《言治》杂志的主编，撰写诗文，鼓吹共和，激励民众，被称为"北洋三杰"① 之一。在当时中国知识分子寻求真理的热潮中，李大钊于 1913 年东渡日本，1914 年进入日本早稻田大学学习，并协助章士钊编辑《甲寅》杂志，发表了不少爱国反袁揭露时弊的文章。留学期间，李大钊"益感再造中国之不可缓"1916 年回国出任《晨钟报》编辑部主任。《晨钟报》，和陈独秀创办的《新青年》杂志，同时吹起了思想启蒙的号角。不久，李大钊参与创办《宪法公言》刊物鼓吹制宪，期冀"再造中国"，又主笔《甲寅》宣传民主。

1918 年 1 月，李大钊受蔡元培邀请担任了北大图书馆主任，由此和北大同事陈独秀等新文化运动领袖会合，从"甲寅派"骨干成为《新青年》的主力，并因此和鲁迅相识。在一次商讨《新青年》编辑工作的会议上，鲁迅应陈独秀邀请参会而和李大钊初次相识。鲁迅后来在《〈守常全集〉题记》中回忆说："我最初看见守常先生的时候，是在独秀先生邀去商量怎样进行《新青年》的集会上，这样就算认识了……给我的印象是很好的：诚实，谦和，不多说话。……他的模样是颇难形容的，有些儒雅，有些朴质，也有些凡俗。所以既像文士，也像官吏，又有些像商人。"可见，鲁迅对李大钊的第一印象非常良好也非常深刻。

后来在《新青年》，鲁迅和李大钊并肩战斗，如鲁迅所言，他们是"站

---

① 此处"北洋三杰"另外两位为白坚武、郁嶷。

在同一战线上的伙伴"。李大钊发表了《自然的伦理观与孔子》《孔子与宪法》等文章"打倒孔家店"，鲁迅则发表了《狂人日记》深刻揭露"孔家店""吃人"本质。《新青年》第六卷第五号是李大钊编辑的"马克思主义研究专号"，发表了他亲自撰写的《我的马克思主义观》，在中国首次比较系统地介绍了马克思主义，也发表了鲁迅的著名小说《药》及"来了"《现在的屠杀者》《人心很古》《"圣武"》等四篇随感录。据说《药》正是鲁迅应李大钊之约所写。

　　1916 年 9 月，李大钊在《新青年》杂志上刊发的《青春》"震撼中国民族魂灵"。文章指出"吾族今后之能否立足于世界，不在白首中国之苟延残喘，而在青春中国之投胎复活"，最后写道："青年循蹈乎此，本其理性，加以努力，进前而勿顾后，背黑暗而向光明，为世界进文明，为人类造幸福，以青春之我，创建青春之家庭，青春之国家，青春之民族，青春之人类，青春之地球，青春之宇宙，资以乐其无涯之生。"这也正是鲁迅、陈独秀及李大钊等"新青年"的真实写照。李大钊的年龄比北大学生大不了几岁，又对学生非常和蔼，非常关心北大国民杂志社、新潮社，因此李大钊逐渐成为学生爱戴的思想导师。

　　十月革命"一声炮响"后，李大钊迅速发表了《法俄革命之比较观》，这是中国第一篇深刻评价十月革命的文章。这年 11 月，李大钊又在《新青年》第五卷第五号上发表了《庶民的胜利》《布尔什维主义的胜利》两篇著名文章，欢呼十月革命的伟大胜利，宣传马克思主义，预言道："试看将来的环球，必是赤旗的世界！"鲁迅也在《新青年》上发表了杂文《我之节烈观》，在文章中指出："时候已是二十世纪了；人类眼前，早已闪出曙光。"

　　这时鲁迅的不少文章由李大钊编发在《新青年》杂志上，也和李大钊有不少通信来往。鲁迅对李大钊的印象更好了，后来写道："《新青年》的同人中，虽然也很有喜欢明争暗斗，扶植自己势力的人，但他（李大钊）

一直到后来，绝对的不是。"①李大钊也曾心有灵犀地对人说：

> 鲁迅先生是我们《新青年》中最谦虚、最热忱的成员。他非常爱护青年，又最顾全大局。我们见面虽不多，但他和我却很能"默契"。他善于"忘我"，在这错综复杂的社会中，真是不可多得的好战友。

"守常先生还好吗？"

鲁迅、李大钊不仅在《新青年》并肩战斗，还共同参与了对北洋军阀等的斗争，"革命友谊"进一步升华。

1926年3月18日，发生著名的"三一八惨案"。当天，鲁迅奋笔写下《无花的蔷薇之二》称这一天为"民国以来最黑暗的一天"，后来又写了《记念刘和珍君》等文章纪念在"三一八惨案"中牺牲的刘和珍、杨德群等人。"我只觉得所住的并非人间。四十多个青年的血，洋溢在我的周围，使我艰于呼吸视听，那里还能有什么言语？"鲁迅没有想到"一是当局者竟会这样地凶残，一是流言家竟至如此之下劣，一是中国的女性临难竟能如是之从容"，但他相信"苟活者在淡红的血色中，会依稀看见微茫的希望；真的猛士，将更奋然而前行"。鲁迅还在《〈守常全集〉题记》中生动地描述了李大钊在"三一八惨案"中示威的经历：

> 一九二六年三月十八日，段祺瑞们枪击徒手请愿的学生的那一次，他也在群众中，给一个兵抓住了，问他是何等样人。答说是"做买卖的"。兵道：

---

① 出自鲁迅自编杂文集《南腔北调集》中《〈守常全集〉题记》。

"那么，到这里来干什么？滚你的罢！"一推，他总算逃得了性命。倘说教员，那时是可以死掉的。

此外，鲁迅还在《华盖集·忽然想到（八）》中写道："至于'钊'，则化而为'钉'还不过一个小笑话；听说竟有人因此受害。曹锟做总统的时代（那时这样写法就要犯罪），要办李大钊先生，国务会议席上一个阁员说：'只要看他的名字，就知道不是一个安分的人。什么名字不好取，他偏要叫李大剑？！'于是乎办定了，因为这位'大剑'先生已经用名字自己证实，是'大刀王五'一流人。"鲁迅是在嘲讽曹锟政府对李大钊的通缉，因为把"李大钊"误认为了"李大剑"就此通缉。

不久，李大钊和胡适展开"问题与主义"之争，李大钊提出中国问题必须从根本上寻求解决的革命主张，"必须有一个根本的解决，才有把一个一个具体的问题都解决了的希望"，在中国高举起马克思主义的火炬，李大钊成为中国接受马克思主义第一人。李大钊还与陈独秀开始"南陈北李，相约建党"，组建、领导了北京的共产党早期组织。北京大学哲学系学生罗章龙曾写诗道："北大红楼两巨人，纷传北李与南陈。孤松独秀如椽笔，日月双悬照古今。"

1924年夏，中共北京区委在李大钊指导下创办了机关刊物《政治生活》，鲁迅是这一刊物的忠实读者，北京鲁迅博物馆里现保存有鲁迅珍藏的《政治生活》第62、78和79期。1925年春，进步青年刘弄潮受李大钊委派到鲁迅家中看望鲁迅，转达了党对鲁迅的期望，希望鲁迅团结青年共同战斗，鲁迅听后也表示了对李大钊亲切的问候。1927年，鲁迅南下广州后，有一天在广州遇到北京来的一位青年，便焦急地询问："守常先生还好吗？"

一句"守常先生还好吗？"让人动容。

对鲁迅及其作品，李大钊也极为关注。比如他高度评价了鲁迅发表的小说《长明灯》，认为这篇小说是鲁迅要"灭神灯"和"要放火"的表示，认为鲁迅"已经挺身站出来了"。当他收到鲁迅赠送的《呐喊》一书时，称赞这是"中国最好的一本小说"，并告诉孩子们要好好阅读好好学习。

"这是先驱者的遗产"

1927年4月6日，奉系军阀控制下的京师警察厅组成300多人的队伍闯入北京东交民巷的苏联使馆内的旧兵营，逮捕了李大钊等33人和苏联使馆工作人员16人。鲁迅对李大钊被捕非常关心、担忧，在1927年4月10日的《庆祝沪宁克复的那一边》里写道："忽而又想到香港《循环日报》上所载李守常在北京被捕的消息，他的圆圆的脸和中国式的下垂的黑胡子便浮在眼前，不知道他现在怎么样。"李大钊在严刑拷打下宁死不屈，于1927年4月28日被绞刑处死，牺牲前"神色未变，从容就义"。鲁迅听闻李大钊噩耗时悲痛万分，李大钊"椭圆的脸，细细的眼睛和胡子，蓝布袍，黑马褂，就时时出现在我的眼前，其间还隐约看见绞首台"①。

1933年4月23日，北京群众为李大钊举行了隆重葬礼，鲁迅对此极为赞同并捐款50元。李大钊葬礼举行时，李大钊夫人赵纫兰向周作人等提出出版李大钊文集，李大钊文集由李大钊侄子李乐光整理完成。周作人和李大钊关系很深，曾在李大钊牺牲后帮助李大钊长子李葆华逃往日本，又帮助李大钊之女李星华和李炎华回到北京复学。所以，对于赵纫兰提出的

---

① 出自鲁迅自编杂文集《南腔北调集》中《〈守常全集〉题记》。

想法，周作人更是义不容辞，他找到群众图书公司老板曹聚仁请他帮忙出版，曹聚仁和鲁迅关系密切，便请鲁迅为李大钊文集作序。鲁迅欣然答应，便于1933年5月29日写了《〈守常全集〉题记》一文，高度评价了李大钊：

不过热血之外，守常先生还有遗文在。不幸对于遗文，我却很难讲什么话。因为所执的业，彼此不同，在《新青年》时代，我虽以他为站在同一战线上的伙伴，却并未留心他的文章，譬如骑兵不必注意于造桥，炮兵无须分神于驭马，那时自以为尚非错误。所以现在所能说的，也不过：一，是他的理论，在现在看起来，当然未必精当的；二，是虽然如此，他的遗文却将永住，因为这是先驱者的遗产，革命史上的丰碑。

鲁迅也非常关心《守常全集》的出版，他想到书稿送审会遭到删节等麻烦，便"以为不如不审定，也许连出版所也不如胡诌一个，卖一通就算"[①]。可惜《守常全集》一直未能出版，幸好鲁迅写的《〈守常全集〉题记》突破封锁，发表在曹聚仁主编的《涛声》杂志上。后来，鲁迅在编《南腔北调集》时将这篇文章选入并特别写了附记。在附记中，鲁迅说他因为对李大钊"谊不容辞"而写了这篇题记，李大钊文集虽然没有出版，"但我仍然要在自己的集子里存留，记此一件公案"。

"铁肩担道义，妙手著文章"，李大钊曾写有这副对联，而这也正是他和鲁迅等"新青年"的共同志向。也正因为有这共同志向，鲁迅和李大钊等"新青年"才成为"站在同一战线上的伙伴"，在漆黑的漫漫长夜中一起熠熠生辉，也照亮着今天的我们。

如鲁迅所言："我们从古以来，就有埋头苦干的人，有拼命硬干的人，有为民请命的人，有舍身求法的人，……虽是等于为帝王将相作家谱的所

---

① 出自《书信（12）》中《330603致曹聚仁》。

谓'正史'，也往往掩不住他们的光耀，这就是中国的脊梁。"为民请命的鲁迅和舍身求法的李大钊无疑就是真正的"中国的脊梁"。

鲁迅与蔡元培：气味不相投

 　　其实，我和此公，气味不投者也。①

　　我们要使鲁迅精神永远不死，必须担负起继续发扬他
精神的责任来。

　　如果说陈独秀是鲁迅事业上的引路人，那比鲁迅大 13 岁的蔡元培则是
鲁迅生活上的恩人。当初，蔡元培邀请鲁迅在教育部、北大任职，后来又
聘请鲁迅担任特约撰述员，为鲁迅解决了很大的后顾之忧，如郭沫若所言：
"影响鲁迅生活颇深的人应该首推蔡元培吧？这位有名的自由主义者（指
蔡元培），对于中国文化教育界贡献相当大，而他对鲁迅始终是刮目相看的。
鲁迅进教育部乃至进北京教育界都是由于蔡元培的援引。一直到鲁迅的病
殁，蔡元培是尽了没世不渝的友谊。"蔡元培虽然对鲁迅有恩，鲁迅也感
激蔡元培，但两人终究"气味不投"。

---

　　① 出自鲁迅书信集《书信（11）》中《270612 致章廷谦》。

"聘请周树人先生为本校教师"

蔡元培 1868 年出生于浙江绍兴，1892 年高中进士入翰林院。他虽然是传统文人出身但逐渐接受先进思想，倾向革命。1904 年创建光复会，后任同盟会上海分会负责人，曾亲手制造炸弹搞暗杀团。以翰林身份，造炸弹、搞暗杀、干革命，除了蔡元培，世间再无第二人，蔡元培的履历够牛够酷。辛亥革命成功后，蔡元培成为中华民国首任教育总长，一手开创了中国现代教育事业。1916 年 12 月蔡元培出任北京大学校长，又奠定了北大的传统和精神，也开启了自己最璀璨的人生篇章。

在蔡元培抵达北京时，当天报纸上这样写道："大风雪中来此学界泰斗，如晦雾之时，忽睹一颗明星也。"在北大就职演说中，蔡元培开门见山地说道："大学者，研究高深学问者也……所以诸君须抱定宗旨，为求学而来。入法科者，非为做官；入商科者，非为致富。宗旨既定，自趋正轨。"这便指明了北大的办学宗旨是"研究高深学问"，学生来校目的应是"求学"而非像以前一样"做官""致富"，办学原则则是"循思想自由原则、取兼容并包之义"。

根据这一办学宗旨和原则，蔡元培对北大进行了大刀阔斧的改革。师资队伍建设方面，蔡元培唯才是举、"无问西东"，聘请了陈独秀、李大钊、胡适等"新青年"和黄侃、辜鸿铭、章士钊等"顽固派"及没有学历的梁漱溟、写《性史》的张竞生等"怪才"来校任教，成就了"觉醒年代"的众星璀璨。陈独秀对此称赞道："这样容纳异己的雅量，尊重学术自由思想的卓见，在习于专制、好同恶异的东方人中实所罕有。"

在蔡元培领导下，北大率先实行"教授治校"，北大最高权力者并非校长蔡元培而是教授组成的评议会，重大事情都由评议会决定。财务、审计、图书、仪器、学生生活指导等各种专业委员会也主要由教授组成，让教师真正成了学校的主人。

　　蔡元培还在北大重视美育，亲讲美学，首开男女同校先河，成立各种研究所，支持学生成立各种社团……他尤其主张教育独立，努力保护学生，五四运动时期对学生爱国行为"睁一眼闭一眼"。学生火烧赵家楼后，北洋政府抓了32个学生，其中有20个学生来自北大，蔡元培大力营救学生，甚至放狠话道："要治罪，治我一个人罪好了！"因为出于对当时政府干涉北大管理的不满，蔡元培担任北大校长的十年间曾七次提出辞职，"绝对不能再做不自由的大学校长。"①

　　毫无疑问，是"北大永远的校长"蔡元培让北大成为一所真正的大学，对北大及整个中国的发展贡献巨大，如美国哲学家杜威所言："以一个校长身份，而能领导那所大学，对一个民族、一个时代，起到转折作用的，除蔡元培而外，恐怕找不出第二个。"作为北大校长，蔡元培在新文化运动中也发挥了提供阵地、支持"新青年"等重要作用，他在坚定支持、保护新文化运动的同时，也亲自提倡白话文，反对文言文，反对孔教，倡导科学。此外，鲁迅在北大任教，也是受蔡元培邀请。

　　蔡元培和鲁迅是绍兴老乡，两家距离不远，"向有世谊"。蔡元培于1903年创办《俄事警闻》，积极倡导拒俄运动但有祖日倾向，鲁迅便写信向蔡元培指出这一点，蔡元培欣然接受了鲁迅的意见。1909年，鲁迅的第一部译著《域外小说集》在日本出版后不久，蔡元康便寄给堂兄蔡元培一部，蔡元培认为其"译笔古奥"，由此对鲁迅印象更深刻了。

　　1912年蔡元培担任民国首任教育总长后广揽人才，另外一个绍兴老

---

　　①　出自蔡元培《不愿再任北京大学校长的宣言》。

乡许寿裳向蔡元培推荐了鲁迅，蔡元培回道："我久慕其名，正拟驰函延请，现在就请托先生代函敦劝，早日来京。"鲁迅虽然满腹才学又是"海归"，但就业并不顺利，先是在杭州的浙江两级师范学堂任教，不久因参与学潮被"炒鱿鱼"，后又在绍兴府学堂做博物教员但薪水微薄"不足自养"，因此正"欲在它处得一地位，虽远无害"，所以他欣然答应了蔡元培的聘请。

1912 年 2 月，鲁迅先是在南京教育部任职，后又跟随教育部到北京，担任教育部社会教育司第一科科长，主管科学、美术馆、博物院、图书馆、音乐会等。这是鲁迅一生中干的时间最长的正式工作，虽然也不是太如意，但毕竟解决了鲁迅的生计问题。当时鲁迅在教育部的收入不错，刚开始是 220 块元，1925 年 8 月月薪已达 360 块元。因《鲁迅日记》残缺，1922 年忽略不计，在离京前鲁迅所领教育部薪水累计约有 3.3 万元。若以 1 块元折合现在的 50 元人民币来算，鲁迅这期间薪水共计 160 万元人民币左右。而那时，大米的价格折合人民币才 1 元 / 斤。鲁迅在当时可谓中产以上了，1919 年，鲁迅在北京全款买了一套 500 多平方米的四合院，花费 3765 元。1924 年 5 月，鲁迅又在阜成门内西三条胡同花了 800 元买了一处四合院（即现在的北京鲁迅博物馆所在地），这两套房子现在的价值都不可估量了。

鲁迅之所以基本实现财务自由，除了本职工作收入高，还因为他在北大、国立北京女子师范大学（简称女师大）兼职挣外快，以及写文章赚稿费，是个十足的"斜杠青年"。而他之所以在北大兼职，也是受蔡元培邀请，1920 年 8 月 2 日，时任北大校长的蔡元培又"聘请周树人先生为本校教师"，请鲁迅讲授中国小说史和文艺理论。鲁迅在北大不仅赚了外快，还受蔡元培邀请帮北大设计了校徽，鲁迅设计的北大校徽简洁大方，意蕴深厚，北大现在的校徽即是在当初鲁迅设计的校徽基础上发展而来的。鲁迅在北大的讲稿后来出版，名为《中国小说史略》，被胡适誉为"开山之作"的专著，鲁迅还写过一篇北大校庆文章《我观北大》，认为北大是"常为新"及"常与黑暗势力抗战"。

鲁迅和蔡元培交往密切，《鲁迅日记》中记载的当时两人往来有50多处。鲁迅烦闷之余经常抄抄古碑，作为顶头上司的蔡元培不仅不怪鲁迅"摸鱼"，还常常与鲁迅切磋和互赠碑刻拓本，甚至打算一起印刷汉碑图案的拓本，经常商量付印的问题，因印费太高，最终无果。鲁迅此时对蔡元培非常尊敬，在致蔡元培的信中总是署名"晚周树人谨上"，即以蔡元培的晚辈自称。鲁迅对蔡元培的教育主张也非常支持，如蔡元培注重美育提倡"以美育代替宗教"，主管教育部美术工作的鲁迅便组织举办了全国美术讲习会、儿童艺术博览会等，发表了有关美术总纲性质的论文《拟播布美术意见书》，甚至自己多次到"夏期讲习会"讲美术论略。

实际上，鲁迅非常喜欢美术且美学素养非常高，只不过他的绘画才能被写作才能掩盖而不太为人知。鲁迅年幼时，受床头贴着的《八戒招赘》和《老鼠成亲》等年画的启蒙，自小便喜欢上了美术。鲁迅翻阅了远房叔祖收藏的许多带插图的书籍，尤其喜欢保姆阿长给他找到的一本带有很多绘图的《山海经》，逐渐收集了《尔雅音图》《毛诗品物图考》《点石斋丛画》等，在三味书屋读书时常常偷偷地描摹《荡寇志》和《西游记》等民间绣像。到日本留学后，鲁迅接触到大量西方美术知识及相关书籍，通读过当时所能读到的西洋文艺史，并开始收集一些画本尤其是日本浮世绘。学医时，鲁迅画过一些人体器官、结构，也画过很多死尸图，在《藤野先生》中鲁迅自认为当时"图还是我画得不错"。鲁迅在教育部工作之余除了埋头抄古碑外，便是收集金石拓片、碑帖、版画、汉画像等，光收集的汉画像就有600多幅、历代拓本有5100多幅。

《狂人日记》发表后，鲁迅一举成名，从此走上了写作的阳光大道。

他的美术、设计才能虽被写作才能的光辉遮挡但也常有闪现，如鲁迅和同事一起设计了当时的国徽图案，亲自设计了自己新买的房子，还为自己的书设计了60多种别出心裁的封面，为《朝花夕拾》等书画过插图，为《珂勒惠支版画选集》等书设计过广告，这相当于一个人身兼编辑＋美编＋封面设计师＋粉丝数超百万的KOL①。在继续大量收集版画、木刻画包括裸女画在内的西洋画等绘画的同时，鲁迅还出资印刷了精美雅致的《北平笺谱》《十竹斋笺谱》等画集，编译了《编近代美术史潮论》。尤其值得一提的是，鲁迅被誉为"新兴版画之父"，他成立了"木刻讲习会"，印行了许多现代木刻画，发起了新兴版画运动，和司徒乔、陶元庆等画家有很密切的交往，多次将出版的画集无偿赠送给木刻青年，临终前还抱病出席了第二届全国木刻展览会。著名画家陈丹青曾说："鲁迅是一位最懂绘画、最有洞察力、最有说服力的议论家，是一位真正前卫的实践者，同时，是精于选择的赏鉴家。"这或许是对鲁迅和美术关系最准确的评价。

另外，鲁迅还是"时尚达人"，穿衣搭配很潮流可谓花样文艺潮男，他曾自己设计过大衣，还为自己设计了很酷的经典造型：平头加隶书的"一"字胡，还曾经教过萧红穿衣之道："你的裙子配得颜色不对，并不是红上衣不好看，各种颜色都是好看的，红上衣要配红裙子，不然就是黑裙子……"

鲁迅在教育部的工作除了让鲁迅生活无忧之外，对鲁迅的阅历、思想影响也很大，让鲁迅后来得以厚积薄发。如吴海勇在《时为公务员的鲁迅》中所言："没有沉沦官场的自我省察，没有憔悴京华的人生洞悉，更重要的是，如若没有绝望心情下的魏晋感受，没有勃兴于北京的新文化思潮的托举，

---

① KOL：关键意见领袖的简称。营销学概念，通常定义为拥有更多、更准确的产品信息，且为相关群体所接受或信任，并对该群体的购买行为有较大影响力的人。

没有亦官亦教的双栖经历，就不会有《狂人》的一声凄厉，又何来《彷徨》的复杂心态，在心灵的废园里将难见疯长的《野草》，更不要提《中国小说史略》。尤其不堪设想的是，文学热情一旦退潮，透支的沙滩上会留下些什么，就怕是什么也不能生长，什么也不可建造。"

"气味不相投"

1926年4月底，因支持"三一八"学生爱国运动遭到北洋军阀政府通缉，以及因为躲避和许广平在一起产生的流言蜚语，鲁迅离开工作了14年的教育部，南下厦门大学任教。1927年1月，蔡元培途经福州，应顾颉刚邀请来到厦门大学，厦大校方为蔡元培举行了欢迎宴会，鲁迅却没有参加这次欢迎宴会，也没有前去看望蔡元培这位老乡、贵人、前辈。

这让蔡元培和很多人不解，其实原因并不复杂：一方面是因为蔡元培此次来厦门是顾颉刚邀请的，欢迎宴也是顾颉刚作陪，而鲁迅与顾颉刚交恶；另一方面是因为"吾爱吾师更爱真理"，蔡元培虽然是鲁迅的贵人，但此时鲁迅与蔡元培已在思想上有了明显分歧。据吴海勇所著的《时为公务员的鲁迅》一书，1926年蔡元培当了国民党中央监察委员后倡导"潜心研究与冷眼观察"，这让一直倡导战斗精神的鲁迅很不以为然，鲁迅因此在《无花的蔷薇》中点名批评过"孑公"蔡元培，并且在给朋友江绍原的信中写道："其实，我和此公，气味不投者也，民元以后，他所赏识者，袁希涛蒋维乔辈，则十六年之顷，其所赏识者，也就可以类推了。"即鲁迅认为自己和蔡元培"气味不相投"，蔡元培不"赏识"自己了。

鲁迅说自己和蔡元培"气味不相投"是对的，蔡元培本质上是个"自由主义者"。蔡元培一直支持国民党政府，而鲁迅则逐渐"左"倾批判国民党政府。但说蔡元培不赏识鲁迅其实是误解蔡元培了，如郭沫若所言，蔡元培对鲁迅始终是刮目相看的。虽然鲁迅有些"小心眼儿"，但蔡元培依旧"兼容并包"，继续关照鲁迅。1927 年 12 月，时任国民政府大学院院长的蔡元培又主动给鲁迅送了一个"新年大礼包"，聘请鲁迅担任大学院特约撰述员，不用坐班每个月拿 300 元，蔡元培在文章《我在教育界的经验》中对此说："大学院时代，设特约撰述员，聘国内在学术上有贡献而不兼有给职者，听其自由著作，每月酌送补助费。吴稚晖、李石曾、周豫才诸君皆受聘。"天下还真有白掉馅儿饼的好事？鲁迅刚开始都不敢相信，"不知薪水可真拿得到否"，因为这正是他一直心仪的工作："一者免得教书，二者免得陪客，三者免得做官，四者免得讲应酬话，五者免得演说，从此可以专心做报章文字，岂不舒服。"

结果，鲁迅还真的拿到了这钱，且一拿就是四年。这笔丰厚的收入让此时已是自由职业者的鲁迅没了后顾之忧，不用著书为稻粱谋，而是可以"我手写我心"，还有大把的闲钱来买书、看电影、喝咖啡以及资助革命互济会、"左联"等左翼团体。鲁迅拿着国民党的薪水还反对国民党，当国民党回过味来就取消了给鲁迅的这笔补助。1931 年 12 月国民政府以岗位"绝无成绩"为由将其裁撤。蔡元培曾出面补救但没有成功，鲁迅对此在 1932 年 3 月 2 日给许寿裳的信中说："被裁之事，先已得教部通知，蔡先生如是为之设法，实深感激。"

据说，当时有人就鲁迅的这个美差向蒋介石告密，蒋介石对此说："这事很好。你知道教育部中，还有与他交好的老同事、老朋友没有？应该派这样的人，去找他，告诉他，我知道了这事，很高兴。我素来很敬仰他，还想和他会会面。只要他愿意去日本住一些时候，不但可以解除通缉令，职位也当然保留；而且如果有别的想法，也可以办到。"据许广平说，后来教育部果真派人来转述了蒋介石的意思，但是被鲁迅断然拒绝。因此，鲁迅的特约撰述员职务便被辞退了。

　　无论如何，因为这个美差的风波，鲁迅对蔡元培又尊敬、感激起来。美国记者斯诺写鲁迅评传时称鲁迅是"教育总长的朋友"，鲁迅立即纠正说："他是我的前辈，称朋友似不可。"鲁迅还欣然加入了蔡元培、宋庆龄创建的中国民权保障同盟，与蔡元培一起当选执行委员。两人又像《新青年》时期并肩战斗，为营救被关的政治犯和被捕的革命学生而呐喊，如鲁迅曾与蔡元培等 38 位文化名人联名致电南京政府，呼吁"量予释放"被捕的丁玲。蔡元培还曾题写两首七绝旧作赠给鲁迅："养兵千日知何用？大敌当前暗无声。汝辈尚容说威信，十重颜甲对苍生。""几多恩怨争牛李，有数人才走越胡。顾犬补牢犹未晚，只今谁是蔺相如？"

　　1933 年 2 月 17 日，英国作家萧伯纳来华访问，中国民权保障同盟负责人在宋庆龄家中设宴款待，蔡元培特地派人派车将鲁迅接来赴宴作陪。萧伯纳对鲁迅说："都说你是中国的高尔基，我觉得你比高尔基漂亮。"鲁迅听完后说："我老了以后会更漂亮的。"随后，鲁迅还与萧伯纳、宋庆龄、蔡元培等人在花园草地上合影，对此，鲁迅记载："午餐一完，照了三张相。并排一站，我就觉得自己的矮小了。"[①]

　　这反映了鲁迅幽默、有趣的一面。在常人印象中，鲁迅高大威武、金刚怒目、怒发冲冠，而实际上鲁迅矮小瘦弱和蔼慈祥温柔得很。许广平在回忆录中说，在平时，鲁迅说起敌人来也是很少愤怒的。甚至，鲁迅在生活中还非常幽默、随和，喜欢开玩笑。例如章衣萍的太太回忆，有一天她和朋友去找鲁迅玩，瞧见鲁迅在路上，便隔着马路喊他，鲁迅却没听见。

---

　　① 　出自鲁迅杂文集《南腔北调集》中《看萧和"看萧的人们"记》。

等到了鲁迅家里，她对鲁迅说在路上喊了他好几声呢，鲁迅则连声回应"噢噢噢"，章衣萍太太好奇，问鲁迅为何如此回应，鲁迅笑着说："你不是叫了我好几声么，我还给你呀。"说完鲁迅便进屋吃栗子，周建人关照要拣小的吃，鲁迅应声道："是的，人也是小的好。"章衣萍太太明白，鲁迅又是在开她的玩笑，因为她丈夫是小个子。鲁迅还送过一本书给刚结婚的朋友川岛，封面题词道："我亲爱的一撮毛哥哥呀，请你从爱人的怀抱中汇出一只手来，接受这枯燥乏味的《中国文学史略》。"

鲁迅也是个性情中人，有时候还喜欢搞些恶作剧。鲁迅在厦门大学任教时，常常在宿舍楼下的草地上就地"灌溉"花草，还常常一个人在相思树下思念许广平。有一次正在思念，突然一头猪走过来吃相思树的落叶，鲁迅勃然大怒，愤然冲上去与猪搏斗抢回相思叶。到了晚年，鲁迅依旧性情不改。有一天鲁迅从外面回到家，很多客人在餐厅等他，他则从一开门就跳着华尔兹，一路跳到客厅方才坐下。

"鲁迅精神永远不死"

1936 年 10 月 19 日鲁迅去世后，蔡元培与宋庆龄一起组织治丧委员会且担任主席，还前往万国殡仪馆吊唁并送挽联："著作最谨严，非徒中国小说史；遗言太沉痛，莫作空头文学家。"在 10 月 22 日的葬礼上，蔡元培又出席发表演讲，指出"我们要使鲁迅精神永远不死，必须担负起继续发扬他精神的责任来"，"我们要踏着前驱的血迹，建造历史的塔尖"。

为使"鲁迅精神永远不死"，蔡元培又与宋庆龄成立鲁迅纪念委员会，并决定编印出版《鲁迅全集》，以"唤醒国魂，砥砺士气"。1937 年 3 月，《鲁迅全集》由许广平等编定完成，蔡元培又致函国民政府宣传部部长邵力子，并当面与他商谈，请他亲自审查和开绿灯予以出版。蔡元培还受许广平委托为《鲁迅全集》作序，他花了一个多月时间通读完鲁迅的主要著作后才动笔写序，对鲁迅推崇备至：

> 先生阅世既深，有种种不忍见不忍闻的事实，而自己又有一种理想的世界，蕴积既久，非一吐不快……他的感想之丰富，观察之深刻，意境之隽永，字句之正确，他人所苦思力索而不易得当的，他就很自然的写出来，这是何等天才！又是何等学力！……（著作）方面较多，蹊径独辟，为后学开示无数法门，所以鄙人敢以新文学开山目之。

为筹集出版资金和扩大销售，蔡元培题写了《鲁迅全集》书名，并以预约券的形式预收书款。蔡元培又带头购买了100元的预约券，使得20卷本的《鲁迅全集》终于出版。许广平对此感激道："蔡先生对全集出版方面，曾再三赐予援助，计划久远，费去不少精神，……蔡先生文章道德海内传颂，鲁迅先生一生，深蒙提掖，此次更承为全集作序，知所宗尚，鲁迅先生有知，亦必含笑九泉，岂徒私人之感幸。"的确，蔡元培不仅在鲁迅生前不遗余力地关照鲁迅，在鲁迅去世后又为"鲁迅不死"不遗余力，鲁迅当含笑九泉。

实际上，蔡元培不仅对鲁迅一人如此关照，他对老乡鲁迅一家都可谓关怀备至，聘请了周作人担任北大教授，还安排周建人在商务印书馆任职。蔡元培除了对鲁迅一家人非常照顾，对民国时期诸多优秀人才都不遗余力地关怀，得天下英才而育之，可谓当时文化界、教育界、学界这三界最大的"靠山"，如他在担任教育总长、北大校长、大学院院长时期发现并培养了众多人才。尤其是他帮无数人找工作，当时有人说蔡元培的推荐信最"滥"，甚至他还会帮人找门房、工役等工作。蔡元培后来还担任了当时最高学术组织中央研究院院长，囊括了陈寅恪、赵元任、茅以升、梁思成等100多位最优秀的学者，并发起中国民权保障同盟，营救了或试图营救罗隆基、胡也频、丁玲、杨开慧、陈独秀等人，甚至还曾公开营救陈赓、廖承志、罗登贤等共产党人。

1937 年全面抗战爆发后，蔡元培打算绕道香港到昆明主持中央研究院工作，但因为身体虚弱便留在香港养病。这时的蔡元培生活窘迫，但他坚持救济诗人廖平子等人，还写信推荐一位素不相识的青年到内地机关工作。这位青年自称是北大毕业生，蔡元培记不得这个学生，但还是写信推荐给某机关。该机关登记证件时，发现这人不是北大毕业的，于是去信给蔡元培询问，结果蔡元培回信说："不必问其人是不是北大毕业了，但看其人是不是人才，能不能胜任工作……君有用人之权，我尽介绍之责，请自行斟酌。"该机关最后还是留用了此人，此人后来专门写信给蔡元培道歉，蔡元培没有责备他，只是希望他好好工作。

1940 年 3 月 5 日，蔡元培病逝，其遗言道："科学救国，美育救国。"他不但没有留下任何遗产，还欠了医院 1000 多元医药费，甚至连棺材都是由商务印书馆总经理王云五等人代为筹集，令人唏嘘不已。

学者马建强在著作《民国先生》中评价蔡元培道："纵观蔡元培一生，可以说是'从排满到抗日战争，先生之志在民族革命'的一生，是'从五四到人权同盟，先生之行在民主自由'（周恩来挽蔡元培联）的一生，也可以说是'道德救国、学术救国'（中央研究院同人挽蔡元培联）的一生，还可以说是'道德救国、事业功勋并茂'（商务印书馆董事会挽蔡元培联）的一生。"蔡元培的一生光辉灿烂照耀至今，如一位北大学生所写的诗所言：

未名湖畔

蔡元培塑像谦和地独守一片净土

无论岁月的尘埃如何起落

暗淡了多少偶像的色彩

无论时间的流水如何一去不返

动摇了多少权威的根基

既非权威亦非偶像的蔡先生却魅力不减

风采依旧

鲁迅与章士钊：师侄与师叔之战

　　兹有本部佥事周树人，兼任国立女子师范大学教员，于本部下令停办该校以后，结合党徒，附和女生，倡设校务维持会，充任委员，似此违法抗令，殊属不合，应请明令免去本职，以示惩戒。

　　风潮难平，事系学界？何至用非常处分。此等饰词，殊属可笑。且所谓行政处分原以合法为范围。凡违法令之行政处分当然无效。此《官吏服务令》所明白规定者。今章士钊不依法惩戒，殊属身为长官，弁髦法令。

　　1925 年，对于鲁迅而言是关键性的一年。他在这一年打了人生第一场官司，打了人生第一场笔仗，还收获了人生第一份也是唯一一份爱情。而这三者皆与他的顶头上司兼"师叔"章士钊密切相关。

女师大学潮

好好地当科长不好吗，鲁迅为什么要打官司呢？因为教育总长章士钊罢了鲁迅"区区佥事"职务。章士钊为什么要罢鲁迅的官呢？因为鲁迅带头参与了一场学潮。

虽然捧上了教育部的"金饭碗"，每月能拿到很多官俸，但当时公务员的日子也不好过。因国内动荡不安，政府财政吃紧，公务员工资常常不能按时发放，有时只发三分之一的月薪，鲁迅往往入不敷出，靠借贷度日。为此，鲁迅参加了教育部职员自发组织的讨薪团，带着面包和水围堵教育总长，结果只换来了一堆口头支票。心灰意冷的鲁迅不得不干起兼职，接了北京大学和北京女子师范大学的课。

应时任女师大校长的好友许寿裳之邀，鲁迅 1923 年在女师大任国文学系小说史科兼任教员，"每周一小时，月薪拾叁元伍角"。1923 年 10 月，鲁迅正式来校讲课，初任教师，次年改聘为教授，讲授小说史和文艺理论，并经常在课余开设讲座，如著名的《娜拉走后怎样》便是鲁迅在女师大内演讲的。

好景不长，从哥伦比亚大学拿到硕士学位来校任教的杨荫榆鼓吹"唯女权论"，主张女师大应由女子掌校，再加上其他校内人事纠纷，许寿裳于 1924 年初辞职。杨荫榆随之继任校长，成为中国首位女大学校长。杨荫榆性格古板、刚烈，做事一意孤行。著名作家杨绛作为她的侄女曾回忆说，杨绛与钱锺书在苏州完婚时，杨荫榆前往道贺，身穿一套新潮白夏布衣裙，足蹬无锡人认为很不吉利的白色皮鞋，打扮得不伦不类、大煞风景，引得众人"刮目相看"。

接任北京女子师范大学校长后，杨荫榆要求女师大的学生只管读书，不准参加任何政治活动，并把学生的爱国行为一律斥为"学风不正"，横加阻挠，让学生很是不满。杨荫榆曾撰文宣称"窃念好教育为国民之母，本校则是国民之母之母"，因此被学生讥讽为"国民之母之母之婆"。对于老师，她也网罗羽翼排斥异己，安插自己的人到学校领导机构评议会中，引起其他老师不满，先后有十多位教师辞职。鲁迅也曾寄还女师大聘书，但因学生的热切挽留，而继续留在女师大任教。

1924年秋季开学之际，部分学生由于受江浙战争影响未能按时返校，杨荫榆遂以此为由，勒令国文系三名平时对她有不满言论的学生退学。但哲学系预科也有两名学生同样未能按时返校，却未受到相同惩罚。因此，国文系学生提出抗议，女师大学潮由此爆发。该校自治会成员要求杨荫榆收回成命，未被允许反遭辱骂。1925年1月18日，女师大学生召开紧急会议，决定从本日起不再承认杨荫榆为女师大校长，称这一运动为"驱杨"运动。春季开学后，学生自治会一面要求杨荫榆离校，一面请求全校教职员正常上课，并提出组织临时校务委员会。

1925年5月7日，女师大学生在校召开纪念"五七"国耻纪念会，杨荫榆不请自来，并试图以校长身份主持会场，被学生轰走。杨荫榆恼羞成怒，以破坏"国耻纪念"为名，于9日贴出布告开除学生自治会成员刘和珍、许广平等六人。此举如许广平当时给鲁迅信中所言"在干柴之下抛出一根洋火，自然免不了燃烧"，引起学生更大气愤。11日清晨，女师大全体学生在操场召开紧急大会，推举自治会总干事许广平为代表，拿封条封了校长办公室，不准杨荫榆擅自进出学校。当天下午，自治会散发《女师大学生自治会恳请本校教员维持校务函》，并派出学生分头拜见教员，恳请他们主持正义，许广平的同学林卓凤因此拜访了鲁迅。

此时和学潮领袖许广平保持密切通信的鲁迅对女师大学潮自然知晓，但他一直保持沉默。因为他和前任校长许寿裳的好友关系众所周知，和许广平的关系非常微妙，和杨荫榆的后台教育总长章士钊又是上下级和师叔侄关系，实在不便公开发言。

　　章士钊虽然和鲁迅同岁，又同在南京、东京求学，但出道出名甚早，22岁便被聘为上海《苏报》主笔，经常发表激烈的革命言论，并因此结识章太炎、张继、邹容。四人意气相投，结拜为异姓兄弟。其中，章士钊和章太炎两人情谊最深，早年共同革命，晚年一起力保国粹，章士钊始终以兄之礼相待章太炎。此外，章太炎还是章士钊的"红娘"。章太炎当初为劝章士钊加入同盟会，请同盟会英文书记吴弱男做章士钊的思想工作。不料，劝着劝着，吴弱男非但没有说服章士钊反而成了章士钊的女友，章太炎被人调侃"赔了夫人又折兵"。而鲁迅则是章太炎的弟子，因此严格而言，章士钊确是鲁迅的"师叔"。

　　章士钊还是国内第一个大力宣传孙中山革命思想的人。他将日本人宫崎寅藏著作《三十三年落花梦》编译成《大革命家孙逸仙》一书出版，将孙逸仙别名"中山樵"与姓氏连在一起写成"孙中山"。国人由此书而知重孙中山，孙中山后来也默认了这一名字，并评价章士钊为"行严矫矫如云中之鹤，苍苍如山上之松，革命得此人，可谓万山皆响"。《苏报》被清廷查封后，章士钊又与陈独秀、张继等人创办《国民日日报》，并协助同学、同乡黄兴创建华兴会。辛亥革命胜利后，章士钊应孙中山之邀主持同盟会机关报《民立报》，后随孙中山参加"二次革命"、护国运动，曾在广东任护国军政府秘书长。袁世凯死后，章士钊作为国会议员赴京，并任北大教授兼图书馆主任。1924年，因章士钊负有盛名及他主张的毁旧国会、重造宪法等言论正合段祺瑞心意，段祺瑞便邀请章士钊加入了北洋政府。章士钊刚入伙，即建议段祺瑞不用大总统或大元帅的名义统治，而用"临时执政"这个洋气的叫法，被段祺瑞欣然采纳并委以司法总长兼教育总长重任。

　　而章士钊正是杨荫榆的后台。杨荫榆长兄杨荫杭是章士钊的朋友，章士钊对杨荫榆也非常欣赏，特提拔她为女师大校长。女师大学潮爆发后，章士钊也一直力挺杨荫榆，曾以教育部名义发公告斥责女师大学潮。

　　出于章士钊的利害关系，已成为著名意见领袖的鲁迅此前一直对女师大学潮没有公开评论。虽然早在章士钊上台时，鲁迅就在致许广平的信里指出过章士钊的为人：

　　但看他挽孙中山对联中之自夸，与对于完全"道不同"之段祺瑞之密切，为人亦可想而知。所闻的历来的言行，盖是一大言无实，欺善怕恶之流而已。要之，能在这昏浊的政局中，居然出为高官，清流大约无这种手段。

　　直到杨荫榆开除鲁迅的"广平仁兄"，许广平同学林卓凤找到鲁迅门上，鲁迅不好再当"埋头鸵鸟"，当即答复将于次日参加自治会召集的师生联席会议。他还代女师大学生草拟了一份《学生自治会上教育部呈文》，历陈杨荫榆罪行，坚决提出"迅予撤换"要求，说杨荫榆"到校一载，毫无设施，本属尸位素餐，贻害学子……其无耻之行为，为生等久所不齿，亦早不觉尚有杨荫榆其人矣……今乃倒行逆施，罚非其罪，欲乘学潮汹涌之时，施其险毒阴私之计，使世人不及注意，居心下劣，显然可知……是以全体冤愤，公决自失踪之日起，即绝对不容其再入学校之门，以御横暴，而延残喘"。

　　鲁迅之所以同情、支持学生，除了因为他一向站在"鸡蛋"一边反对"高墙"外，还由于他深感教育的黑暗也和自己有关。鲁迅曾深刻反省自己："我和这种现代教育吃人制度，有什么关系""我为什么要做教员""连自己也侮蔑自己起来"。为此曾"痛愤成疾"，甚至"不食不眠之外，长时间在纵酒"。

　　5月27日，鲁迅拟稿以周树人本名与钱玄同、周作人等七人共同签署的《对于北京女子师范大学风潮的宣言》在《京报》发表，为许广平等被开除的六人打抱不平。《宣言》最后写道："同人忝为教员，因知大概，义难默尔，敢布区区，惟关心教育者察焉。"鲁迅和大咖们的支援使学生如虎添翼，许广平当晚兴奋地给鲁迅写信道："'站出来说话的人'已有了，而且七个之多。在力竭声嘶时，可以算是添了军火，加增气力。"鲁迅随后还写了《忽然想到（七）》《"碰壁"之余》《并非闲话》《我的"籍"和"系"》等文章，声援学生运动。

随后爆发的"五卅惨案"引发北京新一轮学潮，也使女师大学潮继续蔓延。杨荫榆忍无可忍绝地反击，于7月29日派人趁学生熟睡之际，张贴解散学生自治会的布告。8月1日，杨荫榆在教育总长章士钊的支持下，率军警100余人攻入女师大，截断电话线，殴打女生，并关闭伙房，强行解散预科甲、乙两部的四个班级，要求所有住校生立即离校。而当天夜里，鲁迅同许寿裳等教员来到学校值班室值夜，力挺女师大学生，粉碎杨荫榆散布的"男女学生混杂"之流言。

随后几天，鲁迅写了《流言和谎话》一文，揭露杨荫榆"武装入校"是有预谋的行动。接着，鲁迅又写了《女校长的男女的梦》，揭穿杨荫榆的反诬："我真不解何以一定是男生来帮女生。因为同类么？那么，请男巡警来帮的，莫非是女巡警？给女校长代笔的，莫非是男校长么？"文章最后则说："我说她是梦话，还是忠厚之辞；否则，杨荫榆便一钱不值；更不必说一群躲在黑幕里的一班无名的蛆虫！"

那些"躲在黑幕里的一班无名的蛆虫"自然也不会善罢甘休。8月4日，教育总长章士钊突然出现在女师大，查看了被砸碎的玻璃和校长办公室门上的封条痕迹，询问了学生，当场未做任何表态。8月6日，章士钊则在国务会议上提请停办女师大。两天后，教育部明令停办女师大，以国立女子大学取而代之。《停办北京女子师范大学呈文》写道：

（闹事女学生）不受检制，竟体忘形，啸聚男生，蔑视长上；家族不知所出，浪士从而推波；伪托文明，肆为驰骋；请愿者尽丧所守，狡黠者毫无忌惮。学纪大紊，礼教全荒，如吾国今日女学之可悲叹者也。以此兴学，直是灭学；以此尊重女子，直是摧辱女子。……日者士钊曾偕部员，亲赴该校视察，见留校女生二十余人，起居饮食，诸感困苦。迹其行为，宜有惩罚；观其情态，亦甚可矜。当由部派员商同各该保证人妥为料理，无须警察干预。外传警察殴伤学生各节，全属讹言……

其实章士钊早年也闹过学潮，在南京江南陆师学堂求学时，他曾领导学校"废学救国"运动，率领三十余名学生离校出走。不知是他有感于自身当年离校弃学之危害，还是身为教育总长害怕"学纪大紊，礼教全荒"，导致他做出了停办女师大的决定，成了自己曾经讨厌的人。章士钊的养女章含之后来在《跨过厚厚的大红门》一书中为父亲此行为解释道："父亲当时想用'读书救国'来办教育，因此企图整顿学风，严格考核。他反对学生参与政治，主张闭门读经书，因此他禁止学生上街游行，从而激怒了爱国进步学生。"

停办女师大的命令颁布后，引发社会强烈反对。代表九十八所学校的学生联合会在报上斥责章士钊"摧残教育，禁止爱国"，北京大学评议会则决定与教育部脱离关系，女师大学生更是群情激愤……鲁迅也于8月13日正式担任女师大校务维持会委员，准备与女师大共进退。可不料第二天，在教育部兢兢业业工作了十四年的鲁迅忽然被章士钊罢了职。

状告章士钊

为什么要罢免鲁迅呢？章士钊在8月12日致段祺瑞呈文中如此陈述：

敬折呈者，窃查官吏服务，首在恪守本分，服从命令。兹有本部佥事周树人，兼任国立女子师范大学教员，于本部下令停办该校以后，结合党徒，附和女生，倡设校务维持会，充任委员，似此违法抗令，殊属不合，应请明令免去本职，以示惩戒（并请补交高等文官惩戒委员会核议，以完法律手续）。是否有当，理合呈请鉴核施行。谨呈临时执政。

次日，临时执政段祺瑞明令照准。又次日，免职令正式发布。

鲁迅身为教育部官员，却和女师大学生串联一起反对教育部当局，是可忍孰不可忍。8月15日，《京报》刊出报道《周树人免职之里面》，就明确指出"自女师大风潮发生，周颇为学生出力，章士钊甚为不满，故用迅雷不及掩耳手段，秘密呈请执政准予免职"。传言，章士钊"先礼后兵"，曾向鲁迅封官许愿，要鲁迅别跟学生瞎闹了，将来给他校长当，遭到鲁迅拒绝，而"被迫"出此"下策"。

对于自己被免，鲁迅非常淡定，在致友人信中直率地说："其实我也不太像官，本该早被免职了。"并对前来探访的尚钺说："这事情已经酝酿很久的了，我不理会他，看他有什么花头。结果，他不得不撕破脸皮来这一着。"

虽然早就料到自己会被罢官，但向来不服软的鲁迅怎会轻易咽下这口气。16日晚，鲁迅征求了当年三味书屋塾师的儿子寿洙邻的意见，认为自己胜券在握而决定上诉。寿洙邻此时是平政院法官，而平政院正是专门处理行政诉讼的机关，负责弹劾和审理违法官吏。8月22日，鲁迅赴平政院交付诉状，状告章士钊免职令违法。8月31日，鲁迅又赴平政院缴纳了诉讼费30元。9月12日，平政院正式决定由该院第一庭审理此案。

鲁迅诉状写道：

树人充教育部佥事，已十有四载，恪恭将事。故任职以来屡获奖叙。讵教育总长章士钊竟无故将树人呈请免职。查文官免职，系属惩戒处分之一。

依《文官惩戒条例》第十八条之规定，须先交付惩戒始能依法执行。乃竟滥用职权，擅自处分，无故将树人免职，显违《文官惩戒条例》第一条及《文官保障法草案》第二条之规定。此种违法处分，实难自甘缄默。

鲁迅避而不谈自己该不该被开除，而是牢牢抓住"补办"两字大做文章，指控教育部"程序违法"。因为根据当时的《文官惩戒条例》《文官保障法草案》等公务员法律法规，要罢免鲁迅所任的"佥事"一职，须由主管上级备文申述事由，经高等文官惩戒委员会核议审查后始得实行。贵为司法总长的章士钊自然明白程序，但他太急于打击鲁迅，原想事后再补办手续，因此实际上构成了程序违法。

平政院将鲁迅的诉状副本送交章士钊后，章士钊以教育部名义进行了答辩。章士钊在答辩书中强调鲁迅违抗教育部关于停办女师大的部令，违反了《官吏服务令》。至于程序问题，答辩书称：

乃其时女师大风潮最剧，形势严重，若不及时采取行政处分，一任周树人以部员公然反抗本部行政，深恐群相效尤，此项风潮愈演愈烈，难以平息，不得已于八月十二日呈请执政将周树人免职……

10月13日，平政院给鲁迅送来章士钊的答辩书副本，要求鲁迅在五日之内答复。在随后的辩书中，鲁迅对于自己违抗教育部命令的指控答复道："在部则为官吏，在校则为教员。两种资格，各有职责、不容牵混。"继而，鲁迅在辩书中继续猛攻章士钊倒填日期违法程序的软肋："查校务维持委员会公举树人为委员，系在八月十三日，而该总长呈请免职，据称在十二日。岂先预知将举树人为委员而先为免职之罪名耶？况他人公举树人何能为树人之罪？"对于章士钊程序违法的狡辩，鲁迅针锋相对道：

查以教长权力整顿一女校，何至形势严重？依法免部员职，何至迫不及待？风潮难平，事系学界？何至用非常处分。此等饰词，殊属可笑。且所谓行政处分原以合法为范围。凡违法令之行政处分当然无效。此《官吏服务令》所明白规定者。今章士钊不依法惩戒，殊属身为长官，弁髦法令。

互辩阶段结束后，等待平政院裁决。1926 年 3 月 23 日，裁决书下达，主文是"教育部之处分取消之"，理由是：

依据前述事实，被告停办国立女师大学，原告兼任该校教员，是否确有反抗部令情事，被告未能证明。纵使属实，涉及《文官惩戒条例》规定范围，自应交付惩戒，由该委员会依法议决处分，方为合法。被告遽行呈请免职，确与现行法令规定程序不符，至被告答辩内称原拟循例交付惩戒，其时形势严重。若不采用行政处分，深恐群相效尤等语。不知原告果有反抗部令嫌疑，先行将原告停职或依法交付惩戒已足示儆，何患群相效尤？又何至迫不及待必须采用非常处分？答辩各节并无理由，据此论断，所有被告呈请免职之处分系属违法，应予取消。兹依《行政诉讼法》第二十三条之规定裁决如主文。

3 月 31 日，国务总理贾德耀签署了给新任教育总长易培基的训令："据平政院院长汪大燮呈，审理前教育部佥事周树人陈诉不服教育部呈请免职之处分，指为违法，提起行政诉讼一案，依法裁决教育部之处分应予取消等语。着交教育部查照执行。"至此，鲁迅完胜，章士钊惨败。

教育部科长鲁迅之所以告赢了教育总长兼司法总长章士钊，主要是因为鲁迅战术得当有理有据。罢免鲁迅确实程序违法，白纸黑字，不容狡辩。章士钊虽贵为教育总长兼司法总长，又有最高领导段祺瑞撑腰，可也不得不低头认输。但鲁迅打赢官司也属险胜，在那个万马齐喑的年代是不可复制的奇迹。当时北洋政府已岌岌可危，章士钊的教育总长、司法总长宝座后期都已易人，章士钊想顽抗到底也没有能耐了。何况章士钊还算绅士，尊重法律，认赌服输。此外，新任教育总长易培基是国民党要人兼女师大校务维持会主席，与鲁迅乃同一战线，自然不会为章士钊"擦屁股"。他刚上任就以此案乃前任总长办理为由取消了对鲁迅的免职处分，派鲁迅暂署"佥事"，在秘书处办事。实际上，在裁决书下达两个月之前，鲁迅就已重新回教育部上班了。

颇有意思的是，输在平政院门下的章士钊一直以来反对设立平政院。深受英国大陆法系影响的他主张司法平等，反对设立平政院，认为官民应一律受制于普通法院。他和平政院的矛盾，可能也是他输掉官司的一个因素，至少平政院不会袒护要撤销自己的章士钊。更何况，当时主审此案的平政院法官又是鲁迅的"小老师"寿洙邻。综合各种地利人和，鲁迅打赢了这场前无古人也很难后有来者的官司，用科长身份告赢了部长。

"复课闹革命"

在状告章士钊的同时，鲁迅在另一战线继续为女师大战斗，并赢得了胜利。

章士钊决令解散女师大后，教育部专门教育司司长刘百昭8月19日在巡警保护下，率部员十余人到女师大强行解散，遭到女生顽强抵抗。22日，刘百昭又组织了部员、茶役、老妈子、巡警在内的近百人来到女师大，强行将女生拖到女师大附设的补习学校关禁闭。同时，章士钊立即在女师大原址设立女子大学，段祺瑞则发布《整顿学风令》恐吓学生。

担任女师大校务维持会委员的鲁迅在家中收留了几名被赶学生，并不顾自己肺病发作，和其他委员一起为女师大开辟新校址，设临时办事处，募捐经费……在维持会的努力下，女师大租了一些民房作为临时校舍，并于9月21日同其他高校一起举行开学典礼。鲁迅在开学典礼上讲道："我相信被压迫的决不致灭亡。只要看今天有这许多的同学、教员、来宾，可知压力是压不倒人的……"

1925 年 11 月 28 日风云突变，北京学生和市民数万人上街大游行，明确要求推翻段祺瑞政府，被称为"首都革命"。冲击段祺瑞府邸后，怒气未消的示威群众又抄了章士钊、刘百昭司长及警察总监的家。悲催得很，这已经是章士钊第二次被革命群众抄家了。刚上任教育总长时，因提出"整顿教育"计划、禁止学生纪念"五七"国耻，章士钊就被示威学生抄了一次家，"一拥而入，遇物即毁……自插架以至案陈，凡书之属无完者"。

受"首都革命"鼓舞，第二天，鲁迅率领女师大学生"复课闹革命"。师生们雄赳赳气昂昂喜洋洋地打着写有"女师大万岁""胜利归来"等字的小旗来校，将章士钊题写的"国立女子大学"校牌涂掉而重新挂上北京女子师范大学的校牌，随即闯进校门。虽有警察阻拦，但这些警察被女生泼了一身墨汁后便"怕黑"再不敢趋前，师生们堂堂正正地占领了学校。

次日，女师大举行复校招待会，鲁迅出席会议并讲话。会后，学生骨干分子合影，请鲁迅题词。鲁迅欣然落笔道：

民国十四年八月一日杨荫榆毁校，继而章士钊非法解散，刘百昭率匪徒袭击，国立北京女子师范大学蒙从未有之难，同人等敌忾同仇，外御其侮。诗云："修我甲兵，与子偕行。"此之谓也。既复校，因摄影，以资纪念，十二月一日。

次年 1 月 13 日，校务维持会主席易培基正式就任校长，鲁迅和许广平分别代表校务维持会和学生自治会致欢迎词。鲁迅在欢迎词中说：

欢迎校长，原是极平常的事，但是，以校务维持会欢迎校长，却是不常有的。回忆本校被非法解散以来，在外有教育维持会，在内有校务维持会，共同维持者，计有半年。其间仍然开学、上课，以至恢复校址。本会一面维持，一面也无时不忘记恢复，并且希望有新校长到校，得以将这重大责任交出。现在，政府居然明令恢复……这才将向来的希望完全达到，同人认为自己的责任已尽，将来的希望也已经有所归属，这是非常之欢喜的。从此本会就告了一个结束，自行解散。但是这解散，和去年本校的解散很不同，乃是本校更进于光明的路的开始……这希望的达到，也几乎是到现在为止中国别处所没有希望达到的创举，所以今天的盛会，实在不是单用平常的欢迎的意思所能表现的。

至此，女师大学潮胜利结束，鲁迅又一次取得完胜，对头章士钊又一次惨败。不过，后来女师大还是被强行吞并了。1926 年 8 月 22 日，复校的女师大学生会召开毁校周年纪念会，鲁迅也参加了。可不到十天，教育部下令将女师大与女子大学合办为女子学院，女师大改为学院的师范部。9月 4 日，教育部派军警强行武装接受，学生反抗无效，女师大就此被并。而此时，鲁迅已顾不上它了，他正踏往厦门的路上。

愿长相亲不相鄙

在两条战线上，有勇有谋的鲁迅都取得胜利。"宜将剩勇追穷寇，不可沽名学霸王"，取胜后，鲁迅没有放过杨荫榆、章士钊等人，而是继续"痛打"。

杨荫榆虽已下台，但被鲁迅定性为"推行帝国主义和封建主义奴化教育的代表人物之一"。在 1925 年 11 月 23 日写成的著名杂文《寡妇主义》中，鲁迅辛辣地讽刺道：

始终用了她多年炼就的眼光，观察一切：见一封信，疑心是情书了；闻一声笑，以为是怀春了；只要男人来访，就是情夫……在寡妇或拟寡妇所办的学校里，正当的青年是不能生活的。青年应当天真烂漫，非如她们的阴沉，她们却以为中邪了；青年应当有朝气，敢作为，非如她们的萎缩，她们却以为不安本分了：都有罪。只有极和她们相宜——说得冠冕一点罢，就是极其"婉顺"的，以她们为师法，使眼光呆滞，面肌固定，在学校所化定的阴森的家庭里屏息而行，这才能敷衍到毕业……

鲁迅的这番定性对于杨荫榆具有毁灭性，从此她戴上了"反动"帽子。杨荫榆被迫从女师大辞职，回到老家。1927 年，杨荫榆重出江湖，赴苏州女子师范学校任教，并在东吴大学兼授外语。但由于她声名狼藉，不受学生待见，《苏州日报》等苏州媒体更是多次重提女师大旧事，指斥杨荫榆为"专制魔君""女性压迫者""教育界蟊贼""反革命分子"等。杨荫榆处境狼狈如履薄冰，被迫再次辞职。公职干不成，杨荫榆只好自主创业，创办女子补习学校招收女生。1937 年日军占领苏州后，杨荫榆的学校收留保护了许多女生，引发日军不满，企图征用杨荫榆的学校。杨荫榆始终不肯，最后被日兵踹入冰冷水中，连中数弹身亡。杨荫榆的侄女杨绛在《回忆我的姑母》一文中对此描述道：

三姑母住在盘门，四邻是小户人家，都深受敌军的蹂躏。据那里的传闻，三姑母不止一次跑去见日本军官，责备他纵容部下奸淫掳掠。军官就勒令他部下的兵退还他们从三姑母四邻抢到的财物。街坊上的妇女怕日本兵挨户找"花姑娘"，都躲到三姑母家里去。一九三八年一月一日，两个日本兵到三姑母家去，不知用什么话哄她出门，走到一座桥顶上，一个兵就向她开一枪，另一个就把她抛入河里。他们发现三姑母还在游泳，就连发几枪，见河水泛红，才扬长而去。邻近为她造房子的一个木工把从水里捞出来的遗体入殓。棺木太薄，不管用，家属领尸的时候，已不能更换棺材，也没有现成的特大棺材可以套在外面，只好赶紧在棺外加钉一层厚厚的木板……我看见母亲的棺材后面跟着三姑母的奇模怪样的棺材，那些木板是仓促间合上的，来不及刨光，也不能上漆。那具棺材，好像象征了三姑母坎坷别扭的一辈子。

人都是复杂的，也是会变的。杨荫榆不屈服于日寇淫威，死得壮烈，晚节无亏，值得我们尊敬和全面认识。

对于自己的上司和"师叔"章士钊，鲁迅原本还比较客气，在1925年8月14日被免职前，鲁迅没有公开批评过章士钊，虽然身为"新青年"的鲁迅对章士钊早已不满。和章太炎、林纾一样，原本积极参加革命的章士钊不适应"五四"巨变，顽固坚持文言，反对新文化运动。担任教育总长后，章士钊在段祺瑞支持下，复刊《甲寅》周刊，主张学生尊孔读经，写下《评新文化运动》《新文学运动》等文集中火力攻击白话文捍卫文言文，认为"白话文甚嚣尘上，国学不见"是文化病态，宣称"吾之国性群德，悉存文言，国苟不亡，理不可弃"。他还在《甲寅》周刊征文启事中公开提出"文字须求雅驯，白话恕不刊布"，遭到《甲寅》周刊昔日同事陈独秀、李大钊及胡适等人力驳。

有一天，章士钊和胡适在一个饭店不期而遇，"仇人相见"却分外投缘，饭后两人特合影留念，并在照片上题诗互赠。反对白话文的章士钊写了首新诗："你姓胡，我姓章，你讲什么新文学，我开口还是我的老腔。你不攻来我不驳，双双并坐各有各的心肠。将来三五十年后，这个相片好作文学纪念看。哈哈，我写白话歪词送给你，总算是老章投了降。"反对文言文的胡适则写了首文言诗："但开风气不为师，龚生此言吾最喜。同是曾开风气人，愿长相亲不相鄙。"

"愿长相亲不相鄙"，鲁迅碍于情面，起初只攻击林纾、吴宓、刘师培等旧文化势力代表，对师叔兼顶头上司章士钊则保持沉默。直到章士钊罢了鲁迅的官，撕破了两人的脸皮。你不仁，便休怪我不义了。鲁迅在跟章士钊打官司的同时，也打起了笔仗，斥责章士钊为"是凶兽样的羊，羊样的凶兽"。在1925年8月20日写就的《答KS君》一文中，鲁迅先是表达了自己被罢职的感受：

> 章士钊将我免职，我倒并没有你似的觉得诧异，他那对于学校的手段，我也并没有你似的觉得诧异，因为我本就没有预期章士钊能做出比现在更好的事情来。我们看历史，能够据过去以推知未来，看一个人的已往的经历，也有一样的效用。你先有了一种无端的迷信，将章士钊当作学者或智识阶级的领袖看，于是从他的行为上感到失望，发生不平，其实是作茧自缚……

随后，鲁迅拎出章士钊将成语"每下愈况"写错为"每况愈下"，讽刺《甲寅》周刊道：

> 这种东西，用处只有一种，就是可以借此看看社会的暗角落里，有着怎样灰色的人们，以为现在是攀附显现的时候了，也都吞吞吐吐的来开口。至于别的用处，我委实至今还想不出来。倘说这是复古运动的代表，那可是只见得复古派的可怜，不过以此当作讣闻，公布文言文的气绝罢了。所以，即使真如你所说，将有文言白话之争，我以为也该是争的终结，而非争的开头，因为《甲寅》不足称为敌手，也无所谓战斗。

在三个月后写的《十四年的"读经"》一文中，鲁迅又对章士钊主张的尊孔读经揭露道："这一类的主张读经者，是明知道读经不足以救国的，也不希望人们都读成他自己那样的；但是，耍些把戏，将人们作笨牛看则有之，'读经'不过是这一回耍把戏偶尔用到的工具。"

章士钊创办的《甲寅》周刊封面是只老虎，因此章士钊被人称为"老虎总长"。辞任教育总长后，章士钊成了"死老虎"，吴稚晖、周作人、林语堂等人认为应对事不对人，放过"死老虎"。鲁迅随之写出名文《论"费厄泼赖"应该缓行》，主张应该穷追猛打"落水狗"："我敢断言，反改革者对于改革者的毒害，向来就并未放松过，手段的厉害也已经无以复加了。只有改革者却还在睡梦里，总是吃亏，因而中国也总是没有改革，自此以后，是应该改换些态度和方法的。"

章士钊辞任教育总长不久，又担任了段祺瑞临时政府秘书长，并在死伤百余名学生的"三一八惨案"后起草通缉"暴徒"的通缉令，写下了自己人生中一大败笔。鲁迅在《可惨与可笑》一文中将惨案与章士钊任教育总长时的局势联系起来："其实，去年有些'正人君子'们称别人为'学棍''学匪'的时候，就有杀机存在，因为这类诨号，和'臭绅士''文士'之类不同，在'棍''匪'字里，就藏着可死之道的。"

"真的猛士，敢于直面惨淡的人生，敢于正视淋漓的鲜血。"鲁迅没有被鲜血吓倒而是继续前行，在千古名文《记念刘和珍君》中，鲁迅更是用火一样灼热的语言写道：

我已经说过：我向来是不惮以最坏的恶意来推测中国人的。但这回却很有几点出于我的意外。一是当局者竟会这样地凶残，一是流言家竟至如此之下劣，一是中国的女性临难竟能如是之从容。

因为鲁迅的这些文章，章士钊被世人称为"落水狗"。

新中国成立后，章士钊当上了全国人大常委会委员和中央文史馆馆长。许广平和章士钊的关系也缓和了许多。章士钊养女、毛泽东秘书章含之在回忆录《跨过厚厚的大红门》中曾写道，自 20 世纪 50 年代初起，章士钊同许广平都是历届人大代表，后来又都是人大常委会委员。因为"章"和"許"两个姓氏笔画相同，因此每次上主席台，章士钊同许广平都是毗邻而坐。章士钊对章含之回忆说："我们很客气嘛，谁都不提几十年前的事了。"有一次，服务员上茶先送许广平，许广平把茶让给了章士钊说："您是我的师长，您先用。"章士钊因此自信地说："我和鲁迅的夫人都和解了，坐在一起开会，鲁迅如果活着，当然也无事了。"对于当年和鲁迅的是非，章士钊对章含之说："拿你们现在的眼光看，对于学生运动的事，鲁迅支持学生当然是对的。"

晚年，章士钊还写过两首与鲁迅有关的词，都题为《贺新郎·记鲁迅旧事》。词一曰：

跳荡钟山麓。忆当年、两生逋峭，蜚声水陆。老子山阴游扬外，说是一双属玉。却不道、分飞独宿。冠盖绵延京华地，蓦相逢、世界全翻复。嗟狭路，堂与属。　淮淝旧闻当阳独。似前朝、二王秦晋，杀机潜伏。私养荆高分明意，使我立当危局。忠告尽、却难辰告。两害相权从轻取，剩强教、噪雀先离屋。吾为此，吞声哭。

词二曰：

才大无容处。屈下僚、鸡虫得失，争他何苦。寥阔南天千千里，极目原田膴膴。更加上、舆情水乳。第一平生心安事，抱周公、安置东山土。大雷电，候迎去。　危疑重谤须终负。四十年、答无一语，居然能彀。华盖一编专门集，指似孤桐狂诟。却在我、聋丞闻鼓。曾与骞期期期约，这吞声、带到斜阳暮，待地下，笑相语。

从词中可见，章士钊对他与鲁迅的那段恩怨深感遗憾。不过他认为，他和鲁迅之间不是敌我矛盾，历史会做出公正评判。他期待着，地下与鲁迅相见时能"笑相语"。

章士钊晚年还试图利用自己丰厚的人脉资源，调和国共开展第三次合作，为此四赴香港。1973 年，章士钊客死香港，享年 93 岁。章士钊追悼会规格甚高，中央领导都出席了追悼会，毛泽东送了花圈，《人民日报》头版以通栏标题形式报道了追悼会。

对论敌"一个都不宽恕"的鲁迅如果还活着，很难说是否会原谅章士钊，地下与章士钊相见能否"笑相语"更难说了。但客观而言，鲁迅与章士钊的恩怨也成就了鲁迅。因为这段恩怨，让科长告赢部长成为现实，让鲁迅创作成《论"费厄泼赖"应该缓行》《记念刘和珍君》等文，让鲁迅与许广平的爱情瓜熟蒂落。

早在 1925 年 3 月 11 日，鲁迅就收到了"小学生许广平"写来的请求指导人生的信，很快两人开始经常通信。鲁迅在信中称许广平为"广平仁兄"，许广平则称比自己大 17 岁的老师为"嫩棣棣"。但两人由于年龄差距巨大，只是暗通款曲，鲁迅更是"一直是哼哼唧唧，要搂不搂，似抱不抱，胳膊伸到一半又装成给人家掸土的样子"。

正是女师大学潮的爆发，杨荫榆、章士钊对许广平等学生领袖的打击，让鲁迅参与了学潮，且在并肩战斗中和许广平升华了"革命友谊"。在被巡警赶出学校后，许广平曾住在鲁迅家中几天，此后更是有空便来帮鲁迅誊写稿子。1926 年 3 月 18 日，正是因为帮鲁迅抄写稿子，许广平才躲过了"三一八惨案"。经学潮一役，"革命战友"鲁迅和许广平基本确定了恋爱关系，在报纸上互相发文暗秀恩爱。许广平在《风子是我的爱……》一文中大胆写道："不自量也罢！不相当也罢！同类也罢！异类也罢！合法也罢！不合法也罢！这都于我们不相干，于你们无关系，总之，风子是我的爱……"而鲁迅在女师大复校时题词写道"修我甲兵，与子偕行"，其中的"子"更多指的是许广平。所向披靡的鲁迅终于在爱情面前败下阵来，从"自己惭愧，怕不配，因而也不敢爱某一个人"转为承认"我可以爱"①。

鲁迅打赢了师叔兼领导的章士钊，也携手了许广平，按理说该卸甲息兵休养一段时间了。但"树欲静而风不止"，鲁迅在与章士钊唇枪舌剑的同时，实际上还在与陈源、顾颉刚为代表的"现代评论派"、梁实秋为代表的"新月派""战"个不停。

---

① 本句中的引句均出自鲁迅与许广平的书信集《两地书》。

鲁迅与顾颉刚：一生难化解的厌恶

 我真想不到，在厦门那么反对民党，使兼士愤愤的顾颉刚，竟到这里来做教授了，那么，这里的情形，难免要变成厦大，硬直者逐，改革者开除。①

颉刚不知以何事开罪于先生，使先生对于颉刚竟作如此强烈之攻击，未即承教，良用耿耿。前日见汉口《中央日报副刊》上，先生及谢玉生先生通信，始悉先生等所以反对颉刚者，盖欲伸党国大义，而颉刚所作之罪恶直为天地所不容，无任惶骇。诚恐此中是非，非笔墨口舌所可明了，拟于九月中回粤后提起诉讼，听候法律解决。

正当鲁迅和章士钊"打"得不可开交时，有一个人插了一腿充当"第三者"，说了些"闲话"，结果遭到了比鲁迅骂章士钊更严厉、更持久的痛骂。这个人就是现代评论派主将陈源，而陈源的好友顾颉刚则被连带着成了鲁迅厌恶的人。

---

① 出自鲁迅书信集《书信（11）》中《270426 致孙伏园》。

陈源指控鲁迅"剽窃"

女师大学潮爆发后，陈源是最先杀入的"公知"。1925 年 2 月 7 日，学潮爆发不到二十天，陈源就在《现代评论》第 9 期自己主持的《闲话》专栏发文《北京的学潮》，为杨荫榆打抱不平："女子师范大学驱逐校长的风潮，也酝酿了好久了。风潮的内容我们不很明了，暂且不欲有所置议。不过我们觉得那宣言中所举的校长的劣迹，大都不值一笑。至于用'欲饱私囊'的字眼，加杨氏以'莫须有'之罪，我们实在为'全国女界的最高学府'的学生不取。"

3 月，陈源又在《现代评论》第 15 期冒充一个女读者来信，发文道："女师大是中国唯一的女子大学，杨氏也是充任大学校长的唯一的中国女子……我们应否任她受教育当局或其他任何方面的排挤攻击？我们女子应否自己还去帮着摧残她？"在文章中，他强调"那些宣言书中所列举杨氏的罪名，大都不能成立……"他还转移矛头指出："女师大中攻击杨氏的学生，不过是极少数的学生；而这回风潮的产生和发展，校内校外尚别有人在那里主使。"

那"主使"的人是谁呢？ 5 月 27 日，鲁迅执笔的与钱玄同、周作人等七人共同签署的《对于北京女子师范大学风潮的宣言》发表后，陈源找到了"主使"的人。三天后，他以《粉刷茅厕》为题再说"闲话"，在文中点名是"某籍某系"的人在"主使"：

闲话正要付印的时候，我们在报纸上看见女师大七教员的宣言。以前我们常常听说女师大的风潮，有在北京教育界占最大势力的某籍某系的人在暗中鼓励，可是我们总不敢相信。这个宣言语气措辞，我们看来，未免过于偏袒一方，不大平允，看文中最精彩的几句就知道了……这是很可惜的。

我们自然还是不信我们平素所很尊敬的人会暗中挑剔风潮，但是这篇宣言一出，免不了流言更加传布得厉害了。

"有在北京教育界占最大势力的某籍某系的人在暗中鼓励"，明眼人一看便知陈源指的是谁。因为，宣言署名的七位教授除了李泰棻，其他人都是浙江人和北大国文系教授。陈源这是在暗示，女师大学潮背后的指使者是北大国文系浙江籍教授，而作为执笔者的鲁迅自然是"某籍某系"的"带头大哥"。

正忙于和杨荫榆、章士钊两面作战的鲁迅本无暇分身，但陈源指着鼻子骂上门来了，睚眦必报的鲁迅忍无可忍迅速回击。陈源发文的当天，鲁迅就写了文章《并非闲话》发表在第二天的《京报副刊》上。针对陈源所说的"暗中鼓动"，鲁迅以牙还牙讽刺道："想到近来有些人，凡是自己善于在暗中播弄鼓动的，一看见别人明白质直的言动，便往往反噬他是播弄和鼓动，是某党，是某系；正如偷汉的女人的丈夫，总愿意说世人全是忘八，和他相同，他心里才觉舒畅。"

对于陈源所言的"偏袒一方"，鲁迅嘲讽道："西滢先生因为'未免偏袒一方'而遂叹为'可惜'，仍是引用'流言'，我却以为是'可惜'的事。清朝的县官坐堂，往往两造各责小板五百完案，'偏袒'之嫌是没有了，可是终于不免为胡涂虫。假使一个人还有是非之心，倒不如直说的好；否则，虽然吞吞吐吐，明眼人也会看出他暗中'偏袒'那一方，所表白的不过是自己的阴险和卑劣。"

对于陈源所谓的"某籍"问题，擅长"以子之矛攻子之盾"的鲁迅在文中说："况且，即使是自以为公平的批评家，'偏袒'也在所不免的，譬如和校长同籍贯，或是好朋友，或是换帖兄弟，或是叨过酒饭，每不免于不知不觉间有所'偏袒'。"陈源和杨荫榆同是江苏无锡人，而杨荫榆又喜欢请人吃饭。鲁迅此话便说得很巧妙，让人以为陈源是因为吃了杨荫榆的酒饭而有所"偏袒"，但又没有明确点出。后来，陈源很委屈地在《致志摩》文中辩解："他说我同杨荫榆女士有亲戚朋友的关系，并且吃了她许多的酒饭。实在呢，我同杨女士非但不是亲戚，简直就完全不认识。直到前年在女师大代课的时候，才在开会的时候见过她五六面。从去年二月起我就没有去代课。我从那时起直到今天，也就没有在任何地方碰到杨女士。"鲁迅则对此"得意地笑"道："至于陈教授和杨女士是亲戚而且吃了酒饭，那是陈教授自己连结起来的，我没有说曾经吃酒饭，也不能保证未曾吃酒饭，没有说他们是亲戚，也不能保证他们不是亲戚。"

在6月2日所写的《我的"籍"和"系"》一文中，鲁迅对陈源所谓的"某系"问题又尖锐地回击道："我确有一个'籍'，也是各人各有一个的籍，不足为奇。但我是什么'系'呢？自己想想，既非'研究系'，也非'交通系'，真不知怎么一回事。"鲁迅这句话说得非常巧妙，暗指陈源代表的现代评论派与梁启超、汤化龙为首的"研究系"及梁士诒为首的"交通系"有所勾结。

现代评论派是什么派别？陈源和它有什么关系？它又和研究系、交通系有什么关系呢？了解了这些关系，也便能明白为什么陈源会跳出来为杨荫榆辩护。1924年12月13日，北京街头出现了一份新的综合性周刊《现代评论》。这份周刊由《太平洋》杂志和创造社合办，前者由英美留学生主办，偏向政论，后者由日本留学生主导，偏向文艺。两者结合本想政论与文艺齐飞，创造太平洋一般的影响力，但后来《现代评论》逐渐被英美留学生占领，创造社的郁达夫在小说中甚至抱怨自己做了"登场的傀儡"。现代评论派成员大都沐浴过欧美民主自由之风，总体上持自由主义态度，视胡适为精神领袖，骨干有王世杰、陈源、胡适、徐志摩等人。

其中，陈源主编了《现代评论》前两卷文艺稿件，并在杂志上开设《闲话》专栏，因此成为现代评论派主将之一。陈源早年在表舅吴稚晖的资助下留学英国，先后在爱丁堡大学和伦敦大学学习政治经济，获伦敦大学博士学位，1922 年回国任北京大学外文系教授。和现代评论派其他同人一样，陈源因为受过英国绅士教育又受儒家传统影响，素持"理性中立客观"立场，格外看重规则、秩序，认为女师大学潮是学生在无事生非，破坏了女师大团结安定。

那现代评论派和研究系、交通系有关系吗？直接关系没有，但间接关系还是多少有些，它们当时都亲近以段祺瑞为首的北洋政府。段祺瑞执政北洋政府期间，梁启超、汤化龙组织了"宪法研究会"，依附段祺瑞，被称为研究系。袁世凯秘书长兼交通银行总理梁士诒组织他的部属为"公民党"，也投靠段祺瑞，被称为交通系。而现代评论派起家正是受段祺瑞资助，陈源在回忆刊物历史时说："当时正值孙、段合作时期，汪精卫主张在北方办一刊物，由段拿出 1000 银元作开办费用。这笔款是李石曾先生转到。"可见，现代评论派确是拿了段祺瑞好处，因此"拿人手短"，在女师大学潮中支持段祺瑞、章士钊、杨荫榆等官方。而且，现代评论派和研究系人际关系比较密切，胡适归国初期和研究系领袖梁启超、汤化龙、丁文江等人一度来往较多。陈源和章士钊则是老相识，早在欧洲时就经常交往，陈源一直尊称章士钊为"孤桐先生"，并称赞章士钊办的《甲寅》周刊"有生气了"，章士钊则投桃报李赞扬陈源作品为"当今通品"。

正是陈源自身的"理中客①"观念、亲段祺瑞政府立场及和章士钊个人关系密切等诸多因素交加，使得他对女师大学潮说了些"闲话"，招致鲁迅痛斥。"中国人的性情是总喜欢调和，折中的。譬如你说，这屋子太暗，须在这里开一个窗，大家一定不允许的。但如果你主张拆掉屋顶，他们就

①　理中客：指理性、中立、客观。

会来调和，愿意开窗了。"鲁迅向来疾恶如仇支持弱势，关爱学生，反抗强权，反感现代评论派冠冕堂皇提倡"折中、公允、调和、平正之状"而回避黑暗、悲惨的现实，讥讽他们为媚态的猫；叭儿狗；未叮人之前还要哼哼地发一通议论的蚊子；嗡嗡地闹了半天，停下来舐一点油汗，还要拉上一点蝇矢的苍蝇①；人自以为'公平'的时候，就已经有些醉意了②；脖子上挂着一个小铃铎的山羊③……拥护北洋军阀的《大同晚报》曾称赞现代评论派为"东吉祥派之正人君子"，所以鲁迅多次讽刺现代评论派为"正人君子"。

观念、立场等的根本不同，决定了双方在女师大学潮及随后的"五卅运动""三一八惨案"等事件上的诸多纷争，鲁迅的《华盖集》有一半的内容、《华盖集续编》有三分之一的内容都"献"给了陈源。虽然鲁迅说"《华盖集》及《续编》中文，虽大抵和个人斗争，但实为公仇，决非私怨"④，可实际上，其中部分论战确因"私怨"，而这又是陈源主动找碴儿的。后来，陈源论战不过鲁迅，竟然转移阵地指控鲁迅"剽窃"。

在文章《闲话的闲话之闲话引出来的几封信》里，陈源首先指责鲁迅："他常常散布流言和捏造事实，但是他自己又常常的骂人'散布流言'，'捏造事实'，并且承认那样是'下流'。他常常地无故骂人，要是那人生气，他就说人家没有幽默。可是要是有人侵犯了他一言半语，他就跳到半天空，骂得你体无完肤——还不肯罢休。"接着，陈源又举例道：

他常常挖苦别人家抄袭。有一个学生抄了沫若的几句诗，他老先生骂得刻骨镂心的痛快。可是他自己的《中国小说史略》却就是根据日本人盐

---

① 出自鲁迅杂文集《华盖集》中《夏三虫》。
② 出自鲁迅杂文集《华盖集》中《并非闲话（二）》。
③ 出自鲁迅杂文集《华盖集续编》中《一点比喻》。
④ 出自鲁迅书信集《书信（12）》中《340522②致杨霁云》。

谷温的《支那文学概论讲话》里面的"小说"一部分。其实拿人家的著述做你自己的蓝本，本可以原谅，只要你书中有那样的声明，可是鲁迅先生就没有那样的声明。在我们看来，你自己做了不正当的事也就罢了，何苦再挖苦一个可怜的学生，可是他还尽量地把人家刻薄。"窃钩者诛，窃国者侯"，本是自古已有的道理。

陈源举的这个"抄袭例子"，彻底激怒了鲁迅。身为作家，作品乃安身立命之本，清白最为重要，抄袭最为可耻。鲁迅还从来没有受过这等侮辱，如何咽得下这口怒气？在回应文章《不是信》里，鲁迅先是以非常绝妙的文笔回讽了陈源的"大镜子"之喻：

这一段意思很了然，犹言我写马则自己就是马，写狗自己就是狗，说别人的缺点就是自己的缺点，写法兰斯自己就是法兰斯，说"臭毛厕"自己就是臭毛厕，说别人和杨荫榆女士同乡，就是自己和她同乡。赵子昂也实在可笑，要画马，看看真马就够了，何必定作畜生的姿势；他终于还是人，并不沦入马类，总算是侥幸的。不过赵子昂也是"某籍"，所以这也许还是一种"流言"，或自造，或那时的"正人君子"所造都说不定。这只能看作一种无稽之谈。倘若陈源教授似的信以为真，自己也照样做，则写法兰斯的时候坐下做一个法姿势，讲"孤桐先生"的时候立起作一个孤姿势，倒还堂哉皇哉；可是讲"粪车"也就得伏地变成粪车，说"毛厕"即须翻身充当便所，未免连臭架子也有些失掉罢，虽然肚子里本来满是这样的货色。

这短短几句话埋伏着许多嘲讽，"毛（茅）厕""某籍""正人君子""粪车"等等皆有所指，劈头盖脸地轰向陈源。

对于陈源"剽窃"的指控，鲁迅解释得有理有据非常清楚：

盐谷氏的书，确是我的参考书之一，我的《小说史略》二十八篇的第二篇，是根据它的，还有论《红楼梦》的几点和一张《贾氏系图》，也是根据它的，但不过是大意，次序和意见就很不同。其他二十六篇，我都有我独立的准备，证据是和他的所说还时常相反。例如现有的汉人小说，他以为真，我以为假；唐人小说的分类他据森槐南，我却用我法。六朝小说他据《汉魏丛书》，我据别本及自己的辑本，这工夫曾经费去两年多，稿本有十册在这里；唐人小说他据谬误最多的《唐人说荟》，我是用《太平广记》的，此外还一本一本搜起来……。其余分量，取舍，考证的不同，尤难枚举。①

随后，鲁迅反唇相讥："因这一回的放泄，我才悟到陈源教授大概是以为揭发叔华女士的剽窃小说图画的文章，也是我做的，所以早就将'大盗'两字挂在'冷箭'上，射向'思想界的权威者'。殊不知这也不是我做的，我并不看这些小说。'琶亚词侣'的画，我是爱看的，但是没有书，直到那'剽窃'问题发生后，才刺激我去买了一本 Art of A.Beardsley 来，化钱一元七。可怜教授的心目中所看见的并不是我的影，叫跳竟都白费了。"

世上没有无缘无故的爱，也没有无缘无故的恨。鲁迅这番话揭示陈源之所以指控鲁迅"剽窃"，是因为他要替女朋友凌叔华出头而找错了对象。凌叔华在燕京大学读书期间，受到周作人悉心指点，文章水平大进，并经周作人推荐在报纸上发表了小说而逐渐成名。1924 年 5 月，印度大诗人泰戈尔访问中国，身为北京大学英文系主任的陈源负责接待，刚刚登上文坛的凌叔华也在欢迎代表之列。两人随之在欢迎泰戈尔的茶话会上相识，并继之书信来往而相知相恋。陈源在自己主持的《现代评论》文艺版块上发表了凌叔华一些小说，进一步提升了凌叔华在文坛的地位。

可就在这颗文坛新星冉冉升起时，有人指出凌叔华的图文涉嫌抄袭。因为凌叔华还擅长丹青，陈源好友徐志摩刚接手《晨报副刊》时，想换个

①　出自鲁迅杂文集《华盖集续编》中《不是信》。

报头，便找凌叔华仿画了一幅英国画家琵亚词侣的画，并随之发表了一篇凌叔华的小说《中秋晚》。徐志摩刚做主编，没有经验，在凌叔华小说后写了一个小跋："为应节起见，我央着凌女士在半天内写成这篇小说，我得要特别谢谢他的。还有副刊篇首的广告图案，也都是凌女士的，一并致谢。"这话很容易让人误解为报头图案也是凌叔华的原创。果不其然，不久，《京报副刊》登出文章《似曾相识的〈晨报副刊〉篇首图案》，明确指出此乃英国画家琵亚词侣的作品，凌叔华涉嫌"剽窃"。过了一个月，《晨报副刊》上又发表了一则题为《零零碎碎》的文章，指控凌叔华在《现代评论》上刊登的一篇短篇小说抄袭俄国作家契诃夫的《在消夏别墅》。

正和凌叔华热恋的陈源可能被爱情冲昏了头，急于为他女朋友出头报仇。他在《现代评论》发表的《闲话》中先是对女朋友凌叔华的"抄袭"不以为然：

"剽窃""抄袭"这样的罪名，在文学里，只可以压倒一般的蠢才，却不能损伤任何天才作家。为什么蠢才一压便倒呢，因为他剽窃来的东西，在他的作品里，就好像马口铁上镶的金刚钻，牛粪里插的鲜花，本来就不太相称，你把金刚钻和鲜花拿走，只剩了马口铁和牛粪。至于伟大的天才，有几个不偶然的剽窃？

继而，陈源转移矛头指向他人："可是，很不幸的，我们中国的批评家有时实在太宏博了。他们俯伏了身体，睁大了眼睛，在地面上寻找窃贼，以致整大本的剽窃，他们倒往往视而不见。要举个例吗？还是不说吧，我实在不敢再开罪'思想界的权威'。总之这些批评家不见大处，只见小处；不见小处，只见他们自己的宏博处。""思想界的权威"指的是鲁迅。和鲁迅斗上瘾了的陈源想当然地认为，那两篇揭露凌叔华抄袭的文章是鲁迅化名所写，因此他以牙还牙指控鲁迅。见鲁迅还没反应过来，陈源便在文中公然曝光鲁迅"剽窃"。

这次鲁迅的确是被冤枉的，骂学生的不是他，他更没有"剽窃"盐谷温的书。实际上，鲁迅和盐谷温还互有赠书，剽窃者与被剽者不可能有如此友好关系。好持持平之论的胡适也指出："说鲁迅抄盐谷温，真是万分的冤枉。盐谷一案，我们应该为鲁迅洗刷明白。"不过，鲁迅自己也承认他的《中国小说史略》确是参考了盐谷温教授的《支那文学概论讲话》，但书中没有说明，所以给了陈源"口实"。陈源的指责"其实拿人家的著述做你自己的蓝本，本是可以原谅，只要你书中有那样的声明，可是鲁迅先生就没有那样的声明"，说的倒也属实，不过这主要是因为当年学术不规范。

十年之后，鲁迅在《且介亭杂文二集·后记》里又写道：

在《中国小说史略》日译本的序文里，我声明了我的高兴，但还有一种原因却未曾说出，是经十年之久，我竟报复了我个人的私仇。当一九二六年时，陈源即西滢教授，曾在北京公开对于我的人身攻击，说我的这一部著作，是窃取盐谷温教授的《支那文学概论讲话》里面的"小说"一部分的；《闲话》里的所谓"整大本的剽窃"，指的也是我。现在盐谷教授的书早有中译，我的也有了日译，两国的读者，有目共见，有谁指出我的"剽窃"来呢？呜呼，"男盗女娼"，是人间大可耻事，我负了十年"剽窃"的恶名，现在总算可以卸下，并且将"谎狗"的旗子，回敬自称"正人君子"的陈源教授，倘他无法洗刷，就只好插着生活，一直带进坟墓里去了。

十年时光逝去，鲁迅对"剽窃"的指控仍耿耿于怀，对陈源的痛恨仍丝毫不减。足见，他们俩结怨之深，鲁迅"受伤"之大。

那陈源是信了谁的谣言，认定鲁迅"剽窃"呢？胡适在回苏雪林尖锐批评鲁迅的信中说是"通伯先生当日误信一个小人张凤举之言，说鲁迅之小说史是抄袭盐谷温的，就使鲁迅终身不能忘此仇恨！"后有研究者指出，首先造谣的是顾颉刚。证据出自顾颉刚的女儿顾潮写的回忆录，顾潮书中写道："鲁迅作《中国小说史略》，以日本盐谷温《支那文学概论讲话》为参考书，有的内容就是根据此书大意所作，然而并未加以注明。当时有人认为此种做法有抄袭之嫌，父亲即持此观点，并与陈源谈及。"这就导致了鲁迅对顾颉刚厌恶不已。

1926年底，鲁迅应林语堂之邀赴厦门大学任教，但只待了半年左右，就转往广州中山大学任教。在广州，鲁迅也只待了半年多，便转赴上海。鲁迅的这两次匆匆离开，都和被他戏称为"鼻"的顾颉刚有关，可见他对顾颉刚有多么厌恶。

初到厦门，鲁迅很是寂寞无聊。除了和林语堂、孙伏园及厦大的一些文学青年聊天外，鲁迅只能不断地向他的"害马"许广平写信吐槽，有时也会独自去捡捡贝壳听听海。直到顾颉刚的到来，打破了他的寂寞无聊。此前，鲁迅和顾颉刚已经彼此心怀芥蒂。鲁迅对顾颉刚的看法，经历了从《语丝》同盟到"胡适之陈源之流"再到"反对民党"再到"鼻"这样一个跌宕起伏过程。

《语丝》同盟

顾颉刚1913考入北京大学，是傅斯年的舍友，也是新潮社最早一批社员。毕业后，顾颉刚留校担任图书馆编目员兼国学研究所助教，具体负责研究所事务。因为编辑国学季刊，顾颉刚登门向兼任国学研究所第一届委员会委员的鲁迅请教过几次，也请鲁迅帮忙设计过杂志封面。

1924年11月，以新潮社为班底的《语丝》创刊，顾颉刚参加了第一次《语丝》聚餐会，与周作人等共同商议《语丝》创办的具体措施，《语丝》

这个杂志名称就源自顾颉刚携带的一本书《我们的七月》。鲁迅因为和《语丝》实际主编周作人失和，所以很少直接参与语丝社活动，但仍然是语丝社的精神领袖，有啥意见都通过朋友转达给周作人。因此，顾颉刚和鲁迅此时属于《语丝》同盟军，协同向封建思想黑暗势力作战，如周作人写的发刊词中所言：

> 我们并没有什么主义要宣传，对于政治经济问题也没有什么兴趣，我们所想做的只是冲破一点中国的生活和思想界的昏浊停滞的空气，我们个人的思想尽自不同，但对于一切专断与卑劣之反抗则没有差异。我们这个周刊的主张是提倡自由思想，独立判断，和美的生活。

《新青年》停刊后，《语丝》实际上成了新《新青年》。《语丝》在20世纪20年代中国思想文化界发挥的作用不亚于五四运动时期的《新青年》。《语丝》创刊不到一个月，以胡适为精神领袖的《现代评论》创刊，顾颉刚开始滑向"胡适之陈源之流""有现代评论色彩"，因此让鲁迅讨厌起来。

相对于鲁迅，顾颉刚和胡适关系非常密切，胡适是他的引路人。因倡导白话文暴得大名的胡适到北大哲学系担任教授时只有26岁，比顾颉刚只大3岁。"他是一个美国新回来的留学生，如何能到北京大学里来讲中国的东西？"北大很多学生都怀疑，顾颉刚刚开始也不服。

胡适上课"不管以前的课业，重编讲义，劈头一章便是'中国哲学结胎的时代'，用《诗经》作时代的说明，丢开唐、虞、夏、商，径从周宣王以后讲起。这一改把我们一般人充满着三皇五帝的脑筋骤然作一个重大的打击，骇得一堂中舌挢而不能下"。虽然很多同学还不以为然，但顾颉刚听了几节课，开始心服口服，并拉舍友傅斯年去听。傅斯年刚开始几次以请教为名向胡适发难，胡适咬牙挺住，最后"说服"傅斯年从黄侃门下转投。因为傅斯年乃当时学生领袖，傅斯年服了，其他学生也跟着服了，自此胡适在北大课堂上站住了脚。

顾颉刚毕业时经济困难，胡适多次施以援手，给他的借款一度高达 220 元，还介绍顾颉刚去商务印书馆编纂中学历史教科书。顾颉刚则为胡适在北大图书馆查找《红楼梦》资料，并参与胡适倡导的"整理国故"工作。1923 年，顾颉刚在胡适主编的《努力周报》副刊《读书杂志》上发表了《与钱玄同先生论古史书》一文，提出石破天惊的"层累地造成的中国古史"观点，认为"时代愈后，传说中的古史期愈长，传说中的中心人物愈放愈大"。胡适随后发文称："顾先生的'层累地造成的古史'的见解真是近日史学界的一大贡献……已替中国史学界开了一个新纪元。"1926 年，顾颉刚出版史学巨著《古史辨》，胡适又称之为"中国史学界的一部革命的书，又是一部讨论史学方法的书"。《古史辨》的出版奠定了顾颉刚史学大家地位，甚至有人称之为"中国新史学的奠基者"，而胡适对顾颉刚的提携、引导至关重要。因此，顾颉刚一直非常感恩胡适，对胡适执弟子礼甚恭。所以，顾颉刚不可避免地在感情上倾向胡适，从而与胡适对立面的鲁迅作对。

早在 1924 年 6 月 14 日，顾颉刚在致妻子信中就直接表达了对鲁迅的"看不起"："钱先生文中说孔家店有老牌的和冒牌的二种，这二种都该打。他举出的打手，打老牌的二人，是适之先生和我；打冒牌的六人，是陈独秀、易白沙、鲁迅、周作人、适之先生、吴稚晖……打冒牌的孔家店，只要逢到看不过的事情加以痛骂就可，而打老牌却非作严密的研究，不易得到结果。适之先生和我都是极富于学问兴趣的，他比我聪明得多，当然比我有力，但我的耐心比他好，旁骛的事业也比他少，自计亦有相当的优胜。除了我们二人之外，确是很难找到合作的人了。"在顾颉刚看来，只有他和胡适富有学问，鲁迅等人毫无技术含量。

女师大学潮爆发后，鲁迅、周作人与陈源等人展开恶战，旁观的顾颉刚在日记中写道："《语丝》近来文甚少，屡邀予作，未之应。昨来函，谓将以无文停刊，想不忍见其夭折。因以旧日笔记一则抄与之。予近日对于鲁迅、启明二人甚生恶感，以其对人之挑剔诟谇，不啻村妇之骂也。今夜《语丝》宴会，予亦不去。" 3 月 14 日，顾颉刚又在日记中说："昨语丝社宴会，予仍未去。此后永不去矣。鲁迅等在报上作村妇之骂，小峰又以《言行录》事屡怂恿鲁仲华来找麻烦，均可厌。"作壁上观的顾颉刚似乎忘了正是他炮制的"大瓜"导致了双方如此恶战。

陈源指控鲁迅抄袭，让鲁迅万分恼怒，从而对陈源不依不饶。而抄袭之说，正是顾颉刚告诉的陈源。顾颉刚和陈源同是江苏人，私交甚好。顾颉刚 1924 年到 1925 年在日记中提到陈源达 25 次之多，两人多次通信、互访、饮宴……顾颉刚不通日文，他之所以认定鲁迅的《中国小说史略》抄袭盐谷温的《支那文学概论讲话》，是因为翻译过盐谷温的《支那文学概论讲话》的郭绍虞、陈彬和都是他好友。郭希汾（原名郭绍虞）将此书的第六章《小说》单独抽出来译成中文取名《中国小说史略》，由上海中国书局 ① 出版。陈彬和则翻译了《支那文学概论讲话》全文取名《中国文学概论》，1926 年 3 月由朴社 ② 出版，而陈彬和的译稿正是由担任朴社总干事的顾颉刚审核。可能听两位译者所讲，也可能自己审稿时发现，顾颉刚认定了鲁迅剽窃，在闲谈中又告诉了陈源。

是顾颉刚制造了鲁迅剽窃的谣言，这一史事已确定无疑。除了他女儿在书中的证言外，顾颉刚自己也从来不否认。1927 年 2 月 11 日，顾颉刚在日记中写道："鲁迅对于我的怨恨，由于我告陈通伯，《中国小说史略》剿袭盐谷温《支那文学概论讲话》。他自己抄了人家，反以别人指出其剿

① 中国书局是集编辑、印刷、出版、发行于一体的出版机构，全名为中国书局股份有限公司，于 1912 年创办于上海。

② 1923 年，由顾颉刚、郑振铎、叶圣陶、沈雁冰等人集资合办的一个出版社，出版的作品有：最早的单行本王国维《人间词话》、顾颉刚《古史辨》等重要著作。

袭为不应该，其卑怯骄妄可想。此等人竟会成群众偶像。诚青年之不幸。他虽恨我，但没法骂我，只能造我种种谣言而已。自问胸怀坦白，又勤于业务，受兹横逆，亦不必较也。"3月19日，顾颉刚又在致容庚信中说："因鲁迅在那边作教务主任，他因我指出《中国小说史略》的蓝本，恨我刺骨，时时欲中伤我也。"

那么，鲁迅知道是顾颉刚制造的谣言吗？鲁迅有所怀疑但不确定。首先，鲁迅知道陈源不懂日文，一定是有人在陈源背后进言，"在这以前，我以为恐怕连陈源教授自己也不知道这些底细，因为不过是听来的'耳食之言'"。鲁迅也知道顾颉刚和郭绍虞、陈彬和、陈源三人的关系，陈彬和翻译的《中国文学概论》序言中还特别提到"近蒙友人顾颉刚先生之好意，愿在其所办之朴社出版"。而鲁迅看过此书，曾评论说："盐谷教授的《支那文学概论讲话》的译本，今年夏天看见了，将五百余页的原书，译成了薄薄的一本，那小说一部份，和我的也无从对比了。广告上却道'选译'。措辞实在聪明得很。"因此，顾颉刚应是鲁迅怀疑的"嫌疑犯"，但毕竟没有真凭实据，鲁迅也不能锁定就是顾颉刚。如果鲁迅确定的话，以他的性格、脾气，他不可能在日记和致许广平等人的信中不说出来，更不会轻饶顾颉刚，尤其是在和顾颉刚交恶之后。一向以绅士自居的陈源也不太可能"出卖"顾颉刚，和陈源、顾颉刚关系都甚好的胡适且还以为是"小人张文举"造的谣，鲁迅如何能确定"幕后黑手"就是顾颉刚呢？正是这种怀疑但不确定的心理，埋下了鲁迅对顾颉刚极为厌恶的"潜意识"。

因为看不惯鲁迅的"村妇之骂"，顾颉刚开始疏离《语丝》，不再参加语丝聚会，而在《现代评论》发起文章来。虽然，他发的都是史学方面文章，无关时事，但还是被鲁迅等人看成了对《语丝》的背叛，从而将其化为"胡适之陈源之流"。

即使顾颉刚瞧不起、看不惯鲁迅的文章，即使鲁迅怀疑顾颉刚，将其划为"胡适之陈源之流"，但两人并没有当即直接冲突，依旧保持着面和心不和的关系，直到两人在厦门大学"狭路相逢"。

"陈源之流"

鲁迅前脚刚到厦门大学，顾颉刚后脚也跟着来了。顾颉刚此时已欠各种债务近 3000 元，"受了衣食的逼迫，浮海到厦门"，便接受了厦门大学薪金优越的聘书。刚刚出版的《古史辨》让顾颉刚声名大噪，厦大文科主任兼国学院总秘书林语堂随之将顾颉刚的普通教授头衔改为研究教授，聘请顾颉刚任国学研究院导师兼国文系教授，与鲁迅平起平坐。

去厦门之前，鲁迅和顾颉刚得知两人都去厦门大学，还一起交换行程信息准备攻略，讨论厦大国文系课程和研究院计划。刚到厦门，两人关系还算正常，在一个办公室办公，在一处吃饭。顾颉刚送了鲁迅一本宋濂的《诸子辨》，鲁迅也请日本友人为顾颉刚帮胡适查找《封神榜》有关资料。

但很快，鲁迅就对顾颉刚产生不满，直接原因在于乐于助人的顾颉刚不断地荐人来厦大。这种不满，很明显见于当时鲁迅致许广平信中。如 1926 年 9 月 25 日，鲁迅在致许广平信中道："看厦大的国学院，越看越不行了。朱山根是自称只佩服胡适陈源两个人的，而田千顷，辛家本，白果三人，似皆他所荐引……"[①]五天后，他又在致许广平信中指责顾颉刚道："这人是陈源之流，我是早知道的，现在一调查，则他所安排的羽翼，竟

① 出自鲁迅与许广平的书信集《两地书》，朱山根、田千顷、辛家本、白果分别指顾颉刚、陈万里、潘家洵、黄坚。

有七人之多，先前所谓不问外事，专一看书的舆论，乃是全都为其所骗。他已在开始排斥我，说我是'名士派'，可笑。"11月1日，鲁迅又写道："朱山根之流已在国学院大占势力，周览又要到这里来做法律系主任了，从此《现代评论》色彩，将弥漫厦大。"

在鲁迅看来，顾颉刚"日日夜夜布置安插私人"，极力扩大厦门大学的现代评论派势力。顾颉刚安插的"私人"中，黄坚和鲁迅因为家具琐事直接闹过冲突，陈万里则好用尖锐嗓音高唱刺耳之戏，都令鲁迅不喜。顾颉刚及他推荐而来的潘家洵、陈万里等人常常一起游玩，鲁迅从不参加。鲁迅想引荐好友许寿裳来厦大，却迟迟未能引荐成功。鲁迅又引荐章廷谦来厦大任国学院出版部干事兼图书馆编辑，顾颉刚在林语堂面前极力反对，在鲁迅面前却只字不提。等鲁迅将章廷谦入职的事办妥后，顾颉刚又抢先向章廷谦报告说"事已弄妥"，让章廷谦以为是顾颉刚在帮他。在章廷谦抵达厦门当天，顾颉刚还派人送来一大碗红烧牛肉和一碗炒菜花。鲁迅对顾颉刚的所为极为不满，在致章廷谦的信中说：

我实在熬不住了，你给我的第一信，不是说某君首先报告你事已弄妥了么？这实在使我很吃惊于某君之手段，据我所知，他是竭力反对玉堂邀你到这里来的，你瞧！陈源之徒！

对顾颉刚等人的不满是鲁迅决定离开厦大的原因之一，另外一个原因是厦大校长林文庆重用同乡化学博士刘树杞担任教务长、校长秘书。刘树杞不懂国学，还兼任国学院顾问，掌握财权，经常干涉国学院工作。1926年，厦大出资者陈嘉庚经营受损，厦大经费受到影响。国学院预算被裁减过半，不复印行包括鲁迅《古小说钩沉》在内的教授专著，还克扣教师薪金。

基于以上原因，鲁迅决定辞职，他此时已接到前往中山大学接洽的孙伏园消息，中山大学同意聘请鲁迅。当然，还有一个重要因素不得不提，那就是鲁迅之所以离开厦门前往广州，是因为许广平在那里。两人本约定两年再聚，但热恋中的鲁迅已相思成疾，急不可耐了。鲁迅经常半夜翻越栅栏寄信，曾靠在一个有个"许"字的墓碑上合影寄给许广平以寄相思，别科的学生来听课，其中有五名是女生，鲁迅写信信誓旦旦地告诉许广平："我决定目不邪视，而且将来永远如此。"此外，在厦门的生活也让鲁迅很不满意，米中掺沙，饭菜口味也不习惯，教员方便还要到160米外的厕所。鲁迅可没那个耐性，常常天黑之后在宿舍楼下"灌溉"花草。

虽然林语堂和林文庆极力挽留鲁迅，学生还掀起了挽留鲁迅及驱刘树杞运动，但鲁迅去意已决，于1927年1月16日乘船离开厦门前往广州，同行的还有几个跟随鲁迅的厦大学生。在船上，鲁迅用诗般的语言写道："小小的颠簸自然是有的，不过这在海上就算不得颠簸；陆上的风涛要比这险恶得多……"他似乎预见了即将到来的惊涛骇浪。

"他来，我就走"

刚到广州，鲁迅还未洗净风尘站稳脚跟，就听说顾颉刚也要来中山大学。鲁迅听闻非常恼怒，公开宣言"他来，我就走"。躲避顾颉刚本来就是他来广州的原因之一，没想到顾颉刚也跟着来广州，鲁迅如何不恼怒。

顾颉刚此时还不知道鲁迅对他的厌恶之深，还把鲁迅当朋友，鲁迅离开厦门时还登船送别，并写信给在中山大学任职的钟敬文，嘱咐他为鲁迅"要随时效点微劳"。为什么顾颉刚也要前往中山大学呢？虽然厦门大学薪资优越，校长林文庆待他不薄，在鲁迅饯行宴会上曾单独与顾密谈一个多小时。但厦门大学过于重视理科，是非甚多，不是做学问之地，而中山大学聘请顾颉刚的则是他的老友傅斯年。另一方面，如顾颉刚在自传中所言："如我不离开厦大，鲁迅更要宣传我是林文庆的走狗，攻击起来更加振振有词，我也更没有法子洗刷。我现在到中大，他至少不能说这句话了，看他用什么方法对我。"

鲁迅用什么方法对顾颉刚呢？顾颉刚到达广州，鲁迅当即不再上课，三天后提出辞职。学生强烈挽留，并为此罢课三天。为缓解矛盾，傅斯年派顾颉刚到外地为学校购书。鲁迅给了傅斯年一个面子，没有立刻便走，而是于4月21日正式提出辞职。朱家骅等学校领导及学生代表多次挽留，聘书送来送回几次，鲁迅终于在6月6日得以辞职成功。

鲁迅和许广平原来在中山大学旁边开了个北新书屋，顾颉刚好友钟敬文想参与合作，鲁迅干脆将其关了门，因为"钟之背后有鼻"。顾颉刚患有失眠，为恶心顾颉刚，善于"捣蛋"的鲁迅特在广州做了几场演讲，因为"这是鼻辈所不乐闻的。以几点钟之讲话而出风头，使鼻辈又睡不着几夜，这是我的大获利生意"。这两件事足见鲁迅对顾颉刚之厌恶。

实际上，鲁迅辞职中山大学离开广州，顾颉刚的到来只是一个诱因，甚至可以说是"借口"。主要的原因在于鲁迅对广州的失望，他原以为广州是革命大本营，在广州可以大有作为，如他致许广平信中所言："其实我也还有一点野心，也想到广州后，对于'绅士'们仍然加以打击，至多无非不能回北京去，并不在意。第二是与创造社联合起来，造一条战线，更向旧社会进攻。"没想到来广州后，鲁迅发现广州比起旧的社会，不见得有什么两样。

1927年4月12日，蒋介石发动"四一二"政变。国民党在广州全城大肆逮捕、屠杀共产党员和左翼学生，中山大学有40余名共产党员、学生被捕。为了营救学生，时任文科主任兼教务主任的鲁迅召集系主任召开紧急会议。会上，鲁迅说："如果军队随便到学校抓人，学校就没有安全了。

作为教员，我们应当对学生负责，希望学校出面担保他们。"副校长朱家骅却回应道："至于学生被捕，这是政府的事，我们最好不要对立……这是党校，我们应当服从党的决定，不要有什么不同的意见。"在场的其他人则噤口不言，会议不了了之，鲁迅只能次日自己捐款10元慰问被捕学生。

鲁迅对广州、对国民党的希望幻灭了，所以他决定离开国民党大本营广州。但如果此时就此离开，会有对国民党不满的嫌疑，顾颉刚的到来正好为鲁迅解了围，为鲁迅辞职提供了光明正大的理由。

鲁迅辞职了，顾颉刚留下了，两人应该不会再动干戈了吧。可好戏还在后头，孙伏园的一个"冒失"行为让两人彻底水火不容，且矛盾为世人共知，还差点为此打起官司。

1927年5月12日，《中央日报副刊》发布编者孙伏园写的《鲁迅先生脱离广东中大》一文，文章引用了鲁迅学生谢玉生和鲁迅给孙伏园的两封信。谢玉生的信表明鲁迅辞职原因："迅师此次辞职的原因，就是因顾颉刚忽然本月十八日由厦来中大担任教授的缘故。顾来迅师所以要去职者，即是表示与顾不合作的意思。缘顾去岁在厦大造作谣言，诬蔑迅师……"鲁迅致孙伏园的信则写道："我真想不到，在厦门那么反对民党，使兼士愤愤的顾颉刚，竟到这里来做教授了，那么，这里的情形，难免要变成厦大，硬直者逐，改革者开除。而且据我看来，或者会比不上厦大，这是我新得的感觉。"

"反对民党"，鲁迅这个帽子扣大了，这是杀头的罪，当时国民党正大肆搜捕"反对民党"之人呢。顾颉刚本来就对被鲁迅将军这件事情甚感郁闷，在致胡适信中写道："像我这般与人无争，畏事如虎，尚且过这般的生活。我真不知道前世作了什么孽，到今世来受几个绍兴小人的拨弄。"此番又被鲁迅扣上了"反对民党"的死罪，再好的修养也不能忍了，"我诚不知我如何'反对民党'？亦不知我如何使兼士为我愤愤？血口喷人，至此而极，览此大愤"，"我虽纯搞学术，不参加政治活动，而彼竟诬我为参加反动政治之一员，用心险恶，良可慨叹"。

顾颉刚立刻给鲁迅写信道："颉刚不知以何事开罪于先生，使先生对于颉刚竟作如此强烈之攻击，未即承教，良用耿耿。前日见汉口《中央日报副刊》上，先生及谢玉生先生通信，始悉先生等所以反对颉刚者，盖欲伸党国大义，而颉刚所作之罪恶直为天地所不容，无任惶骇。诚恐此中是非，非笔墨口舌所可明了，拟于九月中回粤后提起诉讼，听候法律解决。如颉刚确有反革命之事实，虽受死刑，亦所甘心，否则先生等自负发言之责任。务请先生及谢先生暂勿离粤，以俟开审，不胜感盼。"怕鲁迅收不到信，顾颉刚还写了两封同样的信，一封寄鲁迅住所，一封请傅斯年转达。

面临顾颉刚"提起诉讼，听候法律解决"的威胁，鲁迅当天下午回信道：

来函谨悉，甚至于吓得绝倒矣。先生在杭盖已闻仆于八月中须离广州之讯，于是顿生妙计，命以难题。如命，则仆尚须提空囊赁屋买米，作穷打算，恭候偏何来迟，提起诉讼。不如命，则先生可指我为畏罪而逃也；而况加以照例之一传十，十传百乎哉？但我意早决，八月中仍当行，九月已在沪。江浙俱属党国所治，法律当与粤不异，且先生尚未启行，无须特别函挽听审，良不如请即就近在浙起诉，尔时仆必到杭，以负应负之责。倘其典书卖裤，居此生活费綦昂之广州，以俟月余后或将提起之诉讼，天下那易有如此十足笨伯哉！《中央日报副刊》未见；谢君处恕不代达，此种小傀儡，可不做则不做而已，无他秘计也。此复，顺请

著安！

鲁迅

鲁迅这封信写得精彩绝伦，不愧为语言大师。首先鲁迅"承认"被"吓得绝倒"，接着讽刺顾颉刚"妙计"：知道我八月走，还要九月诉讼，是

让我要么"提空囊赁屋买米，作穷打算"，要么"指我为畏罪而逃也"。告赢过章士钊的鲁迅当然不怕打官司，接下来便说要打就打谁怕谁，我在江浙听命就是，为啥非得让我"典书卖裤"在广州等呢，我岂"十足笨伯哉"？最后，鲁迅戳穿顾颉刚的伎俩，"此种小傀儡，可不做则不做而已，无他秘计也"。整封信语调戏谑，但态度又不激烈，鲁迅说是"玩笑"，既嘲讽回击了顾颉刚，又不至于进一步激怒顾颉刚，毕竟如果真打上官司也不是好玩的事。

问题是，鲁迅为何说顾颉刚"反对民党"，难道是鲁迅信口雌黄乱扣帽子？非也，鲁迅一直认为顾颉刚乃研究系，而以梁启超、汤化龙为首的研究系确是"反对民党"。实际上，顾颉刚早期和研究系确有瓜葛。1926年2月5日，顾颉刚"到新月社，绍原邀宴，为《晨报副刊》撰文也"，而《晨报副刊》正是研究系的机关报。此后，顾颉刚多次为《晨报副刊》投稿，并和研究系的人互有宴请。所以，鲁迅称顾颉刚为"研究系下的小卒"也不为过。但顾颉刚后来中断了与研究系的交往，并有些看不起研究系。在信中，顾颉刚还劝胡适和研究系断绝关系，"我敢请求先生，从此与梁任公、丁在君、汤尔和一班人断绝了罢。固然他们未必尽是坏人，但他们确自有取咎之道；而且先生为了他们牺牲的名誉这样多，在友谊上也对得起他们了"。

而身为现代评论派领袖的胡适此时正和研究系打得火热，所以鲁迅有时把现代评论派跟研究系归为一丘之貉。如1927年4月10日，鲁迅在《庆祝沪宁克复的那一边》文中，将现代评论派与研究系一起捆绑："革命的势力一扩大，革命的人们一定会多起来。统一以后，我恐怕研究系也要讲革命。去年年底，《现代评论》，不就变了论调了么？和'三一八惨案'时候的议论一比照，我真疑心他们都得了一种仙丹，忽然脱胎换骨。"这就导致了"有现代评论色彩"的顾颉刚被鲁迅视为研究系。此外，顾颉刚还曾担任过救国团出版股主任，编辑《救国特刊》。救国团主张国家主义，反对打倒帝国主义，反对女师大学潮，还干扰民众对"五卅运动"的注意力，因此被"左"派看为"反对民党"组织。

那么，顾颉刚自己"反对民党"吗？应该没有。1927年初，顾颉刚写信致胡适道："有一件事我敢请求先生，先生归国以后似以不做政治活动为宜。如果要做，最好加入国民党……我对于他们深表同情，如果学问的嗜好不使我却绝他种事务，我真要加入国民党了。"1934年，顾颉刚还真的加入了国民党，并担任参政员和国大代表。虽然，顾颉刚1947年没再参加国民党重新登记而自动脱党，后在自述中辩解当初加入国民党的原因："我为要事业成功，不惜牺牲了平昔的主张，就答应了。"但不可否认，顾颉刚确曾加入国民党，至少不会"反对民党"。

总之，顾颉刚原来和研究系确有交往，也参加过"反革命组织"救国团，但后来他主动与他们断绝了关系，并加入了国民党。所以，鲁迅扣给顾颉刚"反对民党"的帽子确是扣错了。

"知我罪我，听之于人"

顾颉刚威胁鲁迅"提起诉讼"也只是发泄心中愤怒而已，并未真的和鲁迅大闹公堂。1927年8月12日，顾颉刚日记中记载："见傅斯年，被'劝予不必与鲁迅涉讼，因其已失败也'。后王伯祥等亦劝止此事。"顾颉刚所做的"报复"是读了鲁迅所有著作，在日记中痛骂鲁迅说："乃活现一尖酸刻薄、说冷话而不负责之人""鲁迅有三个主义：（1）架子。（2）金钱。（3）党派"。

随着鲁迅离开广州前往上海，鲁迅和顾颉刚彼此眼不见心不烦，未再发生直接冲突。顾颉刚在鲁迅走后写信给容庚说："今幸鲁迅已受劳动大学之聘，不日离粤，此后之岁月或仍复我自由乎？盼之祷之！"两人后来只见过一面。1927年7月，鲁迅回北京到孔德学校时，无意碰到了顾颉刚。两人互相熟视无睹，鲁迅在信中记载道："我在北京孔德学校，鼻忽推门而入，前却者屡，终于退出，似已无吃官司之意。"[①] 此后，两人还是宿敌，一有机会就把对方骂得狗血喷头，尤其是鲁迅对顾颉刚绝不宽恕。

顾颉刚曾有一个著名论断，他以《说文解字》训"禹"为"虫"为依据，提出禹是"蜥蜴"之类的推断。这被推崇大禹的鲁迅抓住把柄，大做文章。鲁迅以其人之道还治其人之身，将"顾"字的繁体字"顧"分解为"雇"（本义为"鸟"）与"頁"（本义为"头"），称顾颉刚为"鸟头先生"。在历史小说《理水》中，鲁迅更是鲜活地塑造了一个"鸟头先生"来影射顾颉刚。其中一段写道：

"'这这些些都是费话，'又一个学者吃吃的说，立刻把鼻尖胀得通红。'你们是受了谣言的骗的。其实并没有所谓禹，'禹'是一条虫，虫虫会治水的吗？'"

这段语言功底了得，既讽刺顾颉刚"禹是一条虫"的论断，又笑话顾颉刚口吃，还嘲笑顾颉刚"红鼻"。而实际上，顾颉刚从来没有说过"禹是一条虫"，在《理水》发表前，顾颉刚也已明确承认根据《说文解字》的解释对禹进行推测是个失误，他只是认为禹不是真实人物而已。

因为有酒糟鼻，顾颉刚被鲁迅戏称为"红鼻"或"鼻"，多次在信中如此称呼，有时甚至在毛笔信中用朱笔一点以代表顾颉刚。如1927年5月15日，在致章廷谦信中，鲁迅写道："傅斯年我初见，先前竟想不到是

---

① 出自鲁迅书信集《书信（11）》中《290721致章廷谦》。

这样人。当红鼻到此时，我便走了。"

鲁迅曾明确反对利用别人生理缺陷进行人身攻击，为何他自食其言"乐此不疲"呢？这只能说明，他对顾颉刚太过厌恶了。这种厌恶一直持续到晚年，在1934年7月6日致郑振铎信中，鲁迅仍然刻薄地评价顾颉刚道：

三根①是必显神通的，但至今始显，已算缓慢。此公遍身谋略，凡与接触者，定必麻烦，倘与周旋，本亦不足惧，然别人那有如许闲工夫。嘴亦本来不吃，其呐呐者，即因虽谈话时，亦在运用阴谋之故。在厦大时，即逢迎校长以驱除异己，异己既尽，而此公亦为校长所鄙，遂至广州，我连忙逃走，不知其何以又不安于粤也。现在所发之狗性，盖与在厦大时相同。最好是不与相涉，否则钩心斗角之事，层出不穷，真使人不胜其扰。其实，他是有破坏而无建设的，只要看他的《古史辨》，已将古史"辨"成没有，自己也不再有路可走，只好又用老手段了。

为什么鲁迅如此厌恶他呢？顾颉刚百思不得其解，他在1927年3月1日的日记中推断，原因可能有四条：

第一，自己最先揭露了《中国小说史略》抄袭盐谷温《支那文学概论讲话》；第二，自己是胡适的学生；第三，与他同为厦大研究教授，以后辈与前辈抗行；第四，我不说空话，他无可攻击。且相形之下，他以空话提倡科学者自然见绌。总之，他不许别人好，要他自己在各方面都是第一人，永远享有自己的骄傲与他人的崇拜。这种思想实在是极旧的思想，他号'时代之先驱者'，而有此，洵青年之盲目也。我性长于研究，他性长于创作，各适其适，不相遇问可已，何必妒我忌我！

顾颉刚听别人说，鲁迅最后十年在上海"最恨之人，非胡适与陈源，

---

① 指顾颉刚，在中国古代相面语中，"三根"指鼻梁。

亦非杨荫榆与章士钊，乃是顾颉刚一人耳"。实际上，鲁迅与顾颉刚在感情上并没有深仇大恨，观点上也没有激烈交锋。对于顾颉刚，鲁迅主要因谣言一事，厌恶他是"胡适之陈源之流"。鲁迅最恨"学者只讲学问，不问派别"这种话，而最喜欢说学者只讲学问的人就是顾颉刚，但顾颉刚自己并未做到"只讲学问"，他曾在抗战中帮朱家骅写过《九鼎铭文》，准备献礼蒋介石。虽然，顾颉刚后来在自传中辩解那是学生代笔，可如果没有他的同意，学生岂敢做此大文章。

顾颉刚对于鲁迅倒是很少公开攻击，只在给朋友的信中吐槽而已。1927年7月4日，顾颉刚在给同乡同学叶圣陶的信中自我辩护和评价鲁迅道："至于什么主任，什么教授，老实说不在我的心上。若要排挤鲁迅们来成全自己，更无此想。老实说，他的文学是我及不来的，他的历史研究是我瞧不起的，及不来则不必排挤，瞧不起更不屑排挤。我岂无争胜之心，但我的争胜之心要向将来可以胜过而现在尚难望其项背的人来发施。例如前十年的对于太炎先生，近来的对于静安先生。我要同他们争胜，也是堂堂之鼓，正正之旗，站在学术上攻击，决不像鲁迅般的用阴谋来排挤，用谣言来诬蔑。"

1973年7月11日，顾颉刚在日记中追忆与鲁迅的往事时，还指鲁迅"心理之沉郁"。他将自己与鲁迅之间的结怨，追溯到鲁迅写作于1921年12月的《阿Q正传》，因为序中提到"有'历史癖与考据癖'的胡适之先生之门人们"。这篇日记的最后，顾颉刚写道：

> 今日鲁迅已为文化界之圣人，其著作普及全世界，研究之者日益多，对于彼我之纠纷必将成为研究者之一问题。倘我不在此空页上揭露，后人必将无从探索，故勉强于垂尽之年略作系统之叙述，知我罪我，听之于人，予惟自誓不说一谎话而已。

鲁迅离开中山大学不久，性格强势的顾颉刚和同样强势的傅斯年相处不好，于是，顾颉刚很快也离开了中山大学，出任燕京大学教授。此后，顾颉刚兴趣转向民俗学和边疆学研究,曾赴边疆考察,创办地理学半月刊《禹贡》,担任中国边疆学会理事长等职,还曾与人合办出版社卖地图,并于1948 年被评为中央研究院首批院士。

"我一生中第一次碰到的大钉子是鲁迅对我的过不去",顾颉刚后来在自传中写道。新中国成立后,顾颉刚因为这颗"大钉子",被迫多次检讨。但因为顾颉刚的"古史辨"有着唯物主义的疑古思想,再加上顾颉刚积极接受改造,如他曾于1958 年12 月在《光明日报》上发表长篇检讨文章《从抗拒改造到接受改造》,在1958 年12 月7 日日记中曾记道:"今日予发言,以说得老实,破得彻底,故博得掌声甚多,休息时许多人到予座前称赞。"在1964 年发表的《七十二岁之感受》曾写道:"纵然我不能纯熟地运用马克思主义,至少可以跟着马克思主义者的足迹而前进。"所以,顾颉刚在"反右"乃至"文革"中虽被批判但并未受到太大冲击,还有机会校点《资治通鉴》和《史记》。而且,顾颉刚和许广平关系还算不错,1958 年11月21 日参加民主促进会第三次全国代表大会组会时,"诸同人因批评予立场有问题,赖许广平同志为解围"。

在批判胡适的大潮中,顾颉刚虽然也与胡适"划清界限",但未像罗尔纲、任继愈等胡适爱徒般要"彻底肃清"胡适"反动学术思想流毒"。1976 年之后,自中学起就立志治经的顾颉刚终于可以安心做学问了,主持标点《二十四史》工作。可惜,天不假年,1980 年12 月25 日,顾颉刚刚刚审定完《顾颉刚古史论文集》目录,就于北京去世。

逝前,顾颉刚一直在挂念搜寻姚际恒的《仪礼通论》,而他早期曾请胡适帮代寻过这本书,在1948 年的一封致胡适信中写道:"一来使沉埋二百余年之著作复显于世,二则并不负三十年前先生提倡之心。"顾颉刚晚年还在搜寻此书,应该是对恩师胡适的一个无声纪念。可见,顾颉刚如鲁迅一样本质上都是性情中人,既忘不了鲁迅的怨,也铭记着胡适的恩。

　　而陈源则被鲁迅骂伤了心，开始远离文坛。虽然被梁实秋称为散文大家，但陈源在文坛只留下了一部《西滢闲话》。1929年5月，陈源应王世杰之邀担任武汉大学文学院院长，为武大文学院革故鼎新做了大量工作，培养了大批人才。1946年，他开始担任国民党驻巴黎联合国教科文组织首任常驻代表。在巴黎时，人们不知道他就是和鲁迅论战的陈源，有时候会当着他的面议论鲁迅和陈源大战的陈年往事。此时的陈源总是合上双眼，含着烟斗，静静聆听，仿佛在听上一个世纪的他人故事。

　　1970年3月，陈源在半睡半醒中于伦敦与世长辞，去世前曾握着夫人凌叔华的手说：“我能回无锡太湖边吗？我想回去。”后来，凌叔华遵其遗愿，将其骨灰安葬在江苏无锡老家，“满足他用全部的爱永远拥抱自己赤诚热爱的国家”。1990年5月，凌淑华在北京病逝。女儿陈小滢遵从父母遗愿，将母亲的骨灰运回无锡，与父亲合葬于太湖之滨的姚湾。

　　每个人，每段历史都是复杂、多面的，理应全面、辩证地看待。陈源在女师大学潮、“三一八惨案”等事件上确有错误观点，但总体上绝非大奸大恶之人，不过是位“折中、公允、调和、平正之状”的“理中客”。陈源、顾颉刚代表的现代评论派拿过段祺瑞的钱，说过一些北洋政府、国民党政府的好话，但也发表过大量反帝反封建、爱国、支持群众抗议甚至宣传马克思主义的文章，培养了沈从文、李健吾、胡也频等许多青年作家，成员中还有李四光、田汉、竺可桢等众多共产党员或左翼人士，因此不能一棍子打死，连郭沫若都认为现代评论派“构成分子大部分还是有点相当学识的自由主义者，所发表的政论，公开地说，也还比较开明”。

　　和现代评论派类似的是和它有着千丝万缕关系的新月派，而鲁迅则是彻底的“革命主义者”，反对“小资产阶级”的软弱性、妥协性。这便注定了鲁迅大战现代评论派，也注定了鲁迅接下来和梁实秋为代表的新月派短兵相接。

鲁迅与梁实秋："乏牛"与"走狗"

《拓荒者》说我是资本家的走狗，是那一个资本家，还是所有的资本家？我还不知道我的主子是谁，我若知道，我一定要带着几份杂志去到主子面前表功，或者还许得到几个金镑或卢布的赏赉呢。

这正是"资本家的走狗"的活写真。凡走狗，虽或为一个资本家所豢养，其实是属于所有的资本家的，所以它遇见所有的阔人都驯良，遇见所有的穷人都狂吠。不知道谁是它的主子，正是它遇见所有阔人都驯良的原因，也就是属于所有的资本家的证据。

辞了中山大学的教职，鲁迅并没有立刻离开广州，下一步何去何从呢？"灵台无计逃神矢，风雨如磐暗故园。"① 偌大的旧中国，哪里没有淤积的黑暗，哪里能容得下一支愤怒的笔呢？正当鲁迅彷徨无计时，传来了他"到

① 出自鲁迅《自题小像》全诗共四句，后两句为：寄意寒星荃不察，我以我血荐轩辕。

了汉口"的消息。

1927 年 6 月 4 日，上海《时事新报·学灯》副刊发表了一篇署名为徐丹甫的文章《北京文艺界之分门别户》。文章首先肯定了鲁迅："鲁迅先生是小说家及'杂感家'。他的个性真充足。《阿 Q 正传》据说已有好几种译本，其价值可知。"接着，文章笔锋一转批判起鲁迅来，"鲁迅先生的特长，即在他的尖锐的笔调，除此别无可称。但是钦仰鲁迅先生的小说的人极多，鲁迅先生又极力奖掖后进，所以也有很大的势力。"作者随后揭露道：

周氏兄弟之所以能为文坛盟主，一大半由于《晨报副刊》，而《晨报副刊》之所以成为文坛之要塞，则孙伏园先生之力为多。孙伏园先生卒业于北大国文系，主副刊笔政，俨然以北大派嫡系自居，同时采对"羊周"主义，周即周氏弟兄也。周氏弟兄是副刊特约的撰述员，经孙伏园先生的鼓吹，遂成文坛上之霸主，而伏园先生亦因副刊而起家了。《晨报副刊》还有一件极重要的工作，即是伏园先生之推重陈大悲先生，此事为北京文艺界分门别户之导火线。不可不详述之。

文章还说："现在北京的文艺界很消沉了，鲁迅到了汉口……"

不久，香港的《循环日报》转载了这篇文章，鲁迅看到后当即给《循环日报》写了一封更正信，要求更正：

在六月十日十一日两天的《循环世界》里，看见徐丹甫先生的一篇《北京文艺界之分门别户》。各人各有他的眼光，心思，手段。他要他的，我不想来多嘴。但其中有关于我的三点，我自己比较的清楚些，可以请为更正，即："一，我从来没有做过《晨报副刊》的'特约撰述员'。二，陈大悲被攻击后，我并未停止投稿。三，我现仍在广州，并没有'到了汉口'。"

但《循环日报》并未更正，鲁迅气不过，在两个月后为《语丝》杂志写的《略谈香港》一文中又提及此事。为什么鲁迅如此"小题大做"呢？

因为蒋介石发动"四一二"政变后，宁汉分裂，汪精卫所在的武汉仍处于国共合作状态，所以"到了汉口"便有"投共"嫌疑。鲁迅在《略谈香港》文中对此怒道：

> 后来，则在《循环日报》上，以讲文学为名，提起我的事，说我原是"《晨报副刊》特约撰述员"，现在则"到了汉口"。我知道这种宣传有点危险，意在说我先是研究系的好友，现是共产党的同道，虽不至于"枪终路寝"，益处大概总不会有的，晦气点还可以因此被关起来。便写了一封信去更正……

开战："一件小事"与"卢梭"

《北京文艺界之分门别户》作者徐丹甫何许人也？为何敢在"太岁头上动土"？他便是哈佛大学硕士归来意气风发的梁实秋。这不是梁实秋第一次招惹鲁迅了。早在 1926 年 3 月刚回国时，梁实秋在《晨报副刊》发表的"成名作"《现代中国文学之浪漫的趋势》中就对鲁迅暗地嘲讽：

> 近年来新诗中产出了一个"人力车夫派"。这一派是专门为人力车夫抱不平，以为神圣的人力车夫被经济制度压迫过甚，同时又以为劳动是神圣的，觉得人力车夫值得赞美。其实人力车夫凭他的血汗赚钱糊口，也可以算得是诚实的生活，既没有什么可悯的，更没有什么可赞美的。但是悲天悯人的浪漫主义者觉得人力车夫的生活可怜可敬可歌可泣，于是写起诗来张口人力车夫，闭口人力车夫。

当时，很多人都知道鲁迅写过一篇文章《一件小事》，对人力车夫充满赞美和同情，车夫"满身灰尘的后影，刹时高大了，而且愈走愈大，须仰视才见"。因此，梁实秋这是在不言自明地嘲讽鲁迅。向来嘲讽别人的鲁迅哪里能咽得下这口气，在上海暨南大学所作的《文艺与政治的歧途》讲演中，他同样没有指名道姓地讥讽道："北京有一班文人，顶看不起描写社会的文学家，他们想，小说里面连车夫的生活都可以写进去，岂不把小说应该写才子佳人一首诗生爱情的定律都打破了吗？现在呢，他们也不能做高尚的文学家了，还是要逃到南边来；'象牙之塔'的窗子里，到底没有一块一块面包递进来的呀！"

实际上，梁实秋从一开始就对鲁迅不抱好感。早在清华八年读书期间，梁实秋就对大名鼎鼎的鲁迅毫不感冒。作为清华文学社的创办人，梁实秋邀请过徐志摩、周作人等名家来清华讲演，但就是未把鲁迅看在眼里。1922 年 6 月，梁实秋到北京西城八道湾拜见周作人，经过前院时，看见"一位高颧骨黑黑的矮矮的人"。这人捏着一根纸烟，向他点头说道："你是找我弟弟的，请里院坐吧。"这是梁实秋第一次也是唯一一次见到鲁迅，梁实秋并未珍惜机会向鲁迅请教，更未合影留念，而是径直到里院找周作人去了。

梁实秋清华毕业后赴美留学，1924 年进入哈佛大学研究院攻读硕士学位，遇到白璧德教授。梁实秋和师哥吴宓、梅光迪等人一样被白璧德提倡的以"人的原则"为最高原则的"人文主义"深深折服。白璧德宣扬古典文化、传统秩序的价值，崇尚理性、秩序、稳健，让梁实秋的文艺思想发生了根本变化，从"极端的浪漫主义"转到了"人文主义"。正是这种思想的变化，导致了他与鲁迅等人的分歧，随之有了一系列交锋。而第一次直接交锋便是因为"浪漫主义鼻祖"卢梭。

1926 年刚回国的梁实秋将批判卢梭的文章《卢梭论女子教育》发表在《晨报副刊》，次年 11 月又将其发表在《复旦旬刊》创刊号上。梁实秋在文章中几乎全盘否定卢梭，"卢梭论教育，无一是处，惟其论女子教育，的确精当。卢梭论女子教育是根据于男女的性质与体格的差别而来"。梁实秋之所以如此反对卢梭，是接过了他老师白璧德的"枪"。白璧德曾写过一本《卢梭与浪漫主义》，全面细致地批判了卢梭。

此时，鲁迅刚刚从广州来到上海，很快便看到了这篇文章。敬仰卢梭的鲁迅对梁实秋的观点深为不满，写下了《卢梭和胃口》一文。针对梁实秋认为卢梭论女子教育还算精当——"正当的女子教育应该是使女子成为完全的女子"，鲁迅针锋相对地说这种"所谓正当的教育者，也应该是使'弱不禁风'者，成为完全的'弱不禁风'，'蠢笨如牛'者，成为完全的'蠢笨如牛'"。

创造社健将、与鲁迅关系良好的郁达夫这时站出来，为鲁迅助拳，赶写了《卢梭传》一书和《卢梭的思想和他的创作》一文，全面介绍了卢梭其人其思想。郁达夫和鲁迅一样引用了美国文学家辛克莱的话，质问道："无论在那一个卢梭的批评家，都有首先应该解决的唯一的问题。为什么你和他吵闹的？要为他的到达点的那自由，平等，调协开路么？还是因为畏惧卢梭所发向世界上的新思想和新感情的激流呢？"这话意思非常明确，你反对卢梭究竟是反对什么呢？是反对卢梭代表的新思想、新潮流吗？

随后，梁实秋发表回应文章《读郁达夫先生的〈卢梭传〉》和《关于卢梭——答郁达夫先生》。他说郁达夫的《卢梭传》根本没有多大价值，还捎带着攻击备受卢梭影响的中国作家："卢梭个人不道德的行为，已然成为一般浪漫文人的行为之标类的代表，对于卢梭道德的攻击，可以说即是给一般浪漫之人的行为的攻击。在我们中国，'文人无行'已成为一句成语，假道学的口吻固然令人讨厌，真荒唐的行为岂是应得鼓励的？"这话又有所指，矛头指向副标题所含的"郁达夫先生"，暗讽他"文人无行"。因为 20 世纪 20 年代初，郁达夫到北京，曾请梁实秋做向导去逛青楼，搞得梁实秋啼笑皆非"未敢奉陪"。文章还指责鲁迅和郁达夫引用美国文学家辛克莱的话是"借刀杀人"。

最喜欢借题发挥的鲁迅抓住了"借刀杀人"这一把柄，写成《头》一文"倒打一耙"，反指梁实秋批判卢梭以攻击中国浪漫文人是借"头"示众。围绕着"卢梭"，梁实秋与鲁迅短兵相接，并以此为导火索，拉开了两人论战的大幕。

决战：文学"人性"与"阶级性"

基于白璧德的"人文主义"，梁实秋将批评对象从卢梭扩大到整个文学。1926年10月27日、28日，《晨报副刊》连续发表了梁实秋的《文学批评辩》一文。在文章中，梁实秋首提"人性是根本不变的""文学就是表现这最基本的人性的艺术"等观点。

对此，鲁迅于1927年12月23日写成著名的《文学和出汗》。文章精短但力道十足入木三分，堪称鲁迅"匕首"之杰作。文中开头写道：

上海的教授对人讲文学，以为文学当描写永远不变的人性，否则便不久长。例如英国，莎士比亚和别的一两个人所写的是永久不变的人性，所以至今流传，其余的不这样，就都消灭了云。

"上海的教授"又"对人讲文学"的，指的便是梁实秋。梁实秋从美国留学回来后先后做过上海暨南大学、复旦大学等多所高校教授。"文学当描写永远不变的人性，否则便不长久？"鲁迅于是"糊涂"了："英国有许多先前的文章不流传，我想，这是总会有的，但竟没有想到它们的消灭，乃因为不写永久不变的人性。现在既然知道了这一层，却更不解它们既已消灭，现在的教授何从看见，却居然断定它们所写的都不是永久不变的人性了。"

鲁迅不反对文学表现人性，他反对的是"人性是根本不变的"的观点。"人性是永久不变的么？"鲁迅自问自答道，"类人猿，类猿人，原人，古人，今人，未来的人，……如果生物真会进化，人性就不能永久不变。不说类猿人，就是原人的脾气，我们大约就很难猜得着的，则我们的脾气，恐怕未来的人也未必会明白。要写永久不变的人性，实在难哪。"

继而，鲁迅以出汗为例，证明人性的不同：

譬如出汗罢，我想，似乎于古有之，于今也有，将来一定暂时也还有，该可以算得较为"永久不变的人性"了。然而"弱不禁风"的小姐出的是香汗，"蠢笨如牛"的工人出的是臭汗。不知道倘要做长留世上的文字，要充长留世上的文学家，是描写香汗好呢，还是描写臭汗好？这问题倘不先行解决，则在将来文学史上的位置，委实是"岌岌乎殆哉"。

最后，鲁迅讽刺"批评家"梁实秋道："在中国，从道士听论道，从批评家听谈文，都令人毛孔痉挛，汗不敢出。然而这也许倒是中国的'永久不变的人性'罢。"

以"人性论"为论辩主题，梁实秋和鲁迅刀来剑往，并将战火蔓延到"阶级性"上。梁实秋从"人性论"引申出去，否定文学有阶级性，否定当时方兴未艾的"无产阶级革命文学"。他的观点集中体现在《文学是有阶级性的吗？》一文。"我现在要彻底的问：文学是有阶级性的吗？"梁实秋随后从题材、作者、读者三个层次分析了当时的无产阶级文学，并列举了两首无产阶级革命诗歌，最后做结论道："我的意思是：文学就没有阶级的区别，'资产阶级文学''无产阶级文学'都是实际革命家造出来的口号标语，文学并没有这种的区别，近年来所谓的无产阶级文学的运动，据我考查，在理论上尚不能成立，在实际上也并未成功。"

梁实秋的文章有理有据，似乎完美无瑕，但可惜遇到了鲁迅这样的"摧花辣手"。鲁迅像庖丁解牛一样在《"硬译"与"文学的阶级性"》一文中将梁实秋的"有理有据"一刀刀化解于无形。

针对梁实秋所言的"一个资本家和一个劳动者，他们的不同的地方是有的，遗传不同，教育不同，经济的环境不同，因之生活状态也不同，但是他们还有同的地方。他们的人性并没有两样，他们都感到生老病死的无常，他们都有爱的要求，他们都有怜悯与恐怖的情绪，他们都有伦常的观念，他们都企求身心的愉快。文学就是表现这最基本的人性的艺术"，鲁迅妙笔生花地写道：

"喜怒哀乐，人之情也"，然而穷人决无开交易所折本的懊恼，煤油大王那会知道北京检煤渣老婆子身受的酸辛，饥区的灾民，大约总不去种兰花，像阔人的老太爷一样，贾府上的焦大，也不爱林妹妹的。

梁实秋在文章中说："文学家就是一个比别人感情丰富感觉敏锐想象发达艺术完美的人。他是属于资产阶级或无产阶级，这于他的作品有什么关系？托尔斯泰是出身贵族，但是他对于平民的同情真可说是无限量的，然而他并不主张阶级斗争；许多人奉为神明的马克斯，他自己并不是什么无产阶级中的人物；终身穷苦的约翰孙博士，他的志行高洁吐属文雅比贵族还有过无不及。"鲁迅对此反驳道：

这些例子，也全不足以证明文学的无阶级性的。托尔斯泰正因为出身贵族，旧性荡涤不尽，所以只同情于贫民而不主张阶级斗争。马克斯原先诚非无产阶级中的人物，但也并无文学作品，我们不能悬拟他如果动笔，所表现的一定是不用方式的恋爱本身。

"我们不反对任何人利用文学来达到另外的目的，这与文学本身无害的，但是我们不能承认宣传式的文字便是文学……以文学的形式来做宣传的工具当然是再妙没有，但是，我们能承认这是文学吗？即使宣传文字果有文学意味，我们能说宣传作用是文学的主要任务吗？"梁实秋在文章如此写道。鲁迅则针锋相对地回答说："我以为这是自扰之谈。据我所看过的那些理论，都不过说凡文艺必有所宣传，并没有谁主张只要宣传式的文字便是文学。"

对于梁实秋罗列的两首诗歌，鲁迅认为："但抄两首译诗算是在示众，是不对的。《新月》上就曾有《论翻译之难》，何况所译的文是诗。就我所见的而论，卢那卡尔斯基的《被解放的堂·吉诃德》，法兑耶夫的《溃灭》，格拉特珂夫的《水门汀》，在中国这十一年中，就并无可以和这些相比的作品。"鲁迅也承认，无产阶级革命文学好的作品不多，但"那病根并不在'以文艺为阶级斗争的武器'，而在'借阶级斗争为文艺的武器'，在'无产者文学'这旗帜之下，聚集了不少的忽翻筋斗的人"。

总而言之，梁实秋主张"文学普遍人性论"，否定"文学阶级性"；而鲁迅则反对"文学普遍人性论"，承认"文学阶级性"。这场文学"人性"和"阶级性"的公共话题争论，和其他论战一样，也不可避免地扯上了私人恩怨，这便是"硬译"和"新月"问题。

私怨："硬译"与"新月"

众所周知，鲁迅自日本留学起，便开始翻译外国特别是东欧、拉美等地区的弱小国家的作品。因为鲁迅不懂英语，翻译大多依据作品的日译本。为避免二次失真，鲁迅在翻译时比较注重一字一句地直译，内容便难免有些晦涩。这便给了英语达人梁实秋自鸣得意的机会和攻击武器。

梁实秋在《所谓"文艺政策"者》《论鲁迅先生的"硬译"》《论翻译的一封信》等文章中，揪住了鲁迅硬译的小辫子不放，大加嘲讽，如"有谁能看得懂这样稀奇古怪的句法呢？我读这两本书的时候真感觉文字的艰深。读这样的书，就如同看地图一般，要伸着手指来寻找句法的线索位置"。他还借鲁迅在《文艺与批评》的"译者后记"中的话"所余的唯一的希望，只在读者还肯硬着头皮看下去而已"，讥嘲道：

鲁迅先生的译文难解，是一件事实。这事实的缘由，鲁迅先生已经很明白地告诉过我们。一半是"因为译者的能力不够"，一半是因为"中国文字本来的缺点"。其译文之所以难解，还有更大的原因，那便是读者之不肯"硬着头皮"读耳！

最后，梁实秋干脆将鲁迅的"硬译"判定为"死译"："我们人人知道鲁迅先生的小说和杂感的文笔是何等的简练流利，没有人能说鲁迅先生的文笔不济，但是他的译却离'死译'不远了。"

在回应文章《"硬译"与"文学的阶级性"》一文里，鲁迅先是意气用事地回道："我的译作，本不在博读者的'爽快'，却往往给以不舒服，甚而至于使人气闷，憎恶，愤恨。"在批评了半天梁实秋的"文学无阶级性"后，鲁迅又回到"硬译"上来，解释他为什么非要硬译不可：

无产文学既然重在宣传，宣传必须多数能懂，那么，你这些"硬译"而难懂的理论"天书"，究竟为什么而译的呢？不是等于不译么？

我的回答，是：为了我自己，和几个以无产文学批评家自居的人，和一部分不图"爽快"，不怕艰难，多少要明白一些这理论的读者。

当时中国作家大多不肯投身翻译这种为他人作嫁衣的事，尤其是不愿翻译弱小国家没人看的文学作品，鲁迅只好"赶鸭子上架"勉为其难了，并非他故意曲译和"死译"。所以，鲁迅坦言道："自然，世间总会有较好的翻译者，能够译成既不曲，也不'硬'或'死'的文章的，那时我的译本当然就被淘汰，我就只要来填这从'无有'到'较好'的空间罢了。"

翻译大家严复提出的著名翻译三原则"信、达、雅"成为翻译界公认标准,但这三原则如何排序? 梁实秋将"达"放在"信"前面,而鲁迅为了"信"向来不惜牺牲"达",如他在写于 1931 年 12 月 28 日的《关于翻译的通信(并 J.K. 来信)》一文中就直接表明过:"我是至今主张'宁信而不顺'的。"这是梁实秋和鲁迅翻译分歧的根本问题所在。

除了批梁实秋外,鲁迅在《"硬译"与"文学的阶级性"》这篇长文里还对新月社大加鞭挞。这是为何? 新月社是什么组织? 梁实秋关新月社何事?

徐志摩自剑桥大学回国后,常常与留学欧美的同学聚餐,慢慢衍化出一个小团体,骨干有徐志摩、胡适、梁实秋、林徽因、陈源、沈从文、闻一多等人。1924 年 7 月,泰戈尔访华前,主要负责接待泰戈尔的徐志摩便将该小团体正式挂牌为新月社,名字取自泰戈尔诗集《新月集》,意在"它那纤弱的一弯分明暗示着,怀抱着未来的圆满"。新月社成立后,先是以徐志摩主编的《晨报副刊》为阵地,后来陆续创办新月书店、《新月》月刊,还编辑出版了"现代文化丛书"及《诗刊》《新月诗选》等杂志,发展为 20 世纪 20 年代国内影响比较大的一个文学社团。新月社和现代评论派有着众多相似之处,都奉胡适为精神领袖,都持自由主义立场,都提倡"稳健的合乎理性的学说",成员都以欧美留学生为主且多有交叉,如陈源既是现代评论派主将也是新月社骨干。不同的是,新月社更偏重文艺,现代评论派更偏向政治。梁实秋则是新月社的主将,担任新月书店总经理,主编过八期《新月》月刊,在《新月》月刊发表文章也几乎最多。

因为新月社和现代评论派相似,鲁迅将他们划为一丘之貉,从无好感。因此,在"枪击"梁实秋的同时,鲁迅将梁实秋所在的新月社一起"扫射"。在《"硬译"与"文学的阶级性"》文章开头,鲁迅先是指出"以硬自居了,而实则其软如棉,正是新月社的一种特色",并"表扬"新月社诸君道:"读了会'落个爽快'的东西,自有新月社的人们的译著在:徐志摩先生的诗,沈从文，凌叔华先生的小说，陈西滢（即陈源）先生的闲话，梁实秋先生的批评，潘光旦先生的优生学，还有白璧德先生的人文主义。"

在文章最后，鲁迅针对《新月》杂志因为发表胡适、罗隆基等人争取言论自由的文章而遭到国民党当局查禁，挖苦道：

《新月》一出世，就主张"严正态度"，但于骂人者则骂之，讥人者则讥之。这并不错，正是"即以其人之道，还治其人之身"，虽然也是一种"报复"，而非为了自己。到二卷六七号合本的广告上，还说"我们都保持'容忍'的态度（除了'不容忍'的态度是我们所不能容忍以外），我们都喜欢稳健的合乎理性的学说"。上两句也不错，"以眼还眼，以牙还牙"，和开初仍然一贯。然而从这条大路走下去，一定要遇到"以暴力抗暴力"，这和新月社诸君所喜欢的"稳健"也不能相容了。

这一回，新月社的"自由言论"遭了压迫，照老办法，是必须对于压迫者，也加以压迫的，但《新月》上所显现的反应，却是一篇《告压迫言论自由者》，先引对方的党义，次引外国的法律，终引东西史例，以见凡压迫自由者，往往臻于灭亡：是一番替对方设想的警告。

所以，新月社的"严正态度"，"以眼还眼"法，归根结蒂，是专施之力量相类，或力量较小的人的，倘给有力者打肿了眼，就要破例，只举手掩住自己的脸，叫一声"小心你自己的眼睛！"

在另外一篇《新月社批评家的任务》里，鲁迅更是试图揭穿新月社的老底——小骂帮大忙："现在新月社的批评家这样尽力地维持了治安，所要的却不过是'思想自由'，想想而已，决不实现的思想。而不料遇到了别一种维持治安法，竟连想也不准想了。从此以后，恐怕要不满于两种现状了罢。"

高潮："乏牛"与"走狗"

在这场论战中，梁实秋、鲁迅都自恃有才有理而不甘休兵，论战愈加白热化，也愈加发展到人身攻击，迎来了高潮。

其间，针对梁实秋的文章《文学是有阶级性的吗？》，创造社成员冯乃超写了一篇反驳文章《阶级社会的艺术》发表在《拓荒者》杂志上，称梁实秋为"资本家的走狗"："对于这样的说教人，我们要送'资本家的走狗'这样的称号的。"

梁实秋看了文章后并"不生气"，连续在《新月》杂志上发表了《资本家的走狗》《答鲁迅先生》《鲁迅与牛》等文章。针对"资本家的走狗"称号，梁实秋反问道："《拓荒者》说我是资本家的走狗，是那一个资本家，还是所有的资本家？我还不知道我的主子是谁，我若知道，我一定要带着几份杂志去到主子面前表功，或者还许得到几个金镑或卢布的赏赉呢。……至于如何可以做走狗，如何可以到资本家的账房去领金镑，如何可以到××党去领卢布，这一套的本领，我可怎么能知道呢？"

受"走狗"启发，梁实秋随后封了鲁迅一个"乏牛"称号。"牛""疲牛"原是鲁迅的自称，如他在诗中自言"俯首甘为孺子牛"，在《〈阿Q正传〉的成因》中说："我没有什么话要说，也没有什么文章要做，但有一种自害的脾气，是有时不免呐喊几声，想给人们去添点热闹。譬如一匹疲牛罢，明知不堪大用的了，但废物何妨利用呢，所以张家要我耕一弓地，可以的；李家要我挨一转磨，也可以的……"

梁实秋借题发挥大做文章，先是揭露鲁迅"多面人"，说道："一个人，在军阀政府里可以做佥事，在思想界可以做权威，在文学界里可以做左翼作家。"随之，他又嘲讽说："不过人应该比牛稍微灵些，牛吃李家的草时早忘了张家，吃赵家的草时又忘了李家，畜生如此，也自难怪；而人的记忆力应该稍强些罢，在吃草喘气的时候，也该自己想想，你自己已经吃了几家的草，当过了几回'乏''牛'！"

鲁迅看了梁实秋的文章后，也没有生气，反而愉快地跟冯雪峰说："有趣！还没有怎样打中了他的命脉就这么叫了起来，可见是一只没有什么用的走狗……乃超还嫩一些，这回还得我来。"于是，便有了鲁迅的千古名文《"丧家的""资本家的乏走狗"》。

针对梁实秋的"我还不知道我的主子是谁"的疑问，鲁迅在这文章中辛辣地骂道："这正是'资本家的走狗'的活写真。凡走狗，虽或为一个资本家所豢养，其实是属于所有的资本家的，所以它遇见所有的阔人都驯良，遇见所有的穷人都狂吠。不知道谁是它的主子，正是它遇见所有阔人都驯良的原因，也就是属于所有的资本家的证据。即使无人豢养，饿的精瘦，变成野狗了，但还是遇见所有的阔人都驯良，遇见所有的穷人都狂吠的，不过这时它就愈不明白谁是主子了。"这意思是说，梁实秋不仅是某一个资本家的"走狗"，还是所有资本家的"走狗"，因为"它遇见所有的阔人都驯良，遇见所有的穷人都狂吠"。

对于梁实秋自叙他怎样辛苦，好像"无产阶级"，即梁先生先前之所谓"劣败者"，又不知道"主子是谁"，鲁迅认为还得添几个字，称为"丧家的""资本家的走狗"，即骂梁实秋是无家可归的资本家"走狗"。

"然而这名目还有些缺点。梁先生究竟是有智识的教授，所以和平常的不同。"有何不同呢？鲁迅接着说：

在《答鲁迅先生》那一篇里，很巧妙地插进电杆上写"武装保护苏联"，敲碎报馆玻璃那些句子去，……指示着凡主张"文学有阶级性"，得罪了梁先生的人，都是在做"拥护苏联"，或"去领卢布"的勾当，和段祺瑞的卫兵枪杀学生，《晨报》却道学生为了几个卢布送命，自由大同盟上有我的名字，《革命日报》的通信上便说为"金光灿烂的卢布所买收"，都是同一手段。在梁先生，也许以为给主子嗅出匪类（"学匪"），也就是一种"批评"，然而这职业，比起"刽子手"来，也就更加下贱了。

还没有完，鲁迅继续骂道："但倘说梁先生意在要得'恩惠'或'金镑'，是冤枉的，决没有这回事，不过想借此助一臂之力，以济其'文艺批评'之穷罢了。所以从'文艺批评'方面看来，就还得在'走狗'之上，加上一个形容字：'乏'。"这几句话是说梁实秋是没本事的无家可归的资本家"走狗"。

就这般层层递进，梁实秋"步步高升"，被鲁迅戴上越来越大的"高帽"，先是资本家的"走狗"，接着是"丧家的"资本家"走狗"，最后是"丧家的""资本家的乏走狗"。鲁迅对自己这篇作品非常得意，把文章交给《萌芽月刊》时，高兴地笑道："比起乃超来，我真要'刻薄'得多。"这篇作品也的确非常给力，梁实秋因此戴上"丧家的""资本家的乏走狗"的帽子而载于史册。

梁实秋曾写过一篇《骂人的艺术》的小品文，总结了十条"骂人术"：1.知己知彼；2.无骂不如己者；3.适可而止；4.旁敲侧击；5.态度镇静；6.出言典雅；7.以退为进；8.预设埋伏；9.小题大做；10.远交近攻。可惜姜还是老的辣，"菜鸟"梁实秋碰上了老辣毒舌的"犀利哥"鲁迅，身怀再多的骂人术也白搭。

游击战："莎士比亚"与"刀笔吏"

鲁迅对梁实秋的定性，标志着梁鲁之战决战的结束，梁实秋完败。因为是"丧家的""资本家的乏走狗"，梁实秋当时备受"网暴"，有人在报上撰文羞辱，有人造谣说梁实秋自备小汽车，还有人半夜三更打电话到他家破口大骂。梁实秋不堪其扰，于 1930 年夏天和老友闻一多同赴青岛大学任教，并辞去了《新月》月刊的编辑工作。

此后，梁实秋与鲁迅之间都是些"小接触"，但"鲁迅先生及其盟友是精于'游击战'的，既选定我做一个目标，便长期随时出击"。"一个都不宽恕"的鲁迅自然不会轻易放过梁实秋，逮住机会就"随时出击"。

梁实秋来到青岛大学后兼任图书馆馆长，曾销毁过数十册"低级黄色书刊"，被人以讹传讹说成了销毁包括鲁迅书籍在内的左翼作品。鲁迅听闻自然冒火，在文章中写道："梁实秋教授充当什么图书馆主任时，听说也曾将我的许多译作驱逐出境。"①就连梁实秋所在的青岛也被鲁迅拿来做文章："听说青岛也是好地方，但这是梁实秋教授传道的圣境，我连遥望一下的眼福也没有过。"②

梁实秋的一大文学成就是翻译《莎士比亚全集》，鲁迅 1934 年 9 月则在《"莎士比亚"》一文中冷嘲热讽道："到今年，可又有些'莎士比亚''莎士比亚'起来……"1931 年 12 月，鲁迅在《几条"顺"的翻译》一文中又不忘旧恨道："在这一个多年之中，拼死命攻击'硬译'的名人，已经有了三代：首先是祖师梁实秋教授，其次是徒弟赵景深教授，最近就来了徒孙杨晋豪大学生。"

不过晚年，鲁迅似乎有些宽恕梁实秋了，1935 年他在回复李长之的信里说过这样一段话："我离北平久，不知道情形了，看过《大公报》，但近来《小公园》不见了，大约又已改组，有些不死不活，所以也不看了。《益世报》久未见，只是朋友有时寄一点剪下的文章来，却未见有梁实秋教授的；但我并不反对梁教授这人，也并不反对兼登他的文章的刊物。"

---

① 出自鲁迅杂文集《且介亭杂文二集》中《"题未定"草（六至九）》。
② 出自鲁迅短评合集《〈伪自由书〉后记》。

对于鲁迅的锲而不舍痛打落水狗精神，梁实秋坦言："这精神是可佩的，我自愧弗如远甚。"但实际上，梁实秋也是逮住机会就随时还击，甚至成了鲁迅的"跟屁虫"。鲁迅每次有作品发表，梁实秋常常立即撰文攻击。如鲁迅搞了一个"著译书目"，梁实秋立刻写了《鲁迅新著》加以讽刺；鲁迅出版了《两地书》，梁实秋则评论此书的内容体现了鲁迅"无时不张牙舞爪地做出准备厮杀的姿势"；鲁迅发表《"论语一年"》《小品文的危机》等文对周作人、林语堂沉湎于小品文的趣味不满，梁实秋当即撰文反驳："鲁迅先生的几卷杂感，固然有不平、有讽刺、有破坏。然而中国又有几个鲁迅呢？不擅讽刺的人硬要讽刺，不擅幽默的人硬要幽默，其丑有不堪言者。文无定律，还是随着各人性情为是……"

1933 年，萧伯纳来访华时，有人将萧伯纳与鲁迅相提并论。梁实秋很不以为然，详细列举了萧伯纳和鲁迅的诸多差别，试图证明鲁迅不如萧伯纳。同年，梁实秋在文章《欧化文》中又讽刺鲁迅是"'硬译'的大师"，并举例道："记得鲁迅的《彷徨集》中有一短篇，描写一位美国留学生的家庭，在吃饭的时候举箸曰 You please，You please！鲁迅先生自以为这是得意之笔，其实留学生虽然无聊，何至于此荒谬，译'您请，您请'为 You please！这只是鲁迅先生的'硬译'之一贯的表演罢了。"实际上，鲁迅何至于此荒谬，这话是鲁迅文中杜撰的青年作家所言，梁实秋自以为是的得意之笔，其实骂错了对象。

1936 年鲁迅去世后，参加鲁迅追悼会的梁实秋没了对手，对鲁迅的攻击更是肆无忌惮。1940 年，梁实秋写过一篇散文《病》，开头便道："鲁迅曾幻想到吐半口血扶两个丫环到阶前看秋海棠，以为那是雅事。"实际上，鲁迅此文乃是嘲讽梁实秋等所谓"雅士"的。鲁迅在文章中讲道，有个人希望秋天时，他吐半口血，由两个侍女扶着，病恹恹地去看海棠；这看起来非常的雅，但吐血只能吐半口，因为吐多了，人会死的。鲁迅这是在讽刺梁实秋等自命"君子""雅士"的岁月静好派，讽刺他们一方面装雅却不能脱俗，另外一方面装雅其实是对血淋淋现实的逃避。

1941 年 11 月 27 日，梁实秋在《中央周刊》发表《鲁迅与我》，总结了他与鲁迅的恩怨情仇，文章主调还是攻击鲁迅为自己辩护。回顾当初的文学"人性"与"阶级性"的争论，梁实秋说："但是作为真理的辩论看，我并不心服。即以文学的阶级性和硬译两点而论，他都没有给我们满意的答复。他是在为辩论而辩论。他多生枝节，他避开主题。"最后，梁实秋又将鲁迅与高尔基、萧伯纳作了一番比较：

鲁迅的创作只有短篇小说和杂感文，似乎还不能和高尔基比。《人间世》上曾刊出萧伯纳与鲁迅合影，鲁迅先生矮一大撅子，在作品数量上亦然。但是以鲁迅先生的才力，如果天假以年，而再不浪费精力于无谓的论争，他的成就将不止于此。

1963 年，梁实秋发表《忆新月》一文，对新月社同人被称为新月派表示反感，认为"《新月社》一伙人除了共同愿意办一个刊物之外，并没有多少相同的地方"，并评价鲁迅道："鲁迅的文章实在写得好，所谓'辣手著文章'庶几近之，但是距'铁肩担道义'则甚远。讲道理他是不能服人的，他避免正面辩论，他采迂回战术，绕着圈子旁敲侧击，作人身攻击。"

次年，梁实秋又发表长文《关于鲁迅》，对鲁迅做了"终极审判"。他先是对鲁迅抱有"同情之理解"，说道："鲁迅一生坎坷，到处'碰壁'，所以很自然的有一股怨恨之气，横亘胸中，一吐为快。怨恨的对象是谁呢？礼教，制度，传统，政府，全成了他泄愤的对象。他是绍兴人，也许先天的有一点'刀笔吏'的素质，为文极尖酸刻薄之能事……"

接着，梁实秋指出鲁迅最大软肋在于没有自己的建设主张：

要作为一个文学家，单有一腹牢骚，一腔怨气是不够的，他必须要有一套积极的思想，对人对事都要有一套积极的看法，纵然不必即构成什么体系，至少也要有一个正面的主张。鲁迅不足以语此。他有的只是一个消极的态度，勉强归纳起来，即是一个"不满于现状"的态度。这个态度并不算错。北洋军阀执政若干年，谁又能对现状满意？问题是在，光是不满意又当如何？我们的国家民族，政治文化，真是百孔千疮，怎么办呢？慢慢地寻求一点一滴的改良，不失为一个办法。鲁迅如果不赞成这个办法，也可以，如果以为这办法是消极的妥协的没出息的，也可以，但是你总得提出一个办法，不能单是谩骂，谩骂腐败的对象，谩骂别人的改良的主张，谩骂一切，而自己不提出正面的主张。而鲁迅的最严重的短处，即在于是。

对鲁迅的作品，梁实秋也做了一番评析，认为"比较精彩的是他的杂感。但是其中有多少篇能成为具有永久价值的讽刺文学，也还是有问题的"；在小说方面，"鲁迅只写过若干篇短篇小说，没有长篇的作品，他的顶出名的《阿Q正传》也算是短篇的。据我看，他的短篇小说最好的是《阿Q正传》，其余的在结构上都不像是短篇小说，好像是一些断片的零星速写，有几篇在文字上和情操上是优美的"；在文学研究方面，"鲁迅的唯一值得称道的是他的那本《中国小说史略》，在中国的小说方面他是下过一点研究的功夫的，这一本书恐怕至今还不失为在这方面的好书"。梁实秋还断定鲁迅所翻译的俄共《文艺政策》一书，其实不是鲁迅亲自翻译的。

最后，梁实秋盖棺论定道：

"五四"以来，新文艺的作者很多，而真有成就的并不多，像鲁迅这样的也还不多见。他可以有更可观的成就，可惜他一来死去太早，二来他没有健全的思想基础……一个文学家自然不能整天的吟风弄月，自然要睁开眼睛看看他的周围，自然要发泄他的胸中的积愤与块垒，但是，有一点颇为重要，他须要"沉静的观察人生，并观察人生的整体"……鲁迅的态度不够冷静，他感情用事的时候多，所以他立脚不稳，反对他的以及有计划的给他捧场的，都对他发生了不必要的影响。他有文学家应有的一支笔，

106

但他没有文学家所应有的胸襟与心理准备。他写了不少的东西，态度只是一个偏激。

和新月社、现代评论派同人一样，梁实秋一直试图持客观、理性、中立立场，这种立场可鲜明见于他对鲁迅的这篇总评文中，虽然大多数对鲁迅的批评属于个人偏见，但其中一些对鲁迅的批评也不无道理。而且，当时作品在大陆被禁的梁实秋反对台湾将鲁迅作品列为禁书："我个人并不赞成把他的作品列为禁书。我生平最服膺伏尔德的一句话：'我不赞成你说的话，但我拼死命拥护你说你的话的自由。'我对鲁迅亦复如是。我写过不少批评鲁迅的文字，好事者还曾经搜集双方的言论编辑为一册，我觉得那是个好办法，让大家看谁说的话有理。"

实际上，早在和鲁迅论战前，梁实秋就称赞过鲁迅的杂文，被文史研究者称为"评论鲁迅杂文第一家"。1934 年，在和鲁迅对阵时，他也赞美过鲁迅的散文："鲁迅的散文是恶辣，著名的'刀笔'，用于讽刺是很深刻有味的，他的六七本杂感是他的最大的收获。"

梁实秋和鲁迅都反对文学"为艺术而艺术"，都反对封建文化，都为自由鼓与呼。梁实秋曾撰文呼吁："我们反对思想统一！我们要求思想自由！我们主张自由教育。"鲁迅则亲身组织、参加了中国自由运动大联盟。两人之所以爆发多达一百多篇文章的论战，主要原因在于两人根本立场的不同，他们代表了中国文人的两种主要情怀。一种是"赏花赏月赏秋香"自娱自乐独善其身的文艺情怀，一种是"为天地立心、为生民立命、为万世开太平"兼济天下的公共情怀。

鲁迅本质上是"战士"，最厌恶"拉大旗作虎皮"的鲁迅对"首领""指导家""思想界权威""导师"等头衔都非常厌恶，但对"战士"这一称谓却情有独钟。早在 1907 年，鲁迅就在《摩罗诗力说》发出过呼唤："今索诸中国，为精神界之战士者安在？"对于李长之的《鲁迅批判》一书，鲁迅曾审阅过并大力帮助出版，对李长之认定鲁迅为"战士"一说并没有反对。在给许广平、萧军的信中，鲁迅多次以赞赏的口吻谈到坚持堑壕战的战士，并自称"我是步兵"①。1930 年在左翼作家联盟成立大会的演讲中，鲁迅又特别提到"我们应当造出大群的新的战士"。与鲁迅过从甚密的冯雪峰在《回忆鲁迅》一文中说："根据我所得的印象和我的理解，鲁迅先生不愿意称自己为思想家，却愿意看自己为一个战士。"

如鲁迅在文章《这样的战士》中所写，他举着投枪，在无物之阵中刺穿"慈善家，学者，文士，长者，青年，雅人，君子……"等各样好名称及"学问，道德，国粹，民意，逻辑，公义，东方文明……"等各式好花样，一生有一百多场大的论战，"有字皆从人着想，无时不与战为壕"。鲁迅的战斗对象主要分为三类：一类是具体的事情，如女师大学潮、"三一八惨案"等；一类是具体的论敌；还有一类便是国民的劣根性、社会的黑暗、恶劣的传统等深层恶疾。其中，与论敌的论战，最直接也最能体现鲁迅的战斗精神。鲁迅一生尤其是后半生，论敌无数。从批评自己曾经的偶像林纾开始，鲁迅精神昂扬地投入了一个接一个的论战，与敌人论战，与友人论战，与学生论战，与同盟军论战……大大小小形形色色的论战超过一百，最主要的论敌有林纾、章士钊、陈源、顾颉刚、梁实秋、周扬、周作人、胡适等人。正是这些论战，成就了鲁迅的许多文章和地位，也成就了鲁迅的"战士"形象。

"攻击章士钊和陈源一类人，是将他们作为社会上的一种典型"，鲁迅的大部分论战确如鲁迅所言，是为公仇而战，是针对其代表的某些不良现象。例如鲁迅批判林纾、章士钊主要是批判他们代表的旧文化旧传统之荼毒，大战陈源、顾颉刚、胡适则是批评他们自谓的理性、中立、客观之

---

① 出自鲁迅书信集《书信 13》中《351004①致萧军》。

立场，痛斥梁实秋、林语堂、周作人是痛斥他们闭门自娱自乐不关心社会，不满高长虹、周扬是不满他们唯我独尊冒进专制。正是为公仇而战，成就了鲁迅作为"战士"的深刻与伟大，也是鲁迅永不过时的原因。

那鲁迅为何"好战"，他是如何修炼成为"战士"的呢？一方面，是他自身的经历导致，如早年的家道衰落、青年时对辛亥革命的失望等让鲁迅形成了敏感多疑、疾恶如仇等性格：

> 我要"以眼还眼以牙还牙"，或者以半牙，以两牙还一牙，因为我是人，难于上帝似的铢两悉称。如果我没有做，那是我的无力，并非我大度，宽恕了加害于我的敌人。还有，有些下贱东西，每以秽物掷人，以为人必不屑较，一计较，倒是你自己失了人格。我可要照样的掷过去……①

第二方面原因，则是受尼采学说、魏晋文章、进化论、阶级论等思想的影响，"鲁迅是由嵇康的愤世，尼采的超人，配合着进化论，进而至于阶级的革命论的"。鲁迅在日本留学期间，"尼采思想，乃至意志哲学，在日本学术界正磅礴着"。尼采的超人学说、"重估一切价值"的破坏旧传统的反抗精神、新理想主义（新神思宗）和唯意志论（意力说）都对鲁迅有着潜移默化的影响，如巴人所言："初期的鲁迅是以尼采思想为血肉。"1908 年回国后，到 1918 年在《新青年》上发表《狂人日记》，鲁迅在这沉默的十年里则沉湎于魏晋文章，由此形成了鲁迅所特有的"魏晋参照与魏晋感受"，即是钱理群先生所说的"对外在的社会、历史、文化的黑暗和内在的本体性的黑暗的刻骨铭心的生命体验，形成了他独特的'反抗绝望'的人生哲学"。

此外，鲁迅早年信奉进化论，认为"将来必胜于过去，青年必胜于老人"，

---

① 出自鲁迅杂文集《华盖集编集》中《学界的三魂》。

"那个时候，它（指进化论）使我相信进步，相信未来，要求变革和战斗"①。以进化论为武器，他猛烈抨击"吃人"的封建礼教，并一直对青年非常器重、提携。而到了晚年，受共产党人的影响和对马克思主义理论学习的不断深入，鲁迅思想中的"阶级论"逐渐趋于主导地位，战斗精神随之更加猛烈，"不克厥敌，战则不止"②。

第三方面原因则是时代使然。"人被压迫了，为什么不斗争呢？"在"吃人"的年代，一个有爱心、良知、公共情怀的人只能作为"战士"拍案而起迎敌而上，鲁迅这么多恨的背后其实正是对国家、对国民深沉的大爱。"灵台无计逃神矢，风雨如磐暗故园。寄意寒星荃不察，我以我血荐轩辕。"看不得国民麻木、看不得社会黑暗的鲁迅只能弃医从文成为"战士"，举起火炬，举着投枪横眉冷对，"背着因袭的重担，肩住了黑暗的闸门，放他们到宽阔光明的地方去"③。

以笔做枪的鲁迅反感国难当头、民不聊生、黑暗遍地时还"躲进小楼成一统，管它冬夏与春秋"④的人，认为"即使是从前的人，那诗文完全超于政治的所谓'田园诗人'，'山林诗人'，是没有的。完全超出于人间世的，也是没有的。既然是超出于世，则当然连诗文也没有"⑤。因此，便有了他对新月社文艺青年梁实秋、徐志摩等人的批判。如鲁迅模仿神秘主义笔调写了篇《"音乐"？》调侃徐志摩，还曾作过一首令人从头笑到尾的打油诗《我的失恋》挖苦失恋于林徽因的徐志摩：

> 我的所爱在山腰；

---

① 出自唐弢文章《琐忆》。
② 出自鲁迅杂文集《坟》中《摩罗诗力说》。
③ 出自鲁迅杂文集《坟》中《我们现在怎样做父亲》。
④ 出自鲁迅散文集《集外集》中《自嘲》。
⑤ 出自鲁迅杂文集《而已集》中《魏晋风度及文章与药及酒之关系》。

想去寻她山太高，

低头无法泪沾袍。

爱人赠我百蝶巾；

回她什么：猫头鹰。

从此翻脸不理我，

不知何故兮使我心惊。

我的所爱在闹市；

想去寻她人拥挤，

仰头无法泪沾耳。

爱人赠我双燕图；

回她什么：冰糖壶卢。

从此翻脸不理我，

不知何故兮使我胡涂。

我的所爱在河滨；

想去寻她河水深，

歪头无法泪沾襟。

爱人赠我金表索；

回她什么：发汗药。

从此翻脸不理我，

不知何故兮使我神经衰弱。

我的所爱在豪家；

想去寻她兮没有汽车，

111

摇头无法泪如麻。

爱人赠我玫瑰花；

回她什么：赤练蛇。

从此翻脸不理我，

不知何故兮——由她去罢。

此外，鲁迅、梁实秋两人立场还有一个重要不同：风度翩翩的梁实秋一直高高在上，自恃精英藐视大众；而鲁迅则始终站在"鸡蛋"一边，为民请命，反抗强权，不屑精英。

但无论如何，鲁迅和梁实秋两人都言行合一。鲁迅将"横眉冷对千夫指，俯首甘为孺子牛"坚持到了最后，梁实秋也身体力行着自己的"人文主义"。

抗战时期，烽火连天，全民抗日，梁实秋却在自己主编的《中央日报》副刊《平明》的《编者的话》中说："于抗战有关的材料，我们最欢迎，但是与抗战无关的材料，只要真实流畅，也是好的，不必勉强把抗战捷搭上去。至于空洞的'抗战八股'那是对谁都没有益处的。"梁实秋还提出了著名的"菜刀论"，认为"人在情急时，固然可以操起菜刀杀人；但杀人毕竟不是菜刀的使命"。

梁实秋此言一出，遭到天下唾骂，众人结合他一贯的文艺观认为这是提倡与抗战无关的文学。在侵略者将刺刀插向同胞胸膛时，梁实秋确实没有像老友闻一多一样拍案而起，而是做着"无言的抵抗"，躲在雅舍里不动声色地谈女人、谈中年、谈喝茶。

赴台后，梁实秋依旧坚持自己的信仰、主张，教学，翻译，写作不辍，独力翻译完毕《莎士比亚全集》，出版学术著作《英国文学史》和《英国文学选》，组织编写了30多种英文词典和教科书。他出版的《雅舍小品》更是风行全球，先后印出300多版，创中国现代散文发行最高纪录，朱光潜曾致电梁实秋："大作《雅舍小品》对于文学的贡献，在翻译莎士比亚的工作之上。"

1974 年，梁实秋原配夫人程季淑与梁风雨同舟 47 年后，意外去世。梁实秋作《槐园梦忆》一书，回忆两人一生挚爱相依为命，感动得无数读者"赞叹这位大师对待爱情的忠贞"。可这书出版还不到两个月，梁实秋就与著名影星韩菁清一见钟情，韩菁清不好断然拒绝，委婉地说："我想为你做红娘。"梁实秋则直接回答："我爱红娘。"两人热恋迅速结婚，梁实秋在婚礼上自兼司仪，先是宣布婚礼开始，又自念证书，最后新郎献词。对这场黄昏恋，梁实秋带着绅士的幽默说"我是举人"，完美地实践了他的"以人为本"。

晚年梁实秋曾说过一生中有四个遗憾：一、有太多的书没有读；二、与许多鸿儒没有深交，转眼那些人已成为古人；三、亏欠那些帮助过他的人的情谊；四、陆放翁但悲不见九州同，梁也有同感。梁实秋和冰心一向关系良好，年轻时差点上演吻戏。20 世纪 80 年代初梁实秋让女儿去看望冰心，口信是："我没有变。"冰心笑道："你告诉他，我也没有变。"1986 年 11 月 3 日，梁实秋在大呼完"我要死了""给我大量的氧"后瞑目，享年 86 岁。其墓面向大海，面向故乡。梁实秋去世后，冰心为梁实秋写了悼文："实秋是我一生知己，一生知己啊！"

梁实秋去世前一个月，老作家柯灵在《文汇报》上发表《现代散文放谈——借此评议梁实秋"与抗战无关论"》，认为梁实秋并非主张抗战无关论，只是说"与抗战无关的材料"也欢迎而已。的确，据人统计，梁实秋主编的《平明》副刊上发表过的文章中有三分之二是与抗战有关。柯灵文章还揭示了梁实秋遭受众人炮轰的原因："这一席话之所以爆发为一场轩然大波，原因不难理解。梁实秋一直是左翼文坛的论敌，虽然到了应该一致对外的抗战时期，看来彼此都没有消除宿怨，说这番话的场合又是国民党的《中央日报》。"

　　柯灵的文章开始为梁实秋"脱敏"，梁实秋弟子季羡林紧跟着说："我们今天反对任何人搞'凡是'，对鲁迅也不例外。鲁迅是一个伟大的人物，这谁也否认不掉，但不能说凡是鲁迅说的都是正确的。今天，事实已经证明，鲁迅也有一些话是不正确的，是形而上学的，是有偏见的。难道因为他对梁实秋有过意见，梁实秋这个人就应该被永远打入十八层地狱吗？"

　　随着时代变迁、观念变化，人们对曾经的"走狗"梁实秋也有了新的评价，梁实秋的作品在大陆也备受欢迎，他的《记梁任公先生的一次演讲》还入选了大陆高中语文教材。世易时移，如今梁实秋、徐志摩、周作人、沈从文、林语堂等人风花雪月的作品越来越流行，似乎文学的"人性"超过了"阶级性"，如"乏牛"迅翁地下有知，不知当作何感想？

鲁迅与高长虹：从战友到“情敌”？

先前利用过我的人，现在见我偃旗息鼓，遁迹海滨，无从再来利用，就开始攻击了，长虹在《狂飙》第五期上尽力攻击，自称见过我不下百回，知道得很清楚，并捏造许多会话（如说我骂郭沫若之类）。其意即在推倒《莽原》，一方面则推广《狂飙》的销路，其实还是利用，不过方法不同。他们那时的种种利用我，我是明白的，但还料不到他看出活着他不能吸血了，就要打杀了煮吃，有如此恶毒。①

我和鲁迅在《莽原》时期，是很好的朋友。《狂飙》周刊在上海出版后，有过一番争论，不过以后我们都把它忘了。1930 年以后，他的光明行动，我在国外也时常为之激赏、庆幸。要是在 1930 年以前没有发生这事的话，那就不会发生了。

---

① 出自鲁迅与许广平书信集《两地书·七三》。

鲁迅很忙，不仅在"前线"与章士钊、陈源、顾颉刚、梁实秋等人激烈作战，还要在后方培养革命青年，建设"联合阵线"。可不幸的是，"后院"也起火了，以高长虹为首的狂飙社竟然在背后向鲁迅开炮。

合办《莽原》

1924 年冬天，一个刮大风的晚上，26 岁的高长虹来到了鲁迅门前。他不知道，"此时阿拉斯加的鳕鱼正跃出水面"；他也不知道，他跨进的这一步将会改变自己的一生。此时的高长虹不过是位来自山西小镇的愤青，怀着雄心壮志来京北漂，"我不愿走坦道，因为这样一日将要到来：在这坦道上将要为尸首所充塞了。在我则最安全的路只有崎岖的山路。我将披坚执锐，而登彼最高之山巅"是他的人生观。

此前，高长虹和弟弟高歌等人在太原成立了平民艺术团，创办了《狂飙》月刊，宣言道："软弱是不行的，睡着希望是不行的。我们要作强者，打倒障碍或者被障碍打倒。我们并不惧怯，也不躲避。"《狂飙》月刊出版第一期后，高长虹来到北京寻找更大的舞台。后经父亲好友景梅九引荐，他另办《狂飙》周刊，作为《国风日报》副刊发行。从《京报副刊》主编孙伏园处，高长虹得知，鲁迅对《狂飙》评价很好，便萌生了拜访鲁迅寻求支持的想法。

高长虹和鲁迅的初次会面，给高长虹留下了很好的印象："这次鲁迅的精神特别奋发，态度特别诚恳，言谈特别坦率，虽思想不同，然使我想象到亚拉籍夫与绥惠略夫会面时情形之仿佛。我走时，鲁迅谓我可常来谈谈，我问以每日何时在家而去。此后大概有三四次会面，鲁迅都还是同样好的态度，我那时以为是走入了一新的世界，即向来所没有看见过的实际世界了。"

此后，高长虹便常来鲁迅寓所，有时独来，有时带着狂飙社朋友。像对待其他文学青年一样，鲁迅总是很热情地接待他们，"很随便，自己找坐处，说话也不拘束。鲁迅常说笑话，自己却不笑。他对青年非常热忱"，也答应想办法给《狂飙》周刊推广销路。可不久，《狂飙》周刊于1925年3月因故停刊。鲁迅很感可惜，也很赏识高长虹等狂飙社青年"狂飙突进"不问成败的战斗精神，便酝酿一起创办新的刊物。

4月11日，鲁迅邀请高长虹、荆有麟、向培良、章衣萍一起在家饮酒，商定出版《莽原》周刊，"我们还应该扩大起来。你看，《现代评论》有多猖狂，现在固然有《语丝》，但《语丝》态度还太暗，不能满足青年人要求，稿子是岂明他们看的，我又不太管。徐旭生的《猛进》倒很好，单枪匹马在战斗，我们为他作声援罢"。《莽原》很快于4月24日出刊，随《京报》发行，鲁迅对此充满期望地说："我早就很希望中国的青年站出来，对于中国的社会，文明，都毫无忌惮地加以批评，因此曾编印《莽原》周刊，作为发言之地。"

鲁迅担任《莽原》周刊主编，高长虹负责编务、送稿、看稿，且是撰稿主力，发稿最多。高长虹的文章泼辣尖锐，富有战斗性，鲁迅常常将其编排在头版头条。两人密切协作，高长虹可谓鲁迅的"小迷弟"，平均每月到鲁迅家六次以上，"无论有何私事，无论大风淫雨，我没有一个礼拜不赶编辑前一日送稿子去"，两年时间内两人会面不下一百次。对于高长虹个人，"大哥"鲁迅也十分关怀。当时《莽原》周刊没有编辑费和稿费，鲁迅特别关照："高长虹穷，要给他一点钱用。"鲁迅还选编高长虹的散文和诗集为《心的探险》，亲自设计封面，编入《乌合丛书》，为此都累得吐了血。他还和高长虹一起选编自己老乡许钦文的短篇小说集《故乡》，并请高长虹为集子写序。这是鲁迅唯一一次请青年作家作序,可见鲁迅对高长虹的器重。

"权威者"事件

就像很多伴侣蜜月期之后必有矛盾纠纷一样,鲁迅和高长虹的分歧很快产生,埋下了导致两人后来发生剧烈冲突的地雷。这便是"思想界之权威者"事件。

1925 年 8 月 5 日,鲁迅学生韦素园主编的《民报副刊》上刊登了一则广告:"现本报自八月五日起增加副刊一张,专登学术思想及文艺等,并特约中国思想界之权威者鲁迅、钱玄同、周作人、徐旭生、李玄伯诸先生为副刊撰著,实学界大好消息……"

高长虹看了广告后,对称鲁迅等人为"中国思想界之权威者"很不以为然,"我看了真觉'瘟臭',痛惋而且呕吐"。他后来在文章《走到出版界·1925,北京出版界形势指掌图》里写道:

试问,中国所需要的正是自由思想的发展,岂明也这样说,鲁迅也不是不这样说;然则要权威者何用?为鲁迅计,则拥此空名,无裨实际,反增自己的怠慢,引他人的反感,利害又如何者?反对者说:青年是奴仆!自"训练"见于文字,于是思想界说:青年是奴仆!自此'威'见于文字,于是青年自己来宣告说:我们是奴仆!我真不能不叹中国民族的心死了!

有些无政府主义的高长虹反对任何权威,崇尚自我自由,认为此时国民尚须进一步思想解放,"思想界之权威者"的说法无疑会阻碍人们思想解放。心直口快的他直接向鲁迅表达了疑问,不料鲁迅淡淡地回道:"权威者一语，在外国其实是很平常的！"也许在鲁迅看来，韦素园的广告只是噱头而已，没必要太过计较。

鲁迅的这一回答让高长虹默然，他以为鲁迅乐意戴上"权威者"的桂冠，发现偶像鲁迅原来也不纯洁，从而开始对鲁迅敬而远之。两人关系就此逐渐疏远，高长虹拜访鲁迅的次数越来越少，10月去鲁迅家只有四次。1926年4月，高长虹离京去上海，重办《狂飙》周刊，重振狂飙事业。同年8月，上了北洋政府黑名单的鲁迅和许广平同车离京，应林语堂邀请赴厦门大学任教。《莽原》半月刊的编务交给未名社韦素园负责，鲁迅和高长虹的直接冲突由此引发，导火线是退稿风波。

在此事件之前，鲁迅和高长虹两人虽不像以前那么亲密，但表面关系依旧良好。《莽原》周刊改半月刊，鲁迅曾请高长虹担任编辑，高长虹因忙于自己的狂飙事业而没有答应。少了高长虹协助的《莽原》，依旧对高长虹和狂飙社的稿件非常重视、欢迎，刊登的稿件所占比例依然不少。鲁迅离开北京时，向培良、高歌等三位狂飙社成员前往送行。赴厦门途中路经上海时，在上海的高长虹还特意前去拜见鲁迅。

退稿风波

退稿风波是怎么回事呢？事件看似很简单，接管《莽原》编务的韦素园，将高歌的一部小说《剃刀》退稿，同时将向培良的剧本《冬天》退还。

韦素园为什么要退稿呢？向培良在《为什么和鲁迅闹得这样凶》一文中描述道：

《冬天》的前后，我可以说一点，这中间还夹着高歌的《剃刀》。《剃刀》

韦素园看不懂，但《冬天》却并不"陈义太高"。这篇剧本，是我在上海所写，我的剧本里面，比较光明的一篇，他们所以退回来，是别有用意的……最先我写过一封信给素园，说有这么一篇稿子，可以登否。那时我已非常谨慎，而且客气，对于《莽原》，用气先写信询问的法子了。这样的方法我还绝未在别的地方用过。回信说可登，但那一期来不及了，等下期，于是我寄稿子去。下期没有登，来信说稿子长一点，分配不来，等下期。下期又没登，来信说G线和石民的稿子压好几期了，鲁迅走时说要赶快发表，所以再等下期。后来我见了丛芜，告诉他此篇已收在《沉闷的戏剧》里，快出书了。丛芜问我什么时候出，我说十日付印，他说下期还来得及。但下期又未登，素园却来信说因快出书了，登出不方便，故退还。前一天把《剃刀》退还了。《剃刀》同《清晨起来》另两篇，系鲁迅要去。后来因出《狂飙》，高歌取回了两篇。所以退还的缘故，是因为看见许多点点点，不知道是什么东西。

从中可以看出韦素园的退稿理由——"因快出书了，登出不方便""因为看见许多点点点，不知道是什么东西"都很牵强。鲁迅曾在致许广平等人的信中多次抱怨《莽原》稿件不足，而韦素园一再压着向培良和高歌的稿件不发，显然是别有用心。别有什么用心呢？这要从高长虹为首的狂飙社和韦素园所在的未名社矛盾说起。

莽原社人，除鲁迅外，其他人基本上由两部分组成：一部分是高长虹、高歌、向培良、尚钺等山西人为主体的狂飙社成员；另一部分是以韦素园、韦丛芜、台静农、李霁野等安徽人为主体的未名社成员。未名社由鲁迅和韦素园、韦丛芜、台静农、李霁野发起，起初主旨是翻译出版外国作品，每位青年出资五十元，其他费用由鲁迅垫付。鲁迅也非常关心未名社，一年内交往近四十次，通信近五十封，悉心为李霁野等未名社成员校稿。在鲁迅指导下，未名社在六七年内出版了二十多种书籍和七十多期刊物。

在《莽原》周刊时期，主力是狂飙社成员，以翻译为主旨的未名社成员是第二集团军。改为《莽原》半月刊后，因为高长虹不再担任编辑，其他狂飙社成员多在南方，狂飙社投稿大为减少，鲁迅不得不倚重未名社成员，未名社升为第一集团军。鲁迅离京后，由韦素园主持编务，《莽原》更成为未名社的地盘了，越来越不容狂飙社染指。韦素园等未名社成员企图趁大权在握之际，独占《莽原》，于是和狂飙社翻脸，拒登狂飙社成员的稿子。

实际上，早在之前，狂飙社就和未名社争夺过"地盘"，有过前仇。1925 年 5 月，狂飙社成员高歌、向培良、尚钺等人在河南开封创办《豫报副刊》，后来张目寒也参与进来，并与狂飙社成员争权夺利，闹到要叫巡警保护的份上。而张目寒正是未名社成员的同学、同乡好友，且是他引荐未名社成员认识了鲁迅。所以，张目寒和狂飙社成员的矛盾，也便成了未名社和狂飙社的矛盾，埋下了两者冲突的种子。

得知狂飙社成员被退稿，作为狂飙社老大的高长虹大怒，立即出马为小弟讨公道。他写了两封信公开发表，一封是给韦素园的，一封是给鲁迅的。在致韦素园的信里，高长虹写道：

> 我同《莽原》的关系人所共知，所以我对于《莽原》有过问的责任。如先生或先生等想径将《莽原》据为私有，只需公开地声明理由……否则，对外对内，我们不能吃这双来的暗亏！

信的最后，高长虹义愤填膺道："《莽原》须不是你家的！林冲对王伦说过：'你也无大量大才，做不得山寨之主！'谨先为先生或先生等诵之。"高长虹其实早就对韦素园不满，他曾帮韦素园申请《民报副刊》编辑的岗位，结果韦素园担任了《民报副刊》编辑后毫不领情，向高长虹约稿时还托大："鲁迅做稿，周作人做稿，某某人做稿，所以你也可以做稿。"

在致鲁迅的信里，高长虹还比较客气，只是向鲁迅倾诉委屈，请鲁迅主持公道："我曾以生命赴《莽原》矣！尔时所谓安徽帮者则如何者！乃一经发行，几欲据为私有，兔死狗烹，现在到时候了！言之痛心，想来这也不是你办《莽原》的本意吧！我对于《莽原》想说的话甚多，一向搁于情势，未能说出，现在一时也无从提起，究竟有没有说得必要，待几天再看。你如愿意说话时，我也想听一听你的意见。"

远在厦门的鲁迅看到信后，对高长虹发公开信的做法感到"离奇得很"，但未作公开表态，只是在给许广平信中说："便是小小的《莽原》，我一走也就闹架。长虹因为社里压下（压下而已）了投稿，和我理论，而社里则时时来信，说没有稿子，催我作文。我实在有些愤愤了，拟至二十四期止，便将《莽原》停刊，没有了刊物，看大家还争持些什么。"①

鲁迅试图站在客观立场，不支持任何一方，因而不做表态。但在高长虹看来，鲁迅的沉默等于偏袒未名社，因此一时激愤写出了那篇彻底和鲁迅闹掰的《走到出版界·1925，北京出版界形势指掌图》，对鲁迅开始了大张旗鼓地攻击。

在文中，高长虹坦白了他对鲁迅不满的根源："如想再来一次思想革命，我以为非得由几个青年来做这件工作不可：他们的思想是新的，他们是没有什么顾忌的，他们是不妥协的，他们的小环境是单纯而没有什么纠葛的。已经成名的人，我想能够得到他们的帮助便是最好的了。"原来，高长虹等狂飙社青年打算单独"闹革命"，认为鲁迅等成名的人落伍了，只要来帮助他们即可。

他原以为鲁迅也是这么想的：

当初提议办《莽原》的时候，我以为他便是这样态度。但以后的事实却不能证明他是这样态度。这事实只证明他想得到一个"思想界的权威者"的空名便够了！同他反对的话都不要说，他想找一些人来替他说话，说他

---

① 出自鲁迅与许广平的书信集《两地书·六二》。

自己所想说的话，而他还不以为他是受了人的帮助，有时倒反疑惑是别人在利用他呢！然而他却是得到了"思想界的权威者""青年叛徒的领袖"的荣誉！

在文中，高长虹评价鲁迅已从"真正的艺术家的面目""递降而至一不很高明而却奋勇的战士的面目，再递降而为一世故老人的面目，除世故外，几不知其他矣"。他还在文章中爆"黑料"，说鲁迅常议论郭沫若骄傲。

鲁迅看到这篇文章非常愤怒，但仍然按捺住心中怒气，没有回击。毕竟高长虹曾是他的亲密小伙伴，是他培养出来的"革命小将"，年轻气盛在所难免。在给许广平的信中，鲁迅表达了此刻的心情：

先前利用过我的人，现在见我偃旗息鼓，遁迹海滨，无从再来利用，就开始攻击了，长虹在《狂飙》第五期上尽力攻击，自称见过我不下百回，知道得很清楚，并捏造许多会话（如说我骂郭沫若之类）。其意即在推倒《莽原》，一方面则推广《狂飙》的销路，其实还是利用，不过方法不同。他们那时的种种利用我，我是明白的，但还料不到他看出活着他不能吸血了，就要打杀了煮吃，有如此恶毒。我现在姑且置之不理，看看他技俩发挥到如何。

如果高长虹就此作罢，事情也便结束了。可紧接着，高长虹在《新女性》杂志上登出"狂飙社广告"，称"狂飙运动的开始远在二年之前……去年春天，本社同人与思想界先驱者鲁迅及少数最进步的青年文学家，合办《莽原》……兹为大规模地进行我们的工作起见，于北京出版之《乌合》《未名》《莽原》《弦上》四种出版物外，特在上海筹办'狂飙丛书'及一篇幅较大之刊物"。

鲁迅这下彻底怒了，你不赞同别人称我为"思想界权威者"，可如今为了推销狂飙运动，又说我是"思想界先驱者"了？还把不相干的《乌合》《未名》《莽原》统统归到狂飙旗下，让人以为鲁迅也是狂飙阵营的。之所以恼怒，还有一个重要原因，在于鲁迅感觉自己被噬完血了就被棒杀。

鲁迅原本是非常器重高长虹等狂飙社青年，将希望都寄托在这些青年身上，没想到高长虹等青年竟然会打杀他。

在此时致许广平的信中，鲁迅痛心地写道："这是你知道的，单在这三四年中，我对于熟识的和初初相识的文学青年是怎么样，只要有可以尽力之处就尽力，并没有什么坏心思。然而男的呢，他们自己之间也掩不住嫉妒，到底争起来了，一方面于心不满足，就想打杀我，给那方面也失了助力。"①鲁迅原来秉持"进化论"，相信新人胜旧人，所以一向关爱青年、厚望青年，愿有英俊出中国，鲁迅甘当青年"梯子"，如他在致章廷谦的信中所称："梯子之论，是极确的，对于此一节，我也曾熟虑，倘使后起诸公，真能由此爬得较高，则我之被踏，又何足惜。"他在创作指导、改稿发稿、出书编刊及生活等方面尽力帮助青年、培养青年，柔石、白薇、萧军、萧红等都是鲁迅培养出来的作家，甚至鲁迅还让自称是鲁迅义子的厦大学生廖立峨及其妻子、兄长长期住在自己家里，还拿自己的钱帮廖立峨发工资，最后忍无可忍给了30元车马费才将"义子"一家送走。

鲁迅原本对高长虹等狂飙社青年也充满厚望、关怀，可鲁迅正在前线与章士钊、陈源、梁实秋等人激烈作战，而后营却自相残杀起来，高长虹等狂飙社青年还向他放冷箭。这让他如何不愤怒不痛心？这是他与周作人兄弟失和后第二次遭遇的严重背叛。鲁迅由此认识到："青年又何能一概而论？有醒着的，有睡着的，有昏着的，有躺着的，有玩着的，此外还多。但是，自然也有要前进的。"②

于是鲁迅从此对青年不再一味地信任、付出，于是擅长"以子之矛攻子之盾"的鲁迅写了《所谓"思想界先驱者"鲁迅启事》回击高长虹，在《莽

---

① 出自鲁迅与许广平书信集《两地书·一一二》。
② 出自鲁迅杂文集《华盖集》中《导师》。

原》《语丝》《北新》《新女性》等刊物上同时刊登。文章写道：

　　我在北京编辑《莽原》，《乌合丛书》，《未名丛刊》三种出版物，所用稿件，皆系以个人名义送来；对于狂飙运动，向不知是怎么一回事：如何运动，运动甚么。今忽混称"合办"，实出意外；不敢掠美，特此声明。又，前因有人不明真相，或则假借虚名，加我纸冠，已非一次，业经先有陈源在《现代评论》上，近有长虹在《狂飙》上，迭加嘲骂，而狂飙社一面又锡以第三顶"纸糊的假冠"，真是头少帽多，欺人害己，虽"世故的老人"，亦身心之交病矣。只得又来特此声明：我也不是"思想界先驱者"即英文 Forerunner 之译名。此等名号，乃是他人暗中所加，别有作用，本人事前并不知情，事后亦未尝高兴。倘见者因此受愚，概与本人无涉。

　　"行家一出手，就知有没有。"论战中，鲁迅要么不出手，要么一出手就一剑封喉，且常常是连续轰炸，不给敌人喘息机会。鲁迅发飙了，他连续写了《〈阿 Q 正传〉的成因》《〈走到出版界〉的"战略"》《新的世故》等系列文章，回击高长虹。鲁迅杂文有一大特点，就是常常不正面交锋，不会一二三说事实讲道理，而是"嬉笑怒骂皆文章"。各种打法轮流上阵，有时"攻击一点，不计其余"，有时先戴帽子再打棍子，有时抓住把柄冷嘲热讽。例如鲁迅写的回击高长虹的这些文章，动不动就拿高长虹所谓的"世故的老人"说事，还讽刺高长虹是吃鲁迅饭的，"开口鲁迅，闭口鲁迅，做梦也是鲁迅"①。

　　刚出道的高长虹哪适应这种打法，被打得一愣一愣的。他本来并没有打算跟鲁迅彻底翻脸，只是试图请鲁迅主持公道，批评鲁迅其实也是善意："我对鲁迅从始至终不得不以同情相与的，虽我有时忍不住气也要攻击他

---

　　① 出自鲁迅散文集《集外集拾遗补编》中《新的世故》。

一些。我绝不是'严霜'宁可以说是新的'热风'，这倒是鲁迅心里一概明白的。只是彷徨者有时便不免变成完全的黑暗了，不是彷徨于艺术的明暗之间，而竟至彷徨于艺术与名利的明暗之间了。我所以开始攻击他者，正是想预先给他一种警告。"

受到鲁迅如此不分青红皂白地嘲弄，一向自负的高长虹也气急败坏了，彻底"由粉转黑"相继写了系列文章回骂。这次是真的骂了，像泼妇骂街般歇斯底里地骂，骂鲁迅是"世故老人""倒卧在青年脚下的绊脚石"，影射鲁迅为独霸《莽原》的"女妖"，还说鲁迅帮他编校的《心的探险》一书完全是他自作自编。

"月亮"风波

实际上，鲁迅之所以对高长虹这位曾经的亲密战友毫不留情，还有一个不得不提的原因，那就是"月亮"风波。

就在鲁迅发表《所谓"思想界先驱者"鲁迅启事》的第二天，高长虹发表了名为《给——》的两首诗，其中一首写道：

我在天涯行走，

月儿向我点首，

我是白日的儿子，

月儿呵，请你住口。

我在天涯行走，

夜做了我的门徒，

月儿我交给他了，
我交给夜去消受。

夜是阴冷黑暗，
月儿逃出在白天，
只剩着今日的形骸，
失却了当年的风光。

我在天涯行走，
太阳是我的朋友，
月儿我交给他了，
带她向夜归去。

夜是阴冷黑暗，
他嫉妒那太阳，
太阳丢开他走了，
从此再未相见。

我在天涯行走，
月儿又向我点首，
我是白日的儿子，
月儿呵，请你住口。

一个月后，鲁迅接到韦素园的来信。信中说，他听沉钟社的人转述，此诗大有影射，其中"太阳"是高长虹自比，"月亮"指许广平，鲁迅则是"黑夜"，高长虹拼命攻击鲁迅原来是因为"月亮"许广平被"黑夜"鲁迅夺走了。

打小报告的韦素园还在信中"天真"地问："这事可是真的，要知道一点详细。"

鲁迅之前不知道，许广平原来有个外号就是"月亮"。在北京时，鲁迅的一些青年朋友早就发现鲁迅和许广平关系非同寻常，因此给许广平起了个外号叫"月亮"，有时还以为鲁迅不让他们进卧室乃是"月亮"之故。所以，高长虹有关月亮的诗发表后，让他人产生了联想。

蒙在鼓里的鲁迅接到韦素园的小报告后，才"恍然大悟"，原来大家早就知晓他和许广平的关系，但他并不太相信高长虹诗歌跟许广平有关。在回复韦素园的信里，鲁迅认真分析了传言产生的三点原因：

至于关于《给——》的传说，我先前倒没有料想到。《狂飙》也没有细看，今天才将那诗看了一回。我想原因不外三种：一、是别人神经过敏的推测，因为长虹的痛哭流涕的做《给——》的诗，似乎已很久了；二、是《狂飙》社中人故意附会宣传，作为攻击我的别一法；三、是他真疑心我破坏了他的梦，——其实我并没有注意到他做什么梦，何况破坏——因为景宋在京时，确是常来我寓，并替我校对，抄写过不少稿子《坟》的一部分，即她抄的，这回又同车离京，到沪后她回故乡，我来厦门，而长虹遂以为我带她到了厦门了。倘这推测是真的，则长虹大约在京时，对她有过各种计划，而不成功，因疑我从中作梗。其实是我虽然也许是"黑夜"，但并没有吞没这"月儿"。

虽然鲁迅还够理智，但高长虹的诗及其流言，着实为他的怒火浇了一把油，让他对高长虹更加反感。虽然鲁迅此刻已经和许广平热恋，几乎每天都有通信。但鲁迅毕竟还没有公开和许广平的关系，正处在感情挣扎苦闷期。鲁迅有家室，许广平又是比他小 17 岁的学生，两人如果结合面临的家庭及社会压力很大。在致许广平信中，鲁迅曾写道："我走前偶一想到爱总立刻自己惭愧，怕不配，因而也不敢爱某一个人。"鲁迅之所以出走北京南下，主要就是为了能和在广州的许广平自由自在地恋爱，摆脱与朱安形式婚姻的同时逃避闲言。哪承料，高长虹的诗产生了更多的闲言，甚至传出了许广平是高长虹让给鲁迅的闲言。

对此，鲁迅如何不恼怒，他在回韦素园的信中接着写道："如果真属于末一说，则太可恶，使我愤怒。我竟一向在闷胡卢中，以为骂我只因为《莽原》的事。我从此倒要细心研究他究竟是怎样的梦，或者简直动手撕碎它，给他更其痛哭流涕。只要我敢于捣乱，什么'太阳'之类都不行的。"

因而，鲁迅加大了对高长虹的鞭挞，还特意写了一篇历史小说，"和他开了一些小玩笑"[1]。这篇历史小说就是后来收入《故事新编》的《奔月》。在小说中，鲁迅把高长虹塑造成一个背后向羿放冷箭的小人逢蒙，嘲笑高长虹白跟鲁迅交往那么久："你真是白来了一百多回……难道连我的'啮镞法'都没有知道么？这怎么行。你闹这些小玩艺儿是不行的，偷去的拳头打不死本人，要自己练练才好。"另外，在杂文《新时代的放债法》中，鲁迅针对《给——》一诗讽刺道："你如有一个爱人，也是他赏赐你的。为什么呢？因为他是天才而且革命家，许多女性都渴仰到五体投地。他只要说一声'来！'便都飞奔过去了，你的当然也在内。但他不说'来！'所以你得有现在的爱人。那自然也是他赏赐你的。"

这个"月亮"风波真相到底如何，高长虹是否和许广平有过恋爱？董大中先生在《鲁迅与高长虹》一书中做了详细缜密的考证，指出关于高长虹和许广平的流言完全是捕风捉影，高长虹的《给——》一诗是写给他暗恋已久的"民国四大才女"之一的石评梅的。高长虹的父亲和石评梅的父亲是契友，高长虹曾在石评梅父亲工作的山西省立图书馆当书记员，深受石评梅父亲喜欢，并见过石评梅一面，从而一见钟情不可自拔。后来，高

---

① 出自鲁迅与许广平书信集《两地书·一一二》。

长虹写诗回忆两人首次见面道："我正在一株丁香树下站着，一只手抓着树枝，向着天心里捧出的那一颗流光欲滴的月儿痴望，你来了。"可见，高长虹心中的"月亮"另有他人。但石评梅却喜欢上了高长虹的朋友高君宇，并在高君宇去世后发誓绝不另嫁，因此对高长虹的追求熟视无睹，让高长虹大为苦恼，因而诞生了《给——》等系列情诗。

高长虹在 1940 年 7 月写的《一点回忆——关于鲁迅和我》中，也将他和许广平的关系说得清清楚楚：

一天的晚上，我到了鲁迅那里，他正在编辑《莽原》，从抽屉里拿出一篇稿子来给我看，问我写得怎样，可以修改发表。《莽原》的编辑责任是完全由鲁迅担负的，不过他时常把外面投来的稿子先给我看。看了那篇稿子觉得写得很好，赞成发表出去，他说作者是女师大的学生。我们都说，女子能有这样大胆的思想，是很不容易的了。以后还继续写稿子来，此人就是景宋。我那时候有一本诗，是同《狂飙》周刊一时出版的。一天接到一封信，附了邮票，是买这本诗集的，这人正是景宋。因此我们就通起信来。前后通了八九次信，可是并没有见面，那时仿佛觉到鲁迅景宋的感情是很好的。因为女师大的风潮，常有女学生到鲁迅那里。后来我在鲁迅那里同景宋见过一次面，可是并没有谈话，此后连通信也间断了。以后人们所说的什么什么，事实的经过却只是这样简单。景宋所留给我的唯一的印象就是一副大长的身材。她的信保留在我的记忆中的，是她说她的性格很矛盾，仿佛孙中山先生那么样的性格……

这文中"景宋"指的便是许广平。高长虹和许广平只是通过八九次信而已。可能高长虹对许广平有过好感，但当高长虹知道鲁迅和许广平的关系后，便毅然决然地中断了往来。

因此，高长虹在"月亮"事件中完全是冤枉的，无辜地背上了"第三者"的黑锅，受到鲁迅更严厉地攻击。不久，冷静过来的鲁迅意识到了自己的

"偏激"，毕竟高长虹和他没有什么深仇大恨，两人还有过亲密的战斗友谊；高长虹是个"醒着前行着"的青年，只是有些心高气傲意气用事罢了。谁没年轻过呢，谁不曾年少轻狂呢。因此，鲁迅基本上原谅了高长虹这位"私敌"，可见鲁迅并非无情无义。对于临死都"让他们怨恨去，我也一个都不宽恕"的鲁迅而言，高长虹可能是他为数不多宽恕的人。鲁迅后来编自己文集时，始终没有将他攻击高长虹的激烈文章收入，只收录了那篇态度比较平和的《所谓"思想界先驱者"鲁迅启事》，并把它放在《续编的续编》这个被他称为"无聊的文字"的栏目里。在编辑和许广平的通信集《两地书》中，鲁迅也把指斥高长虹的一些话删掉了。

1935年，鲁迅写《〈中国新文学大系〉小说二集序》时，重新评价了高长虹和狂飙社："一九二五年十月间，北京突然有莽原社出现，这其实不过是不满于《京报副刊》编辑者的一群，另设《莽原》周刊，却仍附《京报》发行，聊以快意的团体。奔走最力者为高长虹，中坚的小说作者也还是黄鹏基，尚钺，向培良三个；而鲁迅是被推为编辑的。"鲁迅不仅破例在这篇谈小说的序中评论了不以小说见长的高长虹，还全文引用了高长虹用散文诗写的《狂飙》周刊发刊词。九年前，鲁迅在小说《奔月》中讽刺高长虹"白来了一百多回"，如今这文章肯定了"奔走最力者为高长虹"，算是还了高长虹一个公道。

而高长虹也意识到自己曾经的年轻气盛，在1940年8月发表的长文《一点回忆——关于鲁迅和我》中，略带伤感地回忆了两人并肩战斗和互相对战的"激情燃烧的岁月"，感慨道："那时，凡是能教我同鲁迅的友谊巩固起来的事，我都是断然去做的，但可惜我没有很多的办法来收到这样的效果。"接着总结道："我和鲁迅在《莽原》时期，是很好的朋友。《狂飙》周刊在上海出版后，有过一番争论，不过以后我们都把它忘了。1930年以后，他的光明行动，我在国外也时常为之激赏、庆幸。要是在1930年以前没有发生这事的话，那就不会发生了。"他承认鲁迅是位天才作家，承认鲁迅"为青年开路"，承认鲁迅的作品鉴赏力，捍卫鲁迅的杂文道：

> 但也有人想用杂感写得太多做事实，来动摇鲁迅的艺术家的地位，这是没有用处的。一个大作家的杂感文字，时常是有价值的。而在鲁迅，杂感文字是被他用做主要的武器而来完成他的斗争目的的。他写的创作越少，他的杂感含有的创作性也越多。因重视鲁迅而重视他的杂感是可以的，因杂感而低估鲁迅的价值，就不可以了。

"失踪"之谜

"我来人间一趟也曾年少轻狂，怎奈世事无常终难如愿以偿。"①

虽然鲁迅宽恕了高长虹，但历史没有宽恕高长虹，高长虹及狂飙社为年少轻狂捧鲁迅付出了沉重代价。因为鲁迅的批判，许多出版社和杂志不愿意再出版、刊登狂飙社的稿子。高长虹在次年年初东渡日本求学，后又赴德国、法国、英国等国学习经济学，一度"盖着报纸过夜，吃山药蛋充饥"而求学不辍。

1938 年初，高长虹来到香港，睡在街头，被老熟人潘汉年看到，写信推荐他到武汉找文艺界朋友。3 月，高长虹来到武汉，参加了"中华全国文艺界抗敌协会"，成为文协驻会作家，积极投入文协各项工作。武汉失守后，高长虹随"文协"迁至重庆，继续从事文艺创作活动，曾担任《大

---

① 出自歌曲《我来人间一趟》，作词：陈红卫，演唱：关剑。

江日报》副刊主编，还曾动员作家募捐飞机抗战。传说蒋介石曾到高长虹旅馆拜访，性情依旧狂飙的高长虹只是寒暄几句又埋头看书了，弄得蒋介石十分尴尬。1941年，高长虹不满国民党统治下的不民主、不自由氛围，而离开重庆前往延安。在离开重庆时，阎锡山所在的第二战区驻重庆办事处以500元重金相赠，希望高长虹前往第二战区，被高长虹掷还。

延安向高长虹张开了热烈欢迎的怀抱，虽然此时延安正在隆重盛大地纪念鲁迅逝世五周年，鲁迅已被盖棺论定为"中国文化革命的主将"。但延安并没有为难和鲁迅有过激烈交锋的高长虹，而是安排他为边区文协驻会作家，吃小灶，住单孔窑洞，邀请他参加各种文艺活动，还推举他担任边区文协副主任。一向对做官不感冒的高长虹推谢了副主任一职，而欣然地担任了文协委员，积极投稿作文。

但好景不长，半年之后，高长虹这个名字几乎从延安报纸上消失。高长虹整天闷在窑洞里，偶尔才出来，也不跟人打招呼。为何会有此巨大转变呢？原因出在高长虹的无组织、无纪律上。

初到延安时，周扬邀请高长虹到鲁迅艺术学院做报告。高长虹大声地说："艺术就是暴动！艺术就是起义！"说完看着周扬，高长虹再也不说一句话，弄得周扬很是尴尬。1942年5月，延安召开文艺座谈会，高长虹收到请柬，他却以自己学经济为由谢绝参加。到延安后，高长虹写完第二部政治学著作《什么是法西斯蒂》，送交有关部门，要求出版。但经审查，书中某些观点和斯大林说法不一致，不予出版。高长虹为此上书党中央，要求跟斯大林辩论。抗战胜利之际，党中央找一些作家谈话，询问工作安排，高长虹竟然要去美国学习经济学。这些狂飙言行显然不合时宜。

1946年，高长虹前往东北，梦想开发金矿，支援解放战争。来到东北后，他住在东北局宣传部的招待所，被好吃好喝地招待，却不给安排工作。高长虹曾写信给郭沫若、何其芳要求工作，结果都石沉大海。于是，无所事事的高长虹被当成疯子。1953年，高长虹学生、诗人侯唯动在东北旅社看到衣衫褴褛披肩散发的高长虹被服务员训斥称为疯子。高长虹向侯唯动解释说："我哪里疯？我写书累了，就朗读这些诗篇，用德语读歌德，用英语读拜伦，用俄语读普希金。"其他人听不懂，就以为高长虹说疯话，是"疯子"。

之后高长虹就失踪了，直到2006年初，四处打听高长虹下落的高长虹孙女高淑萍收到一份东北旅社三位职工写的材料《高长虹是病死在东北旅社的》，才为世人揭开了谜底。材料中写道：

记得1954年春季的一天早上，二楼服务员向招待所报告，高长虹房间没开门，人们都以为他在睡觉。到了上午九点许，闫振琦见门还未开，赶忙跳到二楼外雨搭上，登高往内眺望，才大吃一惊地发现老人趴在床边地板上。闫设法打开房门，才得知老人已经死亡。于是老闫立即给东北局组织打电话，行政科侯科长让闫去做当面汇报，随后组织部派来两名医生一名护士，经检查确认高长虹夜里系突发性脑溢血死亡。

立志"披坚执锐，而登彼最高之山颠"的高长虹就这样悄无声息地死亡了，还莫名其妙地失踪半个世纪。跟身体一起失踪的还有高长虹的文章，高长虹后来一度被定性为"反对鲁迅的急先锋"，作品不得出版，研究成为禁区。直到20世纪80年代，相关研究文章才开始陆续问世。1989年，山西孟县政协资助出版了三卷本《高长虹文集》，高长虹的名字才重新被人知晓。但和梁实秋、徐志摩、沈从文、林语堂等鲁迅的其他论敌不同，人们依旧对高长虹存在误解，认为他是鲁迅的情敌，认为他因沾了鲁迅的光而载入史册。

事实上，高长虹是难得一见的奇才，他在两三年间创作了100多万文字，出版作品近20部，曾被外国人誉为"东方唯一的诗人""天才"。他领导的狂飙社更从一个地方社团发展为全国第二大文学社团，培养了向培良、尚钺等作家，培育了众多共产党员，创办了周刊、月刊、丛书、剧社等多项产业，掀起了名噪一时的"狂飙突进"运动，对推动新文学、新文化发展起到了不可低估的作用，也使很多国人得以觉醒。

而且，高长虹和鲁迅相似之处甚多，都因父母之命而有家室又渴望爱情，都有两个兄弟而和二弟闹翻；性格上都桀骜不驯、特立独行；思想上都反帝反封建、反《现代评论》，追求革命进步；学识上都受尼采与俄国作家影响。如果不和鲁迅闹翻，在鲁迅的悉心培养下，高长虹很有可能成为第二个鲁迅。可是阴差阳错，因为一系列误会、流言，高长虹这位鲁迅亲密战友倒成了世人眼里"反对鲁迅的急先锋"，最后"发疯""失踪"。不知道1954年高长虹趴在床边地板上的最后一刻，是否会想起30年前他跨进鲁迅家大门的场景，是否记得他离家前的豪言壮语，是否会后悔他和鲁迅的相识相伴和互撑。

鲁迅与周作人："东有启明，西有长庚"

周作人自寿诗，诚有讽世之意，然此种微辞，已为今之青年所不憭，群公相和，则多近于肉麻，于是火上添油，遽成众矢之的。①

至说鲁迅文人成分多，又说非给青年崇拜不可，虽似不敬却也是实在的。

1936年10月19日鲁迅临终的那一刻，该怎样回忆自己的一生？少年家道突然衰落，小小年纪四处寻医、典当受尽脸色，逃至南京却学非所爱，东渡日本弃医从文立志唤醒麻木国民，回国后却不得不做了"区区金事"，被刺激复出和"新青年"一起打破铁屋，先北京再厦门，又广州后上海，写小说，写散文，写诗歌，写杂文，立德、立功、立言、立人，成了文坛领袖、青年导师、左翼权威的同时也树敌无数。最终，铁屋虽有松动，他却没有亲眼看到光明的到来，还不得不于最后时刻与自己的"左联"盟友内斗。但无论如何，他这一生"横眉冷对千夫指，俯首甘为孺子牛""吃

---

① 出自鲁迅书信集《书信（12）》中《340430 致曹聚仁》。

的是草，吐的是奶和血"，当问心无愧矣。

那有没有遗憾呢？每个人的一生多少会有些遗憾，鲁迅最大的遗憾应该是他与二弟周作人的失和，这对鲁迅来说是比被高长虹等盟友"背叛"更大的打击。想当年，周氏兄弟可是"黄金搭档"，文坛"双子星"，最后却闹了个"东有启明，西有长庚"永不相见。鲁迅与周作人小时候都曾经由家乡的法师给取过法名，鲁迅叫"长庚"，周作人叫"启明"。长庚和启明本同是金星，但在不懂天文的母亲眼中却是一早一晚升于天空永不相见，暗喻周氏兄弟的失和乃是"上天注定"。

"请不要再到后边院子里来"

周氏兄弟的失和是20世纪文坛最大的憾事之一，也是最大的疑案之一。失和后，两人都未透露具体原因，后人只能从蛛丝马迹中一点点地寻觅真相。

明确的是，事情的突变在1923年7月14日这一天。鲁迅在当天日记中写道："是夜始改在自室吃饭，自具一肴，此可记也。"五天后，周作人托人送给鲁迅一封信，信中写道：

鲁迅先生：我昨天才知道，——但过去的事不必再说了。我不是基督徒，却幸而尚能担受得起，也不想责谁，——大家都是可怜的人间。我以前的蔷薇的梦原来都是虚幻，现在所见的或者才是真的人生。我想订正我的思想，重新入新的生活。以后请不要再到后边院子里来，没有别的话。愿你安心，自重。七月十八日，作人。

鲁迅看完信后，想请周作人来问个明白，但周作人没来。等了一周，周作人还是"不至"，鲁迅准备搬家。据鲁迅日记记载："二十六日晴。

上午往砖塔胡同看屋。下午收拾书籍入箱。二十九日晴：星期休息。终日收书册入箱，夜毕。雨。二日雨，午后霁。下午携妇迁居砖塔胡同六十一号。"

事情并没有就这样轻易结束，鲁迅1924年6月11日的日记记载："下午往八道湾宅取书及什器，比进西厢，启孟①及其妻突出骂詈殴打，又以电话招重久及张凤举、徐耀辰来，其妻向之述我罪状，多秽语，凡捏造未圆处，则启孟救正之，然终取书、器而出。"当时的目击者川岛后来在《弟与兄》一文中回忆：

这回"往八道湾宅取书及什器"，是鲁迅先生于一九二三年八月二日迁出后的第一次也是末一次回到旧居去。其时，我正住在八道湾的外院（前后共有三个院子）鲁迅先生曾经住过的房子里。就在那一日的午后我快要去上班的当儿，看见鲁迅先生来了，走进我家小院的厨房，拿起一个洋铁水杓，从水缸中舀起凉水来喝，我要请他进屋喝茶，他就说："勿要惹祸，管自己！"喝了水就独自到里院去了。过了一会，从里院传出一声周作人的骂声来，我便走到里院西厢房去。屋里西北墙角的三角架上，原放着一个尺把高的狮形铜炉，周作人正拿起来要砸去，我把它抢下了，劝周作人回到后院的住房后，我也回到外院自己的住所来，听得信子正在打电话，是打给张徐二位的。是求援呢还是要他们来评理？我就说不清了。

从此，鲁迅与周作人决裂，老死不相往来。而这事发生得非常突然，他们之前还"兄弟怡怡"。7月3日，两兄弟还同游东安市场，又同至东交民巷书店，周作人还在当天日记中写道："买云冈石窟佛像写真十四枚，又正定本佛像写真三枚，共六元八角。"7月6日，兄弟两人合译的《现代日本小说集》由商务印书馆出版发行，内收鲁迅译作11篇，周作人译作

---

① 启孟：周作人的别名。

138

19 篇。再之前，他们曾共游中山公园，一起出席北大学生许钦文等组织的文艺社团春光社集会，并共同担任该社指导。3 月 8 日，周作人还在《晨报副镌》上发表《绿洲七·儿童剧》一文，含情脉脉地回忆童年时代与鲁迅一起在桂花树下自编自演儿童剧的情景。

那时，鲁迅与周作人被世人并称"周氏兄弟"，扬名天下。他们同住一个屋檐下，同在北大任教，同在《新青年》发力。鲁迅威猛，大笔如椽横扫千军；周作人阴柔，下笔如雨润物无声。两人协同作战，珠联璧合互供弹药，很多文章相互配合，甚至会换"马甲"互用对方笔名，鲁迅的第一部小说集《呐喊》还是周作人编的。当时"周氏兄弟"名满天下，"周氏出品"必是精品例不虚发，一时间在文坛声名大噪。

周作人的名气甚至一度在鲁迅之上，他的《人的文学》《平民文学》在当时很有影响，胡适曾评价《人的文学》是"当时关于改革文学内容的一篇最重要的宣言"，顾颉刚、梁实秋等当时文艺青年来八道湾拜见的都是周作人，周作人的工资也一度超过鲁迅。当周作人拿起铜炉要砸鲁迅的时候是否会想到，他能有今天几乎全是鲁迅的功劳。当年是鲁迅写信求祖父把混迹于街头的"小流氓"周作人带到南京上学，又将其领到东京。在东京，周作人说："那时候跟鲁迅在一起，无论什么事都由他代办，我用不着自己费心。"鲁迅带着周作人读书作文，翻译《域外小说集》，拜师章太炎。鲁迅对周作人悉心照顾，无微不至。每当周作人偷懒时，鲁迅往往以兄长名义斥责、催促他。因为周作人要结婚，"从此费用增多，我不能不去谋事"[①]，鲁迅因此回国就业挣钱养活周作人夫妇，还经常寄钱给周作人夫人羽太信子家。周作人回国后，又是鲁迅托蔡元培聘请周作人来北

---

① 出自许寿裳的《鲁迅传》，鲁迅对许寿裳说的话。

大任教。

在北京，也是鲁迅一手照料着周作人全家。1919 年 2 月，鲁迅卖掉绍兴老宅，买下八道湾房子，装修、搬家等事宜全是鲁迅一个人在忙活，周作人则带着太太回日本优哉游哉探亲度假去了。装修完毕，鲁迅将朝南向阳的正屋让给周作人一家，而自己住在大门口朝北的小屋里。周作人有一次生病，是鲁迅将他送进医院，四处举债为他看病，不断探视，还连写了十多封信关心慰问。可以说，没有鲁迅的引导、扶植，绝不会有周作人的飞黄腾达。

周氏兄弟失和

鲁迅对周作人这么好，周作人为什么会与大哥鲁迅闹翻呢？两人失和的原因众说纷纭，主要可归为"绯闻说"和"经济纠纷说"两种。

"绯闻说"认为是鲁迅生活不检点，失敬弟媳妇羽太信子，导致兄弟失和，这是周作人及其太太羽太信子一直以来的"暗示"。同为鲁迅、周作人朋友的郁达夫在《回忆鲁迅》中写道："据凤举他们的判断，以为他们兄弟间的不睦，完全是两人的误解，周作人氏的那位日本夫人，甚至说鲁迅对她有失敬之处。"川岛后来也曾对鲁迅博物馆工作人员说过："周作人的老婆造谣说鲁迅调戏她。周作人的老婆对我还说过：鲁迅在他们的卧室窗下听窗。"

但"卧室窗下听窗"实际上不可能，川岛紧接着说："这是根本不可能的事，因为窗前种满了鲜花。"那有没有可能是鲁迅"调戏"弟媳妇呢？这也不太可能，因为八道湾里，鲁迅母亲鲁瑞和鲁迅夫人朱安一般足不出户，鲁迅不太可能有机会"作案"。即使有机会，以鲁迅的为人也不至于如此下作。民国初期，喜欢逛八大胡同的教授比比皆是，可鲁迅从没有去过。那有没有可能，是鲁迅一不小心碰见了弟媳妇正在洗澡？这也是猜测，即使是鲁迅不小心看到了弟媳妇洗澡，那属于难免情况，不值得小题大做，更谈不上"调戏"。鲁迅的儿子周海婴在《鲁迅与我七十年》书中写道："再联系当时周氏兄弟同住一院，相互出入对方的住处原是寻常事，在这种情况之下，偶有所见什么还值得大惊小怪吗？"因此，基本上可以判断，"绯闻说"很难成立。

"经济纠纷说"则是主流分析，就连周氏兄弟母亲鲁瑞也曾对人说："这样要好的弟兄都忽然不和，弄得不能在一幢房子里住下去，这真出于我意料之外。我想来想去，也想不出个道理来。我只记得：你们大先生对二太太当家，是有意见的，因为她排场太大，用钱没有计划，常常弄得家里入不敷出，要向别人去借，是不好的。"

举家搬到北京后，鲁迅一大家子的当家人从母亲鲁瑞改为周作人夫人羽太信子，兄弟挣钱一起花。鲁迅除了留点零用钱外，绝大部分收入都交给羽太信子。周海婴在《鲁迅与我七十年》中气愤地写道：

没想到八道湾从此成为羽太信子称王享乐的一统天下。在生活上，她摆阔气讲排场，花钱如流水，毫无计划。饭菜不合口味，就撤回厨房重做。她才生了两个子女，全家雇用的男女仆人少说也有六七个，还不算接送孩子上学的黄包车夫。孩子偶有伤风感冒，马上要请日本医生出诊。日常用品自然都得买日本货。由于当时北平日本侨民很多，有日本人开的店铺，市场上也日货充斥，应该说想要什么有什么。但她仍不满意，常常托亲戚朋友在日本买了捎来。因为在羽太信子眼里，日本的任何东西都比中国货要好。总之，钱的来源她不管，只图花钱舒服痛快。

对于太太的大手大脚，"周作人至少是默许的。他要的只是饭来张口衣来伸手，还有'苦雨斋'里书桌的平静，别的一概不问不闻。当然他对信子本来也不敢说个'不'字"。周作人也曾经和羽太信子吵过，但羽太信子一装死，他就立马屈服软了。那受苦的只能是鲁迅，兄弟两人每月600多元的薪水都不够用，周作人又当甩手掌柜，只好由鲁迅四处筹钱。鲁迅曾和许广平说过："我总以为不计较自己，总该家庭和睦了吧，在八道湾的时候，我的薪水，全部交给二太太，连同周作人的在内，每月约有六百元，然而大小病都要请日本医生来，过日子又不节约，所以总是不够用，要四处向朋友借，有时候借到手连忙持回家，就看见医生的汽车从家里开出来了，我就想：我用黄包车运来，怎敌得过用汽车运走的呢？"

此景此情下，挣钱主力鲁迅对花钱主力羽太信子很不满意，有所微词在所难免，而羽太信子对鲁迅呢？鲁迅好友、与周作人在日本有过同住情谊的许寿裳在《亡友鲁迅印象记》中说："作人的妻羽太信子是有歇斯底里性的。她对于鲁迅，外貌恭顺，内怀忮忌。"因此，鲁迅与羽太信子的矛盾冲突便不可避免。

周作人写给鲁迅的绝交信要表达的意思或是：我昨天才知道你调戏我老婆的事，但就不必再提了。我还承受得起，也不想责备你，大家都很可怜。"兄弟妻不可欺"，我原以为我们兄弟会相互扶持，没想到你竟然做那种事，而这也许才是真正的人生。我想重新过日子了，以后请你不要再到后面的院子来，安心地过好自己的日子吧，不要再做自轻自贱的事。而鲁迅看到这样的信，自然很是纳闷不解，想找周作人问个清楚。周作人却不给他机会，见面就打。从而导致了周氏兄弟反目，酿成了千古憾事，也造成了鲁迅的早逝和周作人的自甘堕落。

但确定无疑的是，鲁迅确是被据说患有癔症的羽太信子赶出家门的。许寿裳说过，周氏兄弟不和，坏在周作人那位日本太太身上，她不愿同他一道住。1924年9月，鲁迅辑成《俟堂专文杂集》，署名"宴之敖"。1927年4月，在所作《铸剑》中，又用"宴之敖"命名复仇者"黑的人"。

据许广平回忆，鲁迅对该笔名有过解释："宴"从门（家），从日，从女；
"敖"从出，从放；意思即是说"我是被家里的日本女人逐出的"。这个
日本女人自然即是指羽太信子。周作人也曾明确说过："要天天创造新生活，
则只好权其轻重，牺牲与长兄友好，换取家庭安静。"

周作人"睚眦必报"

兄弟反目后，鲁迅大病一场，前后达一个半月之久。学者袁良骏先生
认为："它促成了鲁迅的早逝。失和对鲁迅的精神打击是巨大的，这是鲁
迅的一大块心病，不仅导致了他迁居后的一场大病，而且影响其终生。鲁
迅最终死于肺病，而肺病最可怕的就是累和气。和周扬等'四条汉子'生
气是外在的，兄弟失和才是更要害、更根本的。"不难想象，每当想起自
己全心全意最为关爱的弟弟却如此反戈一击恩将仇报，鲁迅的心中该有多
痛多苦，这种痛苦是锥心裂肺难以释怀的。但失和对鲁迅也有利好的一面，
即鲁迅开始重新选择生活，毅然决然地和许广平私奔，没有了周作人夫妇
这对"拖油瓶"，经济上也更加宽裕自主。

失和对周作人的直接影响呢？在 1923 年 7 月 25 日所写的《自己的园
地·旧序》里，周作人重复了 7 月 18 日给鲁迅的字条里所说的"我以前的
蔷薇的梦原来都是虚幻"的意思，表达了自己对美好人生的幻灭感。他要"订
正我的思想，重新入新的生活"，不再追求"蔷薇"的理想，而从此选择了"在
不完全的现世享乐一点美与和谐"的享乐主义人生道路。

第二年，周作人写了一篇《破脚骨》。据川岛说，这是针对鲁迅的。
在文章中，周作人暗示鲁迅是个"无赖子"，并且作了一连串的"考证"：

"破脚骨官话曰无赖曰光棍，古语曰泼皮曰破落户，上海曰流氓，南京曰流尸曰青皮，日本曰歌罗支其，英国曰罗格……《英汉字典》中确将'流氓'这字释作劫掠者，盗贼等等也。"一向温和的周作人笔下竟然流露出这一串串恶毒的咒骂，可见他心中对鲁迅怨恨之深。

反目后，兄弟两人未再单独见过面，也未有直接通信。起初，因为思想、观点的一致，两人还有过并肩战斗。比如周作人创办《语丝》担任主编，鲁迅则经常在上面发稿，成为实际上的"语丝精神领袖"。在女师大学潮中，两人也都站在进步学生一边，与章士钊、陈源骂个不休。周作人先是在鲁迅起草的宣言中签了名，后又发表了好些批评章士钊、杨荫榆的文章，并和鲁迅一起为被驱赶出校的学生义务授课。周作人得知鲁迅上了北洋政府的黑名单，还曾托人通知鲁迅。鲁迅大战陈源时，周作人也曾上阵助拳，攻击陈源及现代评论派。在鲁迅和高长虹的论战中，周作人又出阵挺兄，用"晋人""吃醋""疑威将军"等暗箭影射高长虹。鲁迅在和创造社、太阳社的"革命小将"车轮战时，周作人也曾发文讽刺"革命文学"的"取巧"和"投机"。周作人还翻译过古罗马一首题为《伤逝》的诗歌，而鲁迅随后也创作了一篇小说《伤逝》，两人通过创作"暗送秋波"。

之后，鲁迅和许广平结合，社会形势越来越严峻，周作人和鲁迅渐行渐远，成为最熟悉的陌生人，甚至不知不觉中，鲁迅成了周作人的假想敌。

首先，周作人在《中年》《志摩纪念》《周作人书信·序言》《论妒妇》《责任》《嵩庵闲话》等文章中多次挖苦鲁迅多妻、纳妾、色情，如他在《中年》里写道："譬如普通男女私情我们可以不管，但如见一个社会栋梁高谈女权或社会改革，却照例纳妾等等，那有如无产首领浸在高贵的温泉里命令大众冲锋，未免可笑，觉得这动物未免有点变质了。"这话很明显是在讽刺鲁迅纳妾。

鲁迅和许广平的情书集《两地书》出版后，周作人又在《周作人书信·序信》中写道："这原不是情书，不会有什么好看的。这又不是宣言书，别无什么新鲜话可讲。反正只是几封给朋友的信……别无好处，总写得比较地诚实点，希望少点丑态。兼好法师尝说人们活过了四十岁，便将忘记自己的老丑，想在人群中胡混，私欲益深，人情物理都不复了解。行年五十，不免为兼好所诃，只是深愿尚不忘记老丑，讲不以老丑卖钱耳。"此话是在嘲笑鲁迅的《两地书》"以老丑卖钱"。

1936 年 10 月 18 日，鲁迅去世的前一天，周作人还写道："儿子阔了有名了，往往在书桌上留下一部《百孝图说》，给老人家消遣，自己率领宠妾到洋场官场里为国民谋幸福去了……"

一贯主张恋爱自由和健康性道德的周作人为何抓住鲁迅的"小辫子"不放呢？这可能还是缘于周作人固执地以为鲁迅真的调戏了他老婆，"有色情之心乃老流氓也"，故而一再藐视嘲讽鲁迅，动辄借机泄愤报仇，如押沙龙文章所戏言：周作人经常"满面红光地跟朋友说'家门不幸啊，你听说了吗？鲁迅……哎，纳妾'"。

国民党"清党"后，原本都持自由、人道立场的周氏兄弟在政治、思想上发生了巨大分野。鲁迅逐渐左倾，精神昂扬地投入一个接一个的战斗，周作人则被鲜血吓得目瞪口呆而退回自己的苦雨斋埋头喝茶，并且对鲁迅的左倾越来越看不惯。

1931 年 12 月 13 日，周作人在文章《志摩纪念》中写道："知识阶级的人挑着一副担子，前面是一筐子马克思，后面一口袋尼采，也是数见不鲜的事。"1935 年 2 月，周作人又写道："不久有左翼作家新兴起来了，对于阿 Q 开始攻击，以为这是嘲笑中国农民的，把正传作者骂得个'该死十三元'……不久听说《阿 Q 正传》的作家也转变了。"这两句话还只是捎带讥讽鲁迅，两个月后，周作人公然写道：

其实叫老年跟着青年跑这是一件很不聪明的事……老年人自有他的时

光与地位，让他去坐在门口太阳下，搓绳打草鞋，看管小鸡鸭小儿，风雅
的还可以看板画写魏碑，不要硬叫子媳孝敬以妨碍他们的工作，那就好了。
有些本来能够写写小说戏曲的，当初不要名利所以可以由说话，后来把握
了一种主义，文艺的理论与政策弄得头头是道了，创作便永远再也写不出来，
这是常见的事实，也是一个很可怕的教训。日本的自然主义信徒也可算是
前车之鉴，虽然比中国成绩总要好点。把灵魂卖给魔鬼的，据说成了没有
影子的人，把灵魂献给上帝的，反正也相差无几。

"老年人""有些本来能够写写小说戏曲的"自然指的是鲁迅，周作
人这是在明确指责鲁迅跟着青年跑，"把握了一种主义，文艺的理论与政
策弄得头头是道了，创作便永远再也写不出来"，嘲讽鲁迅"把灵魂卖给魔鬼"
或者"献给上帝"了。

最能表达周作人对鲁迅不满的是他写于 1936 年 7 月 31 日的《老人的
胡闹》一文，文章写道：

老人的胡闹并不一定是在守旧，实在却是在维新。盖老不安分，重在
投机趋时，不管所拥戴的是新旧左右，若只因其新兴有势力而拥戴之，则
等是趋时，一样的可笑。如三上（日本贵族院议员三上参次）弃自由主义
而投入法西斯的潮流，即其一例，以思想论虽似转旧，其行为则是趋新也。
此次三上演说因为侮辱中国，大家遂加留意，其实此类事世间多有，即我
国的老人们亦宜以此为鉴，随时自加检点者也。

这话很明显是在骂鲁迅"胡闹""为老不尊""不检点"。此时正病
重在床的鲁迅如果看到这话，肯定会心痛不已，加重病情。

除了在爱情婚姻、思想政治方面，周作人屡屡攻击鲁迅，在其他方面
也是逮着机会就开展"明枪暗箭"。如在谈到"青年必读书"问题时，周
作人对鲍耀明说："'必读书'的鲁迅答案，实乃他的'高调'——不必读书——
这说得不好听一点，他好立异鸣高，故意的与别人拗一调，他另外有给朋

友的儿子开的书目，却是十分简要的。"1935 年 3 月 18 日，周作人写道：

> 言论不大自由，有些人的名字用不出去，只好时常换，有如亡命客的化装逃难。也有所谓东瓜咬不着咬瓜子的，政治方面不敢说却来找文学方面的同行出气，这情形亦可怜悯，但其行径则有如暴客的化装吓人也。出版物愈多，这种笔名也就加多，而读者读得胡里胡涂，有时须去弄清楚了作者的本性，才能够了解他的意义。

"只好时常换"笔名的人自然指的也是鲁迅，周作人将鲁迅对文艺界的批评说成是"政治方面不敢说却来找文学方面的同行出气"。

总之，一心想做"绅士"的周作人对鲁迅满腹怨恨，总是借机攻击，睚眦必报。鲁迅去世后尸骨未寒，周作人还余恨未了地影射道："但是，说老当益壮，已经到了相当的年纪，却从新纳妾成家，固然是不成话，就是跟着青年跑，说时髦话，也可以不必。"

鲁迅"以德报怨"

而向来"以直报怨"的鲁迅对周作人则始终"以德报怨"，还是把他当成亲兄弟，时刻关注、关心着周作人，随时注意和搜购周作人的作品。对周作人最大的一个"差评"仅是"昏"字，鲁迅几次对三弟周建人摇头叹气无可奈何地说："启孟真昏！"

1925 年，鲁迅在发表的小说《弟兄》里回忆了自己当年帮助周作人看病的往事，表示了"鹡鸰在原"的意思。鹡鸰是一种生活在水边的小鸟，当它困处高原时，就会鸣叫寻找同类。《诗经》有云："脊令在原，兄弟急难。"这句话比喻兄弟在危难中要互相救助。鲁迅通过这篇小说，向周作人表示如他有急难，他还愿像当年周作人患病时那样无私救助。可周作人对此置若罔闻，毫不领情。

鲁迅定居上海后，也时常惦念担忧周作人，常对周建人说："八道湾只有一个中国人了。"当《语丝》杂志被禁时，鲁迅对人说："他之在北，自不如来南之安全，但我对于此事，殊不敢赞一辞，因我觉八道湾之天威莫测，正不下于张作霖，倘一搭嘴，也许罪戾反而极重，好在他自有他之好友，当能相助耳。"日军侵华加快脚步后，鲁迅还曾给川岛写信，请他劝说周作人南下。1927 年张作霖军政府绞死李大钊后，周作人一边悲愤地写下《偶感》捍卫李大钊名誉，一边把李大钊的大儿子李葆华藏在八道湾，后转送日本留学。对周作人的这种勇敢精神，鲁迅在写给周建人的信里大加赞赏。

1934 年，周作人发表《五十自寿诗》，其中写道：

前世出家今在家，不将袍子换袈裟。街头终日听谈鬼，窗下通年学画蛇。老去无端玩骨董，闲来随分种胡麻。旁人若问其中意，且到寒斋吃苦茶。

半是儒家半释家，光头更不着袈裟。中年意趣窗前草，外道生涯洞里蛇。徒美低头咬大蒜，未妨拍桌拾芝麻。谈狐说鬼寻常事，只欠工夫吃讲茶。

诗歌发表后引发轰动，蔡元培、胡适、林语堂、钱玄同、郑振铎、刘半农等人纷纷步韵和诗。胡风、廖沫沙等左翼青年则对周作人的消极思想大加鞭挞，廖沫沙和诗讽刺道："先生何事爱僧家，把笔提诗韵押裟。不赶热场孤似鹤，自甘凉血懒如蛇。选将笑话供人笑，怕惹麻烦爱肉麻。误尽苍生欲谁责？清谈娓娓一杯茶。"而鲁迅则在写给曹聚仁的信件中公正地评说："周作人自寿诗，诚有讽世之意，然此种微辞，已为今之青年所不憭，群公相和，则多近肉麻，于是火上添油，遂成众矢之的。"

对周作人的才华，鲁迅也继续充分认可。有一次，周作人的一部译稿交给商务印书馆出版，鲁迅对周建人说："莫非启孟的译稿，编辑还用得着校吗？"鲁迅还对斯诺夫人说过，在现代散文史上，周作人似是第一人。

不过，对周作人、林语堂等人提倡的"小品文""性灵文学"，鲁迅也有批评称之为"文学上的'小摆设'"，认为它不合时代要求："何况在风沙扑面，狼虎成群的时候，谁还有这许多闲工夫，来赏玩琥珀扇坠，翡翠戒指呢。他们即使要悦目，所要的也是耸立于风沙中的大建筑，要坚固而伟大，不必怎样精；即使要满意，所要的也是匕首和投枪，要锋利而切实，用不着什么雅。"

据周建人回忆，鲁迅在病危之际，还捧读周作人著作。鲁迅逝世后，周建人写了一封信，把鲁迅临终前对周作人的看法统统告诉了周作人：

有一天说看到一日本记者登一篇他的谈话，内有"我的兄弟是猪"一语，其实并没有说这话，不知记者如何记错的云云。又说到关于救国宣言这一类的事情，谓连钱玄同、顾颉刚一班人都具名，而找不到你的名字，他的意见，以为遇到此等重大题目时，亦不可过于退后云云。有一回说及你曾送×××之子赴日之事，他谓此时别人并不肯管，而你却偏护他，可见是有同情的，但有些作者，批评过于苛刻，责难过甚，反使人陷于消极，他亦极不赞成此种过甚的责难云。又谓你的意见，比之于俞平伯等甚高明（他好像又引你讲文天祥的一段文章为例），有许多地方，革命青年也大可采用，有些人把他一笔抹煞，也是不应该的云云。但对于你前次趁（赴）日时有一次对日本作家关于他的谈话则不以为然。总起来说，他离开北平之后，对于你并没有什么坏的批评，偶然想起，便说明几句。

在听到鲁迅逝世的消息后，周作人未去上海参加追悼会，而是在北大法学院礼堂参加了纪念会，并致辞。他还接受了《大晚报》记者的采访，对记者说：

关于家兄最近在上海的情形，我是不大清楚的，因为我们平常没有事，是很少通信的。虽然他在上海患着肺病，可是前些天，他曾来过一封信，说是现在已经好了，大家便都放下心去。不料今天早晨接到舍弟建人的电报，才知道树人已经逝世。他这肺病，本来在十年前，就已经隐伏着了，医生劝他少生气，多静养，可是他的个性偏偏很强，往往因为一点小事，就和人家冲突起来，动不动就生气，静养更是没有那回事；所以病就一天一天加重起来，不料到了今天，已经不能挽救他的生命。说到他的思想方面，最起初可以说他受尼采的影响很深，就是树立个人主义，希望超人的实现。可是最近又有点转到虚无主义上去了，因此，他对一切事，仿佛都很悲观，譬如我们看他的《阿Q正传》，里面对于各种人物的描写，固是深刻极了，可是对于中国人的前途，却看得一点希望都没有。实在说起来，他在观察事物上，是非常透彻的，所以描写起来也就格外深刻。在文学方面，他对于旧的东西，很用过一番工夫，例如：古代各种碎文的搜集，古代小说的考证等，都做得相当可观。可惜，后来没有出版，恐怕那些材料，现在也都散失了，有人批评他说：他的长处是在整理这一方面，我以为这话是不错的。他的个性不但是很强，而且多疑，旁人说一句话，他总要想一想这话对于他是不是有利的地方。这次他在上海住的地方也很秘密，除去舍弟建人和内山书店的人知道以外，其余的人都很难找到。家母几次让他到北平来，但他总不肯，他认为上海的环境是很适宜的，不愿意再到旁的地方去。

鲁迅病逝第二天，周作人有一堂《六朝散文》的课。他没有请假，而是挟着一本《颜氏家训》走进教室。第一节课的下课铃响后，周作人挟起书脸色难看地说："对不起，下一堂课我不讲了，我要到鲁迅的老太太那里去。"可见，兄弟之间即使仇大于山，但毕竟血浓于水，周作人对鲁迅的逝世还是有些哀痛的。

随后，周作人写了《关于鲁迅》《关于鲁迅之二》等文章，回忆了鲁迅生前一些人们不太知晓的情况，肯定鲁迅"向来勤苦做事，为他人所不及……""但求自由的想或写，不要学者文人的名"，同时也批评鲁迅"在书本里得来的知识上面，又加上亲自从社会里得来的经验，结果便造成一种只有苦痛与黑暗的人生观"，作品中"到处是愚与恶，而愚与恶又复加厉害到可笑的程度"。

周作人"溘然长逝"

鲁迅的病逝对于国人而言自然是莫大的损失，对周作人而言其实也是很大的遗憾。从此，没有了引导、鞭策的周作人自顾自地"苟全性命于乱世"，自顾自地"听谈鬼""学画蛇""玩骨董""吃苦茶"，从"战士"蜕化为"中年油腻男"，进而从"老人"滑向了汉奸。

卢沟桥事变后，北京大学诸位教授及北京诸位文化名流纷纷南下，周作人却按兵不动。他在回复友人劝他走的信里写道："以系累甚重（家中共有九人，虽然愚夫妇及小儿共只三人），未能去北平，现只以北京大学教授资格蛰居而已，别无一事也。"他还希望其他人"请勿视留北诸人为李陵，却当作苏武看为宜"。为什么周作人赖在北京不走呢？"系累甚重"只是借口，其实周作人每月仅供母亲 15 元零用钱，许广平则每月寄来 100元。也许是因为周作人早就认为中日之战"中国必败"，况且南方是左翼作家的"地盘"，去了南方恐怕没他好果子吃。而且他夫人是日本人，在北京有众多"日本朋友"，因此日军来了也不足为惧，他只不过想在乱世中讨杯"苦茶"喝而已。

打着受校长蒋梦麟委托看守北大校产的名义，周作人堂而皇之地在北京留了下来，并于 1938 年 2 月 9 日出席日本大阪每日新闻社召开的"更生中国文化建设座谈会"，开始表明与日军合作的态度。此举引起国内文艺界强烈反响，各大文化名流在纷纷对周作人讨伐的同时也对周作人做最后争取，胡适写信婉转劝周作人道："臧晖先生昨夜作一个梦，梦见苦雨庵中吃茶的老僧，忽然放下茶钟出门去，飘然一杖天南行。天南万里岂不大辛苦？只为智者识得重与轻。 梦醒我自披衣开窗坐，谁知我此时一点相思情。"周作人对此回诗道：

> 我谢谢你很厚的情意，可惜我行脚却不能做到；并不是出了家特地忙，因为庵里住的好些老小。我还只能关门敲木鱼念经，出门托钵募化些米面，——老僧始终是个老僧，希望将来得见居士的面。

就在周作人还举棋未定时，1939 年元旦，周作人中了来客青年一枪。子弹打在了毛线衫的纽扣上，周作人并未伤着，却被吓破了胆，以为是日军在逼他就范。于是，周作人很快做出了抉择，于 1 月 12 日接下了伪北大图书馆馆长聘书，后又接了死去的汤尔和的班，当上了伪教育总署督办，摇身一变为部长级的大汉奸。

周作人的投降不是偶然的，他早在日军侵华前就曾撰文为秦桧等汉奸翻案，主张"忍辱负重""和比战难"。周作人穿着日伪军装检阅伪新民会青少年团，到南京出任傀儡政权伪国民政府委员并拜见汪精卫，撰文为日本"大东亚共荣圈"鼓与呼，还去日本参拜靖国神社……

1943 年 4 月，母亲鲁瑞去世，周作人竟然在《先母事略》文中津津乐道地说："作人蒙国民政府选任为委员，当赴首都谒主席……"把拜见汪精卫当作荣宠来告慰亡母，足见周作人对当汉奸甚是得意。沈兼士曾流着泪对林语堂说过："我们的青年给日本人关在北大沙滩大楼，夜班挨打嚎哭之声，惨不忍闻，而作人竟装痴作聋，视若无睹。"

周作人还利用伪北大图书馆馆长之权力，指使几个图书馆职员，到鲁迅的北京房子里把鲁迅藏书编成多种语言的书目，待价而沽准备大卖，后被许广平辗转托人留下。书没卖成，周作人又开始打鲁迅房产的主意。他请来律师伪造了一份关于八道湾房产的契约，将原来只是共同享有人之一的自己变成了房产的唯一拥有人。

当汉奸给周作人带来丰厚回报，周作人自己写道："该职特任官俸，初任一千二，晋一级加四百圆，至二千圆为止。"利用这笔厚禄，周作人大修豪宅，过上了锦衣玉食、奴仆成群的富贵生活，忘了他"青灯一盏、清茶一杯"的追求。当然，周作人当汉奸期间也不是没有做过好事。他作为"留平教授"的确保护了部分北大校产，也曾利用伪职身份为一些老友及国民党、共产党地下工作人员提供过保护和帮助，还曾撰文主张"儒家文化中心论"，被日本狂热分子称之为"反动老作家"。

随着日军投降，汪伪政府垮台，周作人的好日子也到了头。1945年12月6日，周作人被捕押往南京受审。1947年11月16日，南京高等法院做出判决："周作人共同通谋敌国，图谋反抗本国，处有期徒刑十四年，夺公权十年，全部财产除酌留家属必需生活费外没收。"周作人不服判决，认为自己是留平教授之一，受托管理校产，且日本人对他也有"反动老作家"等攻击。北大和蒋梦麟出具证明，证明蒋梦麟的确曾委托周作人照看北大校产；国民政府地下工作人员也出具证明，证明周作人曾对他们有所掩护；沈兼士、俞平伯等十五位教授还联名上书，为周作人求情。最终，周作人刑期被减为十年。但周作人实际上只坐了一年多的牢，1949年元旦，李宗仁代理总统后，在国共和谈的氛围中，下令释放政治犯，周作人于1949年1月26日"蒙混出关"，得以释放。

周作人被释放后，先在上海的学生家中住了一阵子，随后周作人想回北京家中。此时，北京已经解放，周作人认为自己应该有所表示以求宽恕，于是他给周恩来写了一封长信，对自己的所作所为做了检讨也做了解释，最后写道："过去思想上的别扭，行动上的错误，我自己承认，但是我的真意真相，也希望先生能够了解，所以写了这一封信。本来也想写给毛先生，因为知道他事情太忙，不便去惊动，所以便请先生代表了。"周恩来实际上并未看到此信，据毛泽东秘书胡乔木在致毛泽东信中说："周总理处也谈过，周作人给他的信因传阅失查他并未看到。"但周作人以为自己得到了宽大处理，于是于 8 月 14 日返回北京。

回到北京后，周作人只能靠卖文为生，入不敷出。于是，1951 年初，他又给毛泽东写了一封长信，胡乔木在 1951 年 2 月 24 日给毛泽东书面报告说："周作人写了一封长信给你，辩白自己，要求不要没收他的房屋，不当他是汉奸……我的意见是：他应当彻底认错，像李季一样在报纸上悔过。他的房屋可另行解决（事实上北京地方法院也并未准备把他赶走）。他现已在翻译欧洲古典文学，领取稿费为生，以后仍可在这方面做些工作。周扬亦同此意。当否请示。"毛泽东批示道："照办。"

于是，从 1952 年 8 月起，周作人出任北京人民文学出版社编制外特约译者，每月预支稿费 200 元人民币，但不允许以本名出版。周作人也想跟上时代潮流，"为人民服务""向工农学习"等字句在他当时文章中比比皆是，对新政权也赞不绝口。可他的处境并未改变，依旧只能靠译书糊口，甚至被剥夺了政治权利，三天两头被叫去开会、听训。而和鲁迅始终保持统一战线的三弟周建人在新中国成立后则一帆风顺，先是被任命为出版总署副署长，后又被任命为高等教育部副部长，还被增选为中国民主促进会中央委员会副主席。

周建人在两位哥哥反目的过程中，明确站在大哥一边，始终紧跟着鲁迅战斗。由于这个原因，以及周建人后来和周作人小姨子离婚的缘故，周作人对周建人无好感。周作人留守北京后，周建人曾写信劝周作人来上海，"然而，没有得到他片言只字的回音。于是，我们就断绝了往来"。

新中国成立后，周作人周建人兄弟只见过一面，周建人在《鲁迅与周作人》中对此描述道：

全国解放后不久，有一次，我在教科书编审委员会突然面对面地碰到周作人。我们都不由自主地停了脚步。他苍老了，当然，我也如此。只见他颇为凄凉地说："你曾写信劝我到上海。""是的。我曾经这样希望过。"我回答。"我豢养了他们。他们却这样对待我。"我听这话，知道他还不明白，还以为自己是八道湾的主人，而不明白其实他早已只是一名奴隶。这一切都太晚了，往事无法追回了。

1956 年是鲁迅逝世 20 周年，中央决定隆重纪念鲁迅。毛泽东重新写了墓碑，人民文学出版社出版带有注释的新版《鲁迅全集》，各大报刊纷纷刊登纪念和宣传鲁迅的文章。周作人终于有了用武之地，开始撰写回忆鲁迅的文章，开始靠鲁迅吃饭，处境有所改善，还被文联安排到西安旅行。以至于许广平讥讽他当初骂鲁迅，现在"吃"鲁迅。而周作人不但不感谢鲁迅给他饭吃，还说他写这些文章也对得起鲁迅了。

从 1955 年开始的十年时间里，周作人共交给人民文学出版社译稿十一部，撰写了三部回忆鲁迅的书籍。这些回忆文章大多将鲁迅看成凡人，客观记述鲁迅生平。1962 年 5 月 16 日，周作人在致友人曹聚仁信中最后一次明确谈到对鲁迅的意见，继续坚持将鲁迅当凡人看的观点：

至说鲁迅文人成分多，又说非给青年崇拜不可，虽似不敬却也是实在的。盖说话捧人未免过火，若冷眼看人家缺点，往往谈言微中。现在人人捧鲁迅，在上海墓上新立造像，我只在照相上看见，是在高高的台上，一人坐椅上，虽是尊崇他，其实也是在挖苦他的一个讽刺画，那是他生前所谓思想界的权威的纸糊之冠是也。恐九泉有知不免要苦笑的吧，要恭维人不过火，即不至于献丑，实在是大不容易事。

1960 年《文艺报》第 2 期发表了署名夏羽的《周作人有无产阶级思想吗？》一文，称"周作人前期作品在思想内容上无甚可取之处，后期作品更是极端反动"。因此，周作人的苦雨斋重新门庭冷落。而周建人因为在"整风运动"中主张"拆墙要从两方面拆""资产阶级分子要脱胎换骨"，进一步高升，当上了浙江省省长。此时，周作人的儿子划为"右派"，自己工资也降了级，羽太信子又经常看病，周作人愈加入不敷出，除了像童年时一样变卖东西外，他还给康生写信求情，甚至向自己当年的死对头章士钊写信求救。为表示对章士钊的敬意，周作人还把在南京狱中写的《往昔诗》三十首抄录，订装成册送给章士钊，把自己的最后希望寄托在章士钊身上。

周作人终究没有等来章士钊的帮助。

一九六七年五月六日早晨，张菼芳照例给公公倒了马桶，为他准备了一暖瓶开水，就上班去了……那天中午，照例只有老保姆和周作人在家吃饭。老保姆在自己屋的房檐下熬好玉米面糊糊后，给周作人盛来一碗而已。他吃得干干净净，保姆并未发现他有什么异常征候。这一天下午两点多钟，住在同院后罩房西端那两间屋里的邻居，偶然隔着玻璃窗往里看了看。只见老人趴在铺板上一动也不动，姿势很不自然。他感到不妙，便赶紧打电话给张菼芳，把她从学校喊了回来。张菼芳奔回家后，发现老公公浑身早已冰凉了。看光景，周作人是正要下地来解手时猝然发病的，连鞋都没来得及穿就溘然长逝了。

一代文坛健将周作人就这样悄然而逝，据说他在临死前又开始读鲁迅的杂文，不知是因为仇恨还是愧疚、纪念。

周氏兄弟失和看似偶然实则必然，这是由两个人的思想差别、所选道路不同所致。一个是站在时代前沿为民众请命的铁血"战士"，一个是躲进小屋自私自利的"隐士"，两个人本质上道不同不相为谋。

鲁迅对周作人这种"隐士"的本质和命运其实早有预言。他认为这些隐士"泰山崩，黄河溢，隐士们目无见，耳无闻"[1]，但身在山林，而"心存魏阙"[2]，

---

① 本句及本段主旨出自鲁迅杂文集《且介亭杂文二集》中《隐士》。
② 出自鲁迅书信集《书信（12）》中《331105 致姚克》。

一有机会，便会由隐士转为帮忙帮闲，算是"候补的帮忙帮闲"。鲁迅指出，最可怕的是"谋官谋隐两不成"。周作人便是如此，谋官谋隐两不成，反误了卿卿性命。

1965年4月26日，周作人曾留遗嘱道："余今年已整八十岁，死无遗恨，姑留一言，以为身后治事之指针尔。死后即付火葬，或循例留骨灰，亦随即埋却。人死声销迹灭最是理想。余一生文字无足称道，惟暮年所译希腊对话是五十年来的心愿，识者当自知之。"可世事总是难以预料，且多是违背人愿。周作人死后，家人将遗体放到八宝山火化，并将骨灰盒寄存在那里。按照规定，八宝山只给保留三年，过期如无人来取，就不再予以保存。不久，周作人一家插队的插队，下放的下放，各奔东西，周作人的骨灰也就无人问津不知所终，真的声销迹灭了。

半世纪后的今天，周作人重新被人关注，甚至不亚于鲁迅。但被关注的不是周作人引以为豪的"所译希腊对话"，而是他埋头喝苦茶喝出来的"性灵文学"。

鲁迅与胡适："相爱相杀"

 我但于胡公适之之侃侃而谈，有些不觉为之颜厚有忸怩耳。但是，如此公者，何代蔑有哉。①

鲁迅是个自由主义者，绝不会为外力所屈服，鲁迅是我们的人。

如果说与弟弟周作人失和是鲁迅一生最大的遗憾，那鲁迅一生最大的幸运则是遇见了真正的对手与知音——胡适。如果没有胡适，就不会有鲁迅铁屋中的呐喊，就不会有鲁迅的激进"左转"，鲁迅的一生将平淡黯然许多。反之，鲁迅也是胡适的镜子，鲁迅让胡适更彻底地看清自己，更加坚定地走自己的路。他们俩是真正的棋逢对手，相互成就，如双子星座相映生辉。

---

① 出自鲁迅书信集《书信（12）》中《330618②致曹聚仁》。

胡适开山辟路

世人皆知是胡适首倡"文学革命"义旗，掀起新文化运动大浪，但大多不了解，胡适对这一举动思虑已久。

1910 年秋，胡适和竺可桢、赵元任等同学同船抵达美国，成为第二批"庚子赔款"留美学生。他起初听了二哥的话，"以复兴家业并振兴国家实业"，学了不收学费的农科，进了纽约州立农学院。但胡适的志向和兴趣并不在"吃瓜""采花"，他也分不清老师拿的苹果品种，两年后便转到康奈尔大学文学院，改学哲学和文学。在勤奋学习、偶尔打牌的同时，胡适开始接触政治，参加社会活动，发起"政治研究会"组织，并担任世界学生会康奈尔分会主席。

1915 年，胡适从康奈尔大学转到哥伦比亚大学，在杜威指导下攻读哲学博士学位，从此成为杜威"实验主义"的忠实信徒和实践者。同年，他开始对旧学发难。那时，庚子赔款留学生每月都会收到一张自华盛顿清华学生监督处寄来的支票。在寄送支票的信封里，附有一张由主办书记处一个叫钟文鳌的人私下插入的小传单。传单上写着"不满二十五岁不娶妻""废除汉字，改用字母！""多种树，种树有益"等内容。胡适收到这样的小传单很是反感，总是将它顺手扔掉。有一次，胡适忍无可忍，写了一张小条子回敬道："像你这样的人，既不懂汉字，又不能写汉文（而偏要胡说什么废除汉字），你最好闭起鸟嘴！"写完之后，胡适又有些懊悔和反思，既然说别人没有资格废除汉字，那么喝洋墨水的自己应该有资格吧，是否应该张开"鸟嘴"做些什么呢。于是，胡适开始思考汉字改革，并与赵元任等人进行了相关讨论。

这年 9 月 17 日，同乡好友梅光迪前往哈佛读书，胡适写了一首诗赠送梅光迪，首次提出了"文学革命"的口号："梅生梅生毋自鄙，神州文学久枯馁，百年未有健者起。新潮之来不可止，文学革命其时矣！"梅光迪看完后没有反应，但旁边的任鸿隽读后，回了胡适一首诗嘲笑胡适说："文学今革命，作诗送胡生。"年轻气盛的胡适那时还不太宽容，在回纽约的火车上当即回诗任鸿隽道："愿共僇力莫相笑，我辈不作腐儒生。"并提出了"要须作诗如作文"的号召。胡适的号召遭到当时大多数留学生朋友的反对，引起一番激烈争论，也让胡适对文学革命有了更多思考，逐渐意识到中国文学史实际上就是语言工具变迁史，从而兴奋地作词道："文学革命何疑！且准备搴旗作健儿。要前空千古，下开百世，收他臭腐，还我神奇。"

1916 年夏天，胡适等人在美国绮色佳（Ithaca，今译：尹萨卡）泛舟游乐，被大雨淋了个落汤鸡，还差点翻船。任鸿隽事后写了首随感诗寄给胡适，胡适不满其语言陈腐，认为"文字殊不调和"。任鸿隽对胡适的评论很是不爽，拉来梅光迪助阵，梅光迪写信坚持认为文字须打磨美化方能成诗。胡适看后很感有趣，于是写了一首白话诗打趣梅光迪，其中写道："'人闲天又凉'，老梅上战场。拍桌骂胡适，'说话太荒唐！'说什么'中国应有活文章！'说什么'须用白话做文章！'文字哪有死活！白话俗不可当……老梅牢骚发了，老胡哈哈大笑。且请平心静气，这是什么论调！文字没有古今，却有死活可道……"由此，胡适开始了白话诗的尝试，成为他诗集《尝试集》的由来。

在和梅光迪、任鸿隽等人的争论中，胡适关于文学革命的想法逐渐成熟。8 月 21 日，他在日记里归纳出文学革命的八个要点：（一）不用典；（二）不用陈套语；（三）不讲对仗；（四）不避俗字俗语；（五）须讲求文法；（六）不作无病之呻吟；（七）不摹仿古人；（八）须言之有物。同一天，他写信给陈独秀谈了自己的主张。陈独秀跟胡适的同乡汪孟邹相识，汪孟邹曾替陈独秀原来办的《安徽俗话报》向胡适约过稿子，胡适和陈独秀因此相识。陈独秀鼓励胡适将这些主张写成文章，这便是《文学改良刍议》一文的由来。

陈独秀收到胡适这篇《文学改良刍议》后"快慰无似"，立即于1917年1月发表在《新青年》上，成为"文学革命发难信号"。随后，先是陈独秀和钱玄同撰文赞同胡适文中提出的"文学改良的八条建议"，接着陈独秀亲自操刀写出更加激烈的《文学革命论》，直接树起"文学革命"大旗，拉开了轰轰烈烈的新文化运动大幕。虽然，胡适后来在自传《四十自述》中将自己的"革命之举"解释为"被逼上梁山"：

这时候我已经承认白话是活文字，古文是半死的文字。那个夏天，任叔永（鸿隽）、梅觐庄（光迪）、杨杏佛（铨）、唐擘黄（钺）都在绮色佳过夏，我们常常讨论中国文学的问题。从中国文字问题转到中国文学问题，这是一个大转变。这一班人中，最守旧的是梅觐庄，他绝对不承认中国古文是半死或全死的文字。因为他的反驳，我不能不细细想过我自己的立场。他越驳越守旧，我倒渐渐变得更激烈了。我那时常提到中国文学必须经过一场革命；"文学革命"的口号，就是那个夏天我们乱谈出来的。

但无论如何，是胡适首倡"文学革命"义旗，胡适是新文化运动的"先锋"乃众所公认，陈独秀也在《文学革命论》中写道："文学革命之气运，酝酿已非一日，其首举义旗之急先锋，则为吾友胡适。"可以公允地说，没有胡适的首倡，"文学革命"不会爆发得那么早，《新青年》也不会有那么大的影响力。没有这轰轰烈烈的"文学革命"，也不会有沉浸在抄碑刻经中的鲁迅的"苏醒"和"发飙"。因此，可以说，没有胡适的开山辟路，也许就不会有鲁迅后来的路，如学者周质平所言："胡适是创造白话文运动的英雄，而鲁迅是白话文运动创造出的一个英雄。如果没有胡适提倡白话文在先，鲁迅依旧写他的文言，那么，鲁迅是否能成为日后的'青年导师'‘文化伟人’就很值得怀疑了。"

鲁迅自己也说过是遵"白话文运动前驱者"命令而创作的，正是胡适提倡白话文运动使"无声的中国"成为"有声的中国"。鲁迅还响应胡适号召在《新青年》发表了三首新诗，如他在《〈集外集〉自序》中所言："我其实是不喜欢做新诗的——但也不喜欢做古诗——只因为那时诗坛寂寞，所以打打边鼓，凑些热闹；待到称为诗人的一出现，就洗手不作了。"

胡适和鲁迅的"蜜月期"

"文学革命"爆得大名后，胡适未等拿到博士学位便于 1917 年应陈独秀推荐、蔡元培邀请来北大任教，时年不过 26 岁。他在北大开了英国文学、英文修辞学和中国古代哲学三门课，并创办哲学研究院，自任主任，开始了风云叱咤的人生征程，也开始了和鲁迅的恩怨情仇。

1918 年 8 月 12 日，鲁迅在日记中记载："收胡适之与二弟信。"可见此时鲁迅与胡适已有交往。从 1918 年到 1924 年，是鲁迅和胡适的"蜜月期"。两人观点基本一致，互相支援，共同战斗，将新文化运动开展得如火如荼。

胡适是"文学革命"的先锋，而鲁迅则是"文学革命"的主将，是鲁迅将胡适理论付诸实践发扬光大。胡适虽然也写过《差不多先生传》等白话小说，发表过第一个现代白话散文剧本《终身大事》，出版过中国第一部白话诗诗集《尝试集》和第一部白话译本《短篇小说》，但总体上他的白话创作乏善可陈。如果，没有鲁迅《狂人日记》《阿 Q 正传》《祝福》等白话小说的及时诞生和有力支撑，"文学革命"及新文化运动将会逊色许多。

胡适对此也心知肚明，鲁迅发表《狂人日记》后，胡适立即给予热烈赞扬和高度评价，称赞鲁迅为"白话文学运动健将"。1922年，胡适在《五十年来中国之文学》一文中写道："这一年多的《小说月报》已成了一个提倡'创作'的重要机关，内中也曾有几篇很好的创作。但成绩最大的却是一位托名'鲁迅'的。他的短篇小说，从四年前的《狂人日记》到最近的《阿Q正传》，虽然不多，差不多没有不好的。"同年8月11日，他又在日记中对"周氏兄弟"评价道："周氏兄弟最可爱，他们的天才都很高。豫才兼有鉴赏力与创作力，而岂明的鉴赏力虽佳，创作较少。"

对于鲁迅发表在《新青年》上的《随感录》等杂文，胡适也大加赞赏，如他在信中说看了《随感录·四十一》激动得"一夜不能好好的睡，时时想到这段文章"。胡适还曾将鲁迅翻译的《域外小说集》与林纾、严复的译文相比较，认为鲁迅既有很高的古文造诣又直接了解西文，所以"域外小说集比林译的小说确是高得多"。

"投之以桃，报之以李"，鲁迅对胡适也多有奥援。鲁迅1918年5月15日在《新青年》发表译作《贞操论》，胡适随后在《新青年》上发表《贞操问题》，赞扬《贞操论》发表"是东方文明史上一件可贺的事"并批判封建贞操观，鲁迅紧跟其后发表《我之节烈观》声援胡适并明确提出"自他两利"的新道德准则。胡适在《每周评论》发表白话诗《我的儿子》反对愚孝，鲁迅也随之发表《我们现在怎样做父亲》鞭打封建孝道。当胡适招致学衡派和甲寅派攻击时，鲁迅撰写《估〈学衡〉》和《答KS君》予以回击……鲁迅的这些所作所为主观上也许并非有意支持胡适，但足以说明两人此时思想观点基本相似，客观上对胡适起到了"火力掩护"的作用。

除了作文呼应、偶尔吃饭、不时通信外，两人此时还经常互相赠书，并为对方著作提供资料和指正。胡适考证《西游记》时曾委托鲁迅帮忙寻找相关材料,考证《三国演义》时"曾参用周豫才先生的《小说史讲义》稿本",还曾请鲁迅帮《尝试集》删诗,帮代购《水浒传》复本。而鲁迅在撰写《中国小说史略》时也引用过胡适的考证材料,多次征求胡适意见。对于鲁迅出版的那本《中国小说史略》,只出过上半部《白话文学史》的胡适由衷地赞扬道:

小说的史料方面,我自己也颇有一点贡献。但最大的成绩自然是鲁迅先生的《中国小说史略》,这是一部开山的创作,搜集甚勤,取材甚精,断制也甚谨严,可以替我们研究文学史的人节省精力。

对于胡适提出的意见,鲁迅回信道:"适之先生,今日到大学去,收到手教。《小说史略》(颇有误字,拟于下卷时再订正)竟承通读一遍,惭愧之至。论断太少,诚如所言;玄同说亦如此。我自省太易流于感情之论,所以力避此事,其实正是一个缺点;但于明清小说,则论断似乎较上卷稍多,此稿已成,极想于阳历二月印成。"

但熟归熟,鲁迅和胡适此时的关系也仅限于普通朋友,算不上多么亲密。鲁迅曾照《忆刘半农君》一文中对《新青年》各位同事有过一段精彩绝伦的回忆:

其时最惹我注意的是陈独秀和胡适之。假如将韬略比作一间仓库罢,独秀先生的是外面竖一面大旗,大书道:"内皆武器,来者小心!"但那门却开着的,里面有几枝枪,几把刀,一目了然,用不着提防。适之先生的是紧紧的关着门,门上粘一条小纸条道:"内无武器,请勿疑虑。"这自然可以是真的,但有些人——至少是我这样的人——有时总不免要侧着头想一想。半农却是令人不觉其有"武库"的一个人,所以我佩服陈胡,却亲近半农。

鲁迅和胡适"翻脸"

在鲁迅和胡适"牵手"作战的同时，两人也有分歧并逐渐扩大，最终分道扬镳。

谦谦君子胡适生性温良恭俭让，虽然他首倡"文学革命"，但《文学改良刍议》一文中用的是"改良"和"刍议"，并没有直接扯出"文学革命"大旗。该文发表后，胡适在写给陈独秀的信中还说："吾辈已张革命之旗，虽不容退缩，然亦绝不敢以吾辈所主张为必是，而不容他人之匡正也。"足见，胡适性格之谦和敦厚如水。

而鲁迅性格与胡适恰恰相反，刚烈激愤似火，眼里揉不得沙子。这注定了两人水火不容，迟早"分手"。早在《新青年》演"双簧戏"时，两人就有过分歧。鲁迅认为"双簧戏"无可厚非，"矫枉不忌过正；只要能打倒敌人，嬉笑怒骂，皆成文章"。胡适对此不以为然，视之为轻薄之举，"凭空闭产造出一个王敬轩"不值一辩。胡适温良，服膺"实验主义"，从而主张走改良道路；而鲁迅刚烈，服膺"超人哲学"，从而主张走革命道路。这两条道路公开的分裂便是"问题与主义之争"。

1919 年 7 月，胡适在《努力周报》上发表《问题与主义》一文，提出"多研究一些问题，少谈些主义"。文章说："第一，空谈好听的'主义'，是极容易的事，是阿猫阿狗都能做的事，是鹦鹉和留声机都能做的事。第二，空谈外来进口的'主义'，是没有什么用处的……第三，偏向纸上的'主义'，是很危险的。这种口头禅很容易被无耻政客利用来做种种害人的事。"胡适进而认为：

高谈主义，不研究问题的人，只是畏难求易，只是懒。凡是有价值的思想，都是从这个那个具体的问题下手的。先研究了问题的种种方面的种种的事实，看看究竟病在何处，这是思想的第一步工夫。然后根据于一生经验学问，提出种种解决的方法，提出种种医病的丹方，这是思想的第二步工夫。然后用一生的经验学问加上想象的能力，推想每一种假定的解决法，该有甚么样的结果，推想这种效果是否真能解决眼前这个困难问题。推想的结果，拣定一种假定的解决，认为我的主张，这是思想的第三步工夫。凡是有价值的主张，都是先经过这三步工夫来的。不如此，不算舆论家，只可算是抄书手。

最后，胡适"希望中国的舆论家，把一切'主义'摆在脑背后，做参考资料，不要挂在嘴上做招牌，不要叫一知半解的人拾了这些半生不熟的主义，去做口头禅"。

正在积极引进马克思主义的李大钊、陈独秀对此文很是不满，撰写了《再谈问题与主义》等文章反驳，引发了《新青年》同人之间激烈的"问题与主义"之争，走上了"新青年"向左还是向右的分裂之路。从此，李大钊、陈独秀高举共产主义大旗，走上了无产阶级革命道路，而胡适则终其一生坚持改良道路，坚守自由主义。鲁迅虽未就"问题与主义"之争明确表态，但实际上对胡适观点不满。这种不满见于他对胡适所倡导的"整理国故"的反对，这也是鲁迅和胡适首次公开交锋。

"整理国故"原本是"新青年"针对黄侃、刘师培成立"国故社"而提出的口号，主张用"科学精神"加以"整理国故"，反对"国故社"不加区分地"保留国粹"。鲁迅对"整理国故"原本也持支持态度，他的《中国小说史略》便是"整理国故"的切身实践成果。但在提出"多研究些问题，少谈些主义"后，胡适更加积极倡导"研究问题，输入学理，整理国故，再造文明"，劝青年们"踱进研究室"，多研究些"国故"问题，少谈些激烈主义，并以此为借口反对学生运动，认为"呐喊救不了中国"。

鲁迅对此不满，于是，他先后写了《所谓"国学"》《望勿"纠正"》《春末闲谈》《读书杂谈》《这是这么一个意思》《碎话》等文章，批评埋头"整理国故"之弊端。在《未有天才之前》一文中，鲁迅没有点名地批评胡适道：

> 然而我总不信在旧马褂未曾洗净叠好之前，便不能做一件新马褂。就现状而言，做事本来还随各人的自便，老先生要整理国故，当然不妨去埋在南窗下读死书，至于青年，却自有他们的活学问和新艺术，各干各事，也还没有大妨害的，但若拿了这面旗子来号召，那就是要中国永远与世界隔绝了。倘以为大家非此不可，那更是荒谬绝伦！我们和古董商人谈天，他自然总称赞他的古董如何好，然而他决不痛骂画家，农夫，工匠等类，说是忘记了祖宗：他实在比许多国学家聪明得远。

此时，孙伏园正好在《京报副刊》刊出启事，征求"青年爱读书"和"青年必读书"各十部书目。胡适向青年们大开"国学书目"，还要求中学国文课要以四分之三的时间去读古文。鲁迅不但一本书目没开，还语出惊人："要少——或者竟不——看中国书，多看外国书。"[①]

虽然分歧已露尖尖角，但此时鲁迅与胡适还未决裂。1922年5月，胡适应邀和废帝溥仪相会。因为同情溥仪，并称呼溥仪为"皇上"，胡适招致社会广泛谴责，连和胡适关系较好的周作人也写信提出异议，但鲁迅未公开对胡适斥责。鲁迅与陈源轮回大战时，胡适还以双方朋友身份"怀抱着无限的好意，无限的希望"去信居中调停，"带住！让我们对着混斗的双方猛喝一声，带住！"此时，鲁迅虽对胡适有所不满，在致许广平信中将胡适与陈源说成"物以类聚"，但并未公开翻脸。

但随着胡适渐渐向当权者靠拢，充当"诤友"，鲁迅对胡适越发讨厌起来，笔下也越来越不留情。胡适虽曾放言"二十年不谈政治，二十年不

---

① 出自鲁迅散文集《集外集拾遗》中《这是这么一个意思》。

入政界"，但生性热闹的他怎甘寂寞。1922 年 5 月，胡适等人创办《努力周报》，号召国人努力再造中国，并在第二期上领衔 16 位知名人士发表《我们的政治主张》，提出"好政府"的政治目标。喊了半天"好政府"没人理后，胡适又率领新月社利用《新月》杂志，掀起人权讨论热潮，批评国民党政府不重视人权。《新月》杂志因此惹恼国民党政府而被查封关闭，不甘寂寞的胡适接着创办专门谈政治的周刊《独立评论》："希望永远保持一点独立的精神，不依傍任何党派，不迷信任何成见，用负责任的言论来发表我们各人思考的结果，这便是独立精神。"

可政治当头，形势逼人，哪里容得下独立精神，知识分子很难做到完全独立。1932 年末，胡适前往武汉讲学，恰逢蒋介石在汉口督师"剿共"。于是，蒋介石邀胡适来寓所共进晚餐，几天后又一次邀请胡适。两次见面，蒋介石给胡适留下了不错印象，也许是出于报答知遇之恩，也许是出于"国士"心理，胡适从此明显"右转"，开始支持国民党政权，"愿意以道义的力量来支持蒋先生的政府"。他先是托人送了蒋介石一册《淮南王书》，希望他能做"守法守宪的领袖"，又在《独立评论》上多次撰文支持国民党政权。

对于胡适见蒋介石，鲁迅语出讥讽，并旧话重提将胡适以前见溥仪的事一起挖苦，在《知难行难》一文中写道：

当"宣统皇帝"逊位逊到坐得无聊的时候，我们的胡适之博士曾经尽过这样的任务。见过以后，也奇怪，人们不知怎的先问他们怎样的称呼，博士曰："他叫我先生，我叫他皇上。"那时似乎并不谈什么国家大计，因为这"皇上"后来不过做了几首打油白话诗，终于无聊，而且还落得一个赶出金銮殿。现在可要阔了，听说想到东三省再去做皇帝呢。而在上海，又以"蒋召见胡适之丁文江"闻："南京专电：丁文江，胡适，来京谒蒋，此来系奉蒋召，对大局有所垂询。……"（十月十四日《申报》。）现在没有人问他怎样的称呼。为什么呢？因为是知道的，这回是"我称他主席……"！安徽大学校长刘文典教授，因为不称"主席"而关了好多天，好容易才交保出外，老同乡，旧同事，博士当然是知道的，所以，"我称他主席"！也没有人问他"垂询"些什么。为什么呢？因为这也是知道的，是"大局"。而且这"大局"也并无"国民党专政"和"英国式自由"的争论的麻烦，也没有"知难行易"和"知易行难"的争论的麻烦，所以，博士就出来了。

鲁迅这是在讽刺胡适写的《知难，行亦不易》一文，讥讽胡适没有坚守自己的"独立"和"自由"。

1932 年底，宋庆龄、蔡元培等人在上海发起中国民权保障同盟"协助为结社机会自由、言论自由、出版自由诸民权努力之一切奋斗""为国内政治犯之释放与一切酷刑及蹂躏民权之拘禁杀戮之废除而奋斗"。鲁迅从一开始就加入同盟，并任上海分会执行委员。不久，北平等地成立分会，胡适被推举为北平分会主席。1933 年 2 月 4 日，胡适收到史沫特莱的英文信件，并附有宋庆龄签名的英文信及一份《北平军分会反省院政治犯控诉书》。控诉书控诉反省院严刑拷打等暴行，史沫特莱、宋庆龄嘱咐北平分会立即向当局提出严重抗议，废除种种私刑，还要求"立即无条件的释放一切政治犯"。而胡适四个小时前刚刚应北平军分会邀请视察过监狱，认为监狱虽有些小问题，但不失为"文明监狱"。所以，眼见以为实的胡适认为控诉书"纯系捏造"，并于 2 月 19 日在《独立评论》第三十八期上发表《民权的保障》一文，为国民党政府辩护，提出"把民权保障的问题完全看作政治问题，而不肯看作法律问题，这是错的"，并反对要求释放所有的政治犯，认为"一个政府为了保卫它自己，应该允许它有权去对付那些威胁它本身生存的行为"。

2 月 28 日，宋庆龄、蔡元培为此电请胡适更正，"释放政治犯，会章万难变更。会员在报章攻击同盟，尤背组织常规，请公开更正，否则惟有自由出会，以全会章"。胡适对此不予理睬。3月3日，中国民权保障同盟开会议决将胡适开除出盟。

鲁迅参加了开除胡适的会议，并对胡适立场持蔑视态度，在1933年6月18日致曹聚仁的信中说："我但于胡公适之之侃侃而谈，有些不觉为之颜厚有忸怩耳。但是，如此公者，何代蔑有哉。"他随后又写了篇《"光明所到……"》的文章，揭露国民党监狱的黑暗和胡适的天真，称胡适等人为《红楼梦》中焦大一般的奴才，并给胡适起了外号叫"光明"：

我虽然没有随从这回的"慎重调查"的光荣，但在十年以前，是参观过北京的模范监狱的。虽是模范监狱，而访问犯人，谈话却很不"自由"，中隔一窗，彼此相距约三尺，旁边站一狱卒，时间既有限制，谈话也不准用暗号，更何况外国话。而这回胡适博士却"能够用英国话和他们会谈"，真是特别之极了。莫非中国的监狱竟已经改良到这地步，"自由"到这地步；还是狱卒给"英国话"吓倒了，以为胡适博士是李顿爵士的同乡，很有来历的缘故呢？幸而我这回看见了《招商局三大案》上的胡适博士的题辞："公开检举，是打倒黑暗政治的唯一武器，光明所到，黑暗自消。"（原无新式标点，这是我僭加的——干注。）我于是大彻大悟。监狱里是不准用外国话和犯人会谈的，但胡适博士一到，就开了特例，因为他能够"公开检举"，他能够和外国人"很亲爱的"谈话，他就是"光明"，所以"光明"所到，"黑暗"就"自消"了。他于是向外国人"公开检举"了民权保障同盟，"黑暗"倒在这一面。但不知这位"光明"回府以后，监狱里可从此也永远允许别人用"英国话"和犯人会谈否？如果不准，那就是"光明一去，黑暗又来"了也。

自此开始，鲁迅与胡适彻底断绝联系，并开始对胡适不断地抨击。在《文摊秘诀十条》中，鲁迅写道："须多谈胡适之之流，但上面应加'我的朋友'四字，但仍须讥笑他几句。"这是讽刺当时"我的朋友胡适之"这一文坛流行现象，也是对胡适的鄙夷。在《算账》一文中，鲁迅又写道："说起清代的学术来，有几位学者总是眉飞色舞。""几位学者"当然包括胡适。鲁迅还对许寿裳说过："胡适之有考证癖，时有善言，但对于《西游记》，却考证不出什么。"在与新月派论战中，鲁迅更是将"胡适之陈源之流"等新月派一棍子打死，嘲讽他们"挥泪以维持治安"①。

"九一八事变"后，日军侵华脚步加快，胡适不希望中日之战爆发，提出两国代表交涉、中日缔结新约等折中调和办法，并于 1933 年 3 月 18 日对新闻记者说：日本"只有一个方法可以征服中国，即悬崖勒马，彻底停止侵略中国，反过来征服中国民族的心"。胡适此话又被鲁迅抓住"辫子"大加臭骂，在《出卖灵魂的秘诀》一文中称"胡适博士不愧为日本帝国主义的军师"，在《关于中国的两三件事》中又把"征服中国民族的心"认定为胡适"给中国之所谓王道所下的定义"。不过，鲁迅也没将胡适全盘否定。1936 年他在接受斯诺采访时，提出了三名中国最优秀的诗人，其中之一便是胡适。实际上，鲁迅对胡适仅止于偶尔嘲讽而已，并未将胡适看作敌人。

无论鲁迅是讥嘲还是批判，胡适从不接招，以沉默相对，"纵君虐我千百遍，我待君仍如初恋"。1929 年 9 月 4 日，胡适曾给周作人写过一封长信，感慨道："生平对于君家昆弟，只有最诚意的敬爱，种种疏隔和人事变迁，此意始终不减分毫。相去虽远，相期至深。此次来书情意殷厚，果符平日的愿望，欢喜之至，至于悲酸。此是真情，想能见信。"直到 1936 年鲁迅逝世后，胡适才对鲁迅有过一次总的评价。

1936 年 11 月，原本敬仰鲁迅、以鲁迅学生自居的女作家苏雪林致函

---

① 出自鲁迅杂文集《三闲集》中《新月社批评家的任务》。

胡适，破口大骂鲁迅：

鲁迅这个人在世的时候，便将自己造成一个偶像，死后他的羽党和左派文人更极力替他装金，恨不得教全国人民都香花供养。鲁迅本是个虚无主义者，他的左倾，并非出于诚意，无非借此沽名钓利罢了。但左派却偏恭维他是什么"民族战士""革命导师"，将他一生事迹，吹得天花乱坠，读了真使人胸中格格作恶。左派之企图将鲁迅造成教主，将鲁迅印象打入全国青年脑筋，无非借此宣传共产主义，酝酿将来的势力……鲁迅不仅身体病态，心理也完全病态。人格的卑污，尤出人意料之外，简直连起码的"人"的资格还够不着。

对于苏雪林的谩骂，一向以理性、独立、客观自居的胡适很不以为然，回信道："我很同情于你的愤慨，但我以为不必攻击其私人行为，鲁迅猖猖攻击我们，其实何损于我们一丝一毫？他已死了，我们尽可以撇开一切小节不谈，专讨论他的思想究竟有些什么，究竟经过几度变迁，究竟他信仰的是什么，否定的是什么，有些什么是有价值的，有些什么是无价值的。如此批评，一定可以发生效果……凡论一人，总须持平。爱而知其恶，恶而知其美，方是持平。鲁迅自有他的长处。如他早年的文学作品，如他的小说史研究，皆是上等工作……说鲁迅抄盐谷温，真是万分的冤枉。盐谷一案，我们应该为鲁迅洗刷明白……如此立论，然后能使敌党俯首心服。"此信可见胡适虽将鲁迅划为"他们"，但也客观评价了鲁迅的贡献，维护了鲁迅的声誉。

胡适还积极奔走，为《鲁迅全集》的顺利出版发挥了重要作用。鲁迅逝世后，许广平和"鲁迅全集编辑委员会"众人努力编辑出版《鲁迅全集》，但与理想中的出版机构商务印书馆并无深厚关系，鲁迅好友许寿裳于是托人向胡适求助。胡适痛快地答应此事，不但挂名"鲁迅全集编辑委员会"委员，还两次致信给商务印书馆总经理王云五。商务印书馆后来答应此事，许广平特致信胡适感谢道："六月九日奉到马、许两位先生转来先生亲笔致王云五先生函，尝于十一日到商务印书馆拜谒，王先生捧诵尊函后，即表示极愿尽力……得先生鼎力促成，将使全集能得早日呈现于读者之前，嘉惠士林，裨益文化，真所谓功德无量。惟先生实利赖之。岂徒私人歌颂铭佩而已。"1943年元旦，胡适还花20美元买下了30大本的《鲁迅三十年集》，连夜细读以前没有读过的文章，这是他卸任驻美大使后买的第一套书。

鲁迅与胡适

鲁迅与胡适作为"黑白双煞"，区别非常明显，一刚一柔，一左一右，一冷一热，一个感性一个理性。其中，最重要的区别是两人所走的道路不同。鲁迅经过彷徨，走上了呐喊战斗、揭露黑暗、批判国民劣根性进而立人的道路，而胡适则一直坚定地走在开山建路、引来西方活水，进而改良的路上，一个成了"反叛者"，一个成了"诤友"。鲁迅更加注重国民精神改造，认为国民没有精神自觉、个性自主等觉醒便只能是"暂时坐稳了奴隶的时代"和"想做奴隶而不得的时代"的轮回，所以一向以"精神界之战士"为己任。而胡适则对西方的民主、法治等制度充满向往，因此，他先后与吴佩孚、段祺瑞、蒋介石合作，希望能成为"国士""帝王师"，借机实现自己的主张。

两人在认识上之所以有如此大的区别，乃是因为他们思想和性格不同所致。胡适在西方留学多年，对欧美民主制度有切身体会和深刻钻研，因而对其充满向往和信心。而鲁迅虽然也曾留学日本，但受尼采个性主义和托尔斯泰人道主义影响颇深，更相信人的力量。并且，鲁迅少年家道突然破落而尝尽世态炎凉，养成了他悲观激愤的性格，不相信任何"黄金世界"。而胡适虽然少年丧父，但受到母亲宽厚坚韧的良好家教，培养了他乐观温和的性格，从而积极入世，相信功不唐捐。

这两种截然相反的性格也导致了鲁迅与胡适为人处世方式的重大不同。鲁迅疾恶如仇，争强好胜，斗争心强，去世前还宣布对敌人"一个都不宽恕"。为什么鲁迅如此决绝呢？他晚年在文章《女吊》里说明了他不能宽恕的原因："被压迫者即使没有报复的毒心，也决无被报复的恐惧，只有明明暗暗，吸血吃肉的凶手或其帮闲们，这才赠人以'犯而勿校'或'勿念旧恶'的格言，——我到今年，也愈加看透了这些人面东西的秘密。"对于"吸血吃肉的凶手或其帮闲们"，的确不能讲宽容。而胡适则信仰"容忍比自由更重要"，朋友遍天下，人人皆以"胡适之的朋友"为荣，基本上没有私敌。

鲁迅本质上是个"战士"，生命不止，战斗不息，是中国历史中罕见的公共知识分子代表，他成为他所提倡的敢于直面淋漓鲜血的"真的猛士"和不畏强权的"真的知识阶级"，"对于社会永不会满意的，所感受的永远是痛苦，所看到的永远是缺点"[1]。而胡适本质上是中国传统的"士"，以"修身齐家治国平天下"为己任。1948年蒋介石曾请胡适当总统，胡适犹豫再三最终心动同意，甚至对秘书说过"我这个人，可以当皇上，但不能当宰相"。虽然结果是被蒋介石耍了一把，但胡适后半生还是非常乐意做国民党政府的"诤友"，为体制建言献策，期待以和平改良手段完善政治。

鲁迅和胡适还有一个很有意思的不同，即两人对爱情的不同态度。他

---

① 出自鲁迅散文集《集外集拾遗补编》中《关于知识阶级》。

们都接受了"父母之命，媒妁之言"，都娶了母亲给选定的妻子。但鲁迅只不过把朱安当成了"母亲给的礼物"，和她只是形式上的婚姻，虽然曾觉得自己不配享有爱情，但最终还是义无反顾地拥抱了爱情，不顾世俗地和许广平婚外同居生子。而胡适的夫人江冬秀虽然和朱安一样裹脚没有文化，虽然胡适有韦莲司、曹诚英、罗维兹等多个情人，曹诚英甚至为胡适怀过孩子，但胡适最终还是惧于江东秀"河东狮吼"的威胁，抗拒不了妻子做得一手好菜的诱惑，因而将就婚姻，"胡适大名垂宇宙，小脚太太亦随之"。此事也足见鲁迅和胡适性格不同，鲁迅做事决绝横行想干就干，而胡适则优柔寡断太珍惜自己的羽毛。

对于鲁迅和胡适，还有一个很有意思的角度少被提及，那就是从理财的角度来比较两人，看看他们谁更能挣钱、谁更舍得花钱、谁更会理财。

要说起挣钱手段和收入，那鲁迅和胡适比起来，肯定是甘拜下风。从1912年到1919年，在教育部当"小科长"的鲁迅只有工资收入，每年大概3000元左右，还经常被欠薪。1920年开始，鲁迅在北大和女师大兼职上课，总算有了"外快"。但外快收入很少，1921年，他的讲课费只有88元，还不到一个月的工资。随着名气渐长，鲁迅开始有稿费收入，1923年稿费收入达69元。随后鲁迅的稿费剧增，到1924年"外快"已超过工资，这一年稿费700多元、讲课费800多元，而到手的工资只有1095元。1927年，鲁迅辞职，开始做自由撰稿人，稿费、版税、编辑费再加上大学院特约撰述员每月300元的进账，让他的收入大大提升，1927年鲁迅年收入3700多元。据学者陈明远十年前的计算，"鲁迅在上海生活的整整九年间（1927年10月—1936年10月）总收入为国币78000多元，平均每月收入723.87元（合今人民币2万多元）"。相当于现在每月人民币4万多元，算得上高级白领了。

而年少成名的胡适在抗战前收入颇丰。1917年，还没拿到博士学位的胡适就被邀请到北大任教，月薪 280 元，"此为教授最高级之薪俸"，可供当时北京五口之家的穷人开销三年。此时，刚工作的胡适收入已高于比自己大十多岁的鲁迅。而他的稿费收入也要比鲁迅的高得多，报刊上发文稿费达千字 6 元（鲁迅文章稿费一般为千字 2 元），出书的版税则为15%，这应该是民国知识分子的最高版税标准了。1928 年 12 月，胡适收到亚东图书馆的一张账单，上面写明了胡适几种书籍的版税和稿酬，共计收入近 3 万元，合今人民币约 120 万元，顶得上鲁迅好几年的收入。

学者余世存在《胡适：中产以上》一文中写道："20 世纪 30 年代，胡适、鲁迅都步入了收入的黄金期。但鲁迅的收入月均六七百元，约今 2 万人民币，胡适的收入月均 1500 元，约今 5 万人民币。"总体上，胡适的收入要超过鲁迅一倍多，堪称金领。

因为前期收入不高，鲁迅原来生活得并不轻松。1925 年，鲁迅在他的名文《灯下漫笔》中记录了他十年前的一次兑换钱的经历："我还记得那时我怀中还有三四十元的中交票，可是忽而变了一个穷人，几乎要绝食，很有些恐慌。"因为教育部欠薪，鲁迅还和同事们参加过讨薪游行，并为了养一大家子而不断借债。1924 年 5 月，鲁迅买下阜成门内西三条破旧的小四合院，共花费 800 元左右。其中，大部分钱是他向友人许寿裳、齐寿山借的，一直到几年后才还清。直到最后十年，鲁迅才算实现财务自由，开始适当地享受生活，租住独幢的三层楼，经常看电影、下馆子，给周海婴买各种最新款玩具……

而胡适因为收入丰厚，一开始就出手阔绰。27 岁时，他请北大朋友吃饭，一顿饭就花掉了 60 元，相当于今天的 3000 元左右。他租住的钟鼓寺 14 号四合院有 17 间房屋，雇有五六个用人。虽然富裕，但胡适自己的生活也算不上奢华，日常用餐都是夫人江冬秀自己下厨，且胡适不吃零食不常吃水果，平时穿的衣服大多是长衫。

那胡适的钱都哪里去了？大多用在交际和助人上了。胡适之所以租那么大的房子，就是因为朋友把他的家当成文化、学术交流中心了，林语堂曾说："在北平，胡适家里每星期六都高朋满座，各界人士——包括商人和贩夫，都一律欢迎。"甚至徐悲鸿、徐志摩、丁文江等友人，石原皋、胡成之等亲戚长期住在胡适家里，不把胡适当外人。

对于有经济困难的人，胡适基本上都是毫不犹豫地出手相助。如汪静之曾多次写信向胡适求助，仅1922年一年就向胡适借了140元，相当于今天的五六千元。林语堂到哈佛读书获得的"北大奖学金"2000元，其实是胡适自己掏的腰包。哪怕是一些并不相熟的年轻人，胡适一般也有求必应。有人问他为什么这么做，他回答说："这是获利最多的一种投资。你想，以有限的一点点的钱，帮个小忙，把一位有前途的青年送到国外进修，一旦所学有成，其贡献无法计算，岂不是最划得来的投资？"

原来，胡适把资助他人当成了投资。的确，这可能如胡适所言"我知道我借出的钱总是'一本万利'，永远有利息在人间"，胡适资助的汪静之、林语堂、顾颉刚、罗尔纲等人后来都成为大才，"我的朋友胡适之"更成为当时流行语。但是，这种大手大脚的理财方式会让自己发生"经济危机"，胡适后来就常常窘得很。

随着抗战的爆发，教授们的好日子一去不复返了，胡适的生活也逐渐走向拮据。胡适任国民政府驻美大使时，月薪540美元，在消费水平较高的美国算不上高收入。刚到美国，胡适大病一场，花费了将近4000美元，更让胡适的手头紧了很多。抗战胜利后，他任北大校长，"但是我所拿的薪津，和一个银行练习生差不多"。胡适有次请前来拜访的学生吃便饭，"圆桌上一小砂锅汤菜，一小碗白饭，二个馒头"而已。1949年到美国后，胡适有段时间主要收入是讲演，赚不了多少钱。后来当了两年普林斯顿大学葛思德东方图书馆馆长，胡适年薪仅5000多美元，当时常"以芽菜豆腐款客"。

1958 年开始，胡适任台湾"中研院"院长，每月收入也就 2000 多一点，胡适想替夫人在台北市租一所小房子，却连押金都付不起，每次生病住院医药费都告急，乃至总是坚持提前出院。

晚年，胡适曾多次告诫身边的工作人员："年轻时要注意多留点积蓄！"这的确是胡适理财上很大的教训，有钱就花，没有远虑，不重积蓄，必有近忧。相对而言，鲁迅则非常喜欢存钱，也是理财高手。1928 年，他对一位朋友说："处在这个时代，人与人的相挤这么凶，每个月的收入应该储蓄一半，以备不虞。"几天后，鲁迅又说："说什么都是假的，积蓄点钱要紧！"①鲁迅还说："梦是好的；否则，钱是要紧的。"鲁迅还说过："自由固不是钱所能买到的，但能够为钱而卖掉。"②

虽然鲁迅也经常出钱资助学生、友人、年轻人，但鲁迅对钱还是很看重的，每笔收入、支出都会在日记中记录，甚至为此和学生李小峰对簿公堂而要回了 2 万元版税，还当了国民政府大学院特约撰述员而每月收入300 元。早年尝过贫穷滋味的鲁迅对自己的生计有着务实的考虑，因此使得他的收入越来越多，最终如学者陈明远所言："鲁迅能够自食其力、自行其是、自得其乐，坚持他的自由思考和独立人格。"

胡适说"金钱不是生活的主要支撑物，有了良好的品格、高深的学识，便是很富有的人了"，这句话当然正确，但鲁迅所言的"一要生存，二要温饱，三要发展"③也很正确。像鲁迅一样多些赚钱的途径，多些积蓄，进而物质精神双丰收，或许更可取些吧。

---

① 本句及前一句出自王小明作品《无法直面的人生：鲁迅传》。
② 本句及前一句出自鲁迅杂文集《坟》中《娜拉走后怎样》。
③ 出自鲁迅杂文集《华盖集》中《忽然想到（五至六）》。

胡适走自己的路

"亲戚或余悲，他人亦已歌。死去何足道，托体同山阿。"即使伟哉如鲁迅，他的逝世也只是在死水中激荡了一些涟漪，他要打破的铁屋依旧顽固。对于胡适而言，少了一个等量级对手，他心中是感到惋惜、庆幸还是寂寞？无论如何，胡适才四十出头，"夜正长，路也正长"，他还得往前走自己的路。

胡适当然不是"日本帝国主义的军师"，他和鲁迅一样，有一颗炽热的中国心。早在 1933 年，他就为长城抗日战死的将士写过碑文。全面抗战爆发以后，胡适先是以普通国民身份赴欧洲各国开展国民外教，积极争取他国政府和民众对中国抗日的支持。1938 年，誓不参政的胡适答应了蒋介石邀请，出任驻美大使，他对妻子江冬秀解释道："现在国家到这地步，调兵调到我，拉夫拉到我，我没有法子逃，所以不能不去做一年半年的大使。我声明，做到战事完结为止。战事一了，我就回来仍旧教我的书。""做了过河卒子，只能拼命向前"的胡适尽心尽力为中国抗战奔走呼号，争取到 4500 万美元借款，并力劝美国参战，为中国最终赢得抗战做出一定贡献，也为自己赢得三十多顶博士帽。日本政府当时惊呼："日本需要三个人一同使美，才可抵抗胡适。那三个人是鹤见祐辅、石井菊次郎、松岗洋右。鹤见是文学的，石井是经济的，松岗则是雄辩的。"

但胡适毕竟是书生，非蒋介石嫡系，胡适于 1943 年 8 月被国民党政府免去大使职务，在美国逗留了三年，后于 1945 年 7 月回国，出任国大代表和北大校长。胡适原想重振北大，"我只做一点小小的梦想，做一个像样的校长，做一个全国最高学术的研究机关，使它能在学术上、研究上、思想上有贡献"。可时局风云突变，胡适终究未能大展宏图。

胡适后来去了美国，当上了普林斯顿大学葛思德图书馆馆长（该图书馆没几个人，美其名曰的馆长之职实际上相当于图书管理员），但很快又被薪水更低的助手代替。被解职后，胡适只能到美国一些大学做做演讲，到哥伦比亚大学图书馆看看中文报纸，以收集阅读大陆批判自己的文章为乐，再就是跟自己的小老乡唐德刚唠唠嗑，日子过得非常困顿寥落。唐德刚在《胡适杂忆》中描述胡适彼时处境道："经济情况和他的健康情况一样，显然已渐如绝境。人怕老来穷，他有限的储蓄和少许的养老金，断难填补他那流亡公寓生活的无底深渊。"

流亡美国八年后，困顿不堪的胡适最终提出想回台湾，蒋介石立刻表示欢迎。1957 年 11 月，胡适被任命为台湾"中研院"院长。1958 年 4 月 10 日，胡适出任"中研院"院长的就职典礼上，蒋介石在"训辞"中赞扬胡适"个人之高尚品德"，并号召"发扬'明礼义，知廉耻'之道德力量"。胡适当面反驳蒋介石道："刚才总统对我个人的看法不免有点错误，至少，总统夸奖我的话是错误的；我们的任务，还不只是讲公德私德；所谓忠信孝悌礼义廉耻，这不是中国文化所独有的，所有一切高等文化，一切宗教，一切伦理学说，都是人类共同有的。总统年岁大了，他说话的分量不免过重了一点，我们要体谅他。我个人认为，我们学术界和'中央研究院'应做的工作，还是在学术上。我们要提倡学术。"台下，蒋介石闻此怫然变色。

回台湾后的次月，胡适在台北中国文艺协会做了一次题为《中国文艺复兴运动》的演讲。在演讲中，他仍然肯定鲁迅在"新青年"时代"是个健将、是个大将"。但话锋一转，他批评起鲁迅："但是，鲁迅先生不到晚年——鲁迅先生的毛病喜欢人家捧他，我们这般'新青年'没有了，不行了；他要去赶热闹，慢慢走上变质的路子。"

江山易改，本性难移，胡适终究耐不住性子。在蒋介石 70 岁生日之际，他赶写了《述艾森豪总统的两个故事给蒋"总统"祝寿》一文，希望蒋介石做个"无智、无能、无为"的"总统"，对国民党违背"宪法"和民主精神的一些做法也多次犯颜直谏，惹得蒋介石大为恼火。此外，他又重弹贬低中国传统文化，学习西方文明的老调，遭到更多的攻击、谩骂。已是古稀之年的胡适被骂得病倒了，在病床上度过了自己的71岁生日。1960年，胡适与雷震共同创办的《自由中国》杂志因屡次冒犯国民党当局被迫停刊，雷震等人被以"叛乱"罪名逮捕。胡适闻讯，四处营救，多次当面向陈诚等人及蒋介石求情，但蒋介石不予理睬。最终，雷震被判处十年徒刑，胡适连呼"大失望、大失望"，并复发心脏病，看上去一下子像老了十多岁。

1962年2月24日，刚出院不久的胡适主持了"中研院"第五次院士会议，选出七位新"院士"。胡适当天颇为高兴，因为到会的"院士"较多，有许多人特意从海外赶回来，包括吴健雄等他昔日的学生。会后下午五时，有个酒会。胡适兴致勃勃地走到麦克风前，致开幕词道："自己对物理学一窍不通，但却有几位世界闻名的物理学家是他的学生，至于杨振宁、李政道等人，则是他学生的学生了，真是桃李满天下啊，这是他平生最得意，最自豪的事。"讲了一会儿，胡适想起临行前太太叮嘱他少讲话，忙说："今天因为太太没有来，我多说了几句话，下面，请李济讲话。"

李济在胡适来台湾前曾主持过"中研院"工作。他的讲话比较悲观，说台湾的科学设备都是进口的，好成绩的学生最后都要去海外，还提到了胡适最近遭受围攻的事，感慨台湾缺乏科学研究的环境。胡适闻此想起了伤心事，冲着话筒生气道："我去年讲了二十五分钟的话，引起'围剿'，不要去管它，那是小事体，小事体。我挨了四十年的骂，从来不生气，并且欢迎之至……"

讲着讲着，胡适忽然感到心脏不适，急忙煞住话头："好了，好了，今天我们就说到这里，大家再喝点酒，再吃点点心吧，谢谢大家。"随后，宾客们陆续散去。胡适含着笑容和客人们握手告别。正当他要转身和人说话时，突然面色苍白，身体晃了一晃，仰面向后倒下。胡适先是脑袋磕到桌沿，又重重摔在水磨石地上。尽管人们急忙就地急救，给他做人工呼吸，打强心针，可胡适的心脏就此停止了跳动。

胡适去世后，人们整理遗物发现，除了书籍、手稿外，余款只有153美元。出葬那天，自发送殡者达30万人，这是鲁迅去世后又一次出现如此大规模的自发送殡队伍。蒋介石给胡适墓园题词道："新文化旧道德的楷模，旧伦理新思想的师表。"

胡适的一生正如著名学者钱理群所言："是坚持自由主义的一生。难能可贵的是，他是以与这一信仰相匹配的温和态度坚持了六十年，同时不失坚定。他既未被那个时代激怒，在激怒中一起毒化；又未被逃避那一时代的文人情趣所吸引。他完全有理由走向这两极的某一极，但是这个温和的人竟然做到了某种倔强性格做不到的事情——始终以一种从容的态度批评着那个时代，不过火，不油滑，不表演，不世故。仔细想想，这样一个平和的态度，竟能在那样污浊的世界里坚持了六十年，不是圣人，也是奇迹。"

胡适晚年曾对周策纵说过："鲁迅是个自由主义者，绝不会为外力所屈服，鲁迅是我们的人。"这句话也许不一定准确，但鲁迅和胡适虽然有诸多不同，本质上确是"心心相印"，都梦想"革新中国"，都有"独立之人格，自由之精神"，都成了真实的、最好的自己。

鲁迅与林语堂："相得复疏离"

这时我才悟到我的意见，在语堂看来是暮气，但我至今还自信是良言，要他于中国有益，要他在中国存留，并非要他消灭。①

鲁迅与我相得者二次，疏离者二次，其即其离，皆出自然，非吾与鲁迅有轻轩于其间也。吾始终敬鲁迅；鲁迅顾我，我喜其相知，鲁迅弃我，我亦无悔。大凡以所见相左相同，而为离合之迹，绝无私人意气存焉。

鲁迅一生论敌无数，朋友也不少。那他和朋友之间的关系如何？其中，鲁迅与林语堂的关系是一种典型，他们一度关系密切，鲁迅在日记中记录的与林语堂相交的次数有127次之多。但友谊的"小船"说翻就翻，他们最终成了"最熟悉的陌生人"。

---

① 出自鲁迅书信集《书信（12）》中《340813致曹聚仁》。

南云楼风波

1929 年 8 月 28 日，上海南云楼，北新书局老板李小峰请鲁迅、林语堂夫妇、郁达夫夫妇、川岛等文化界名流吃饭。北新书局长期拖欠鲁迅版税，鲁迅忍无可忍准备将其告上公堂。李小峰闻讯，请郁达夫向鲁迅求情。在郁达夫、川岛等人调节下，双方达成协议，北新书局将徐徐归还鲁迅版税。因此，8 月 28 日南云楼这顿饭局本是"和好"之局，李小峰与鲁迅重归于好，顺便感谢郁达夫、川岛等人。

这饭局起初把酒言欢其乐融融，不料席间有人忽然提到张友松这个名字，暗示有"奸人"造谣。一向心直口快的林语堂没有多想，便跟着别人点头附和。张友松是鲁迅学生，也想办个书店，为此多次请鲁迅等人吃饭。为拉拢鲁迅，张友松表示自己要以李小峰为戒，决不拖欠作者的版税。此话传到外人耳朵里，包括李小峰在内的不少人便以为，鲁迅之所以起诉李小峰是因为张友松在挑拨离间。

鲁迅本来就对张友松的事情非常敏感，一看林语堂点头附和，以为林语堂是在讥讽他，当场脸色发青，从座位上站起来，拍着桌子大声喊道："我要声明！我要声明！你这是什么话！我和北新的诉讼不关张友松的事！"只是"随手点了个赞"的林语堂站起来辩解说："是你神经过敏，我没有那个意思！"两人越说越火，像一对斗鸡一样，互相瞪了足足两分钟。后来，还是"和事佬"郁达夫站出来，一手按下鲁迅，一手拉着林语堂和他夫人廖翠凤赶紧离开。

筵席就此不欢而散。鲁迅当天在日记中写道："二十八日，晚霁。小峰来，并送来纸版，由达夫、矛尘作证，计算收回费用五百四十八元五角。同赴南云楼晚餐，席上又有杨骚、语堂及其夫人、衣萍、曙天。席将终，林语堂语含讥刺，直斥之，彼亦争持，鄙相悉现。"林语堂也在 1929 年 8 月底的日记中写道："八月底与鲁迅对骂，颇有趣，此人已成神经病。"

南云楼风波事情虽小，却标志着鲁迅和林语堂这两位老朋友关系的恶化。而此前，他们还曾互相扶持并肩战斗过，一度还是交往亲密的老友。

1923 年，林语堂戴着哈佛大学文学硕士、莱比锡大学语言学博士高帽回国，经胡适推荐被聘为北大教授。其时，新文化运动阵营已经开始分裂，北大文科教授分成两派，一派以胡适为领袖，一派以周氏兄弟为首。此前，胡适一直资助林语堂留学，甚至拿出自己的钱以北大名义汇给林语堂 2000元，虽然胡适是林语堂的恩人，但天性放逸洒脱的林语堂选择站在鲁迅一边，加入了《语丝》阵营。

在《语丝》发表第一篇文章《论士气与思想界之关系》后，林语堂就成为《语丝》"小弟"和主要撰稿人之一，并经常参加语丝社活动。他后来在《记周氏兄弟》中记载道："单说绍兴周氏两位师爷弟兄，每逢《语丝》茶话，两位都常来，而作人每会必到。作人不大说话，而泰然自若，说话声调是低微的，与其文一样，永不高喊。鲁迅则诙谐百出……批评死对头得意起来，往往大笑出声。他身材矮小，留了一脸毛碴碴的胡须，两颊凹陷，始终穿长袍马褂，看起来活像鸦片烟鬼。很少人想到他竟以'一针见血'的痛快评论而知名。他名气很大。"

作为语丝社的精神领袖，鲁迅对林语堂的才华非常赏识，在 1925 年12 月 5 日和 6 日主动给林语堂写了两封信进行约稿。两人由此开始交往，据学者施建伟统计，《鲁迅日记》中记载从 1925 年 12 月到 1929 年 8 月两人交往达 88 次。林语堂对年长自己 14 岁的鲁迅非常尊敬，经常请鲁迅指教文章，并追随鲁迅参加了一系列战斗。在鲁迅精心指导下，林语堂的文章技巧、思想都上了几个台阶。女师大潮爆发后，林语堂更是坚决跟随鲁迅站在女师大学生一边，不仅写文章论战现代评论派，还亲自走上街头拿起竹竿和石头与军警搏斗，为此在眉头留下了个伤疤以作"纪念"。

章士钊、杨荫榆下台后，林语堂听从周作人的意见，提出发扬"费厄泼赖"精神"不打落水狗"，遭到鲁迅《论"费厄泼赖"应该缓行》一文的批评。鲁迅认为应该"痛打落水狗""损着别人的牙眼，却反对报复，主张宽容的人，万勿和他接近"。林语堂立刻意识到自己的错误，写下《悼刘和珍杨德群女士》《讨狗檄文》《打狗释疑》《"发微"与"告密"》等文章，明确赞同鲁迅"痛打落水狗"的主张，还在《京报副刊》上画了一幅栩栩如生的漫画《鲁迅先生打叭儿狗图》。画中，八字胡的鲁迅身穿长袍，手持竹竿，猛击落水狗的头。

1926 年 4 月，张作霖的奉军开进北京，李大钊、邵飘萍等人被杀，《京报》等报馆被封杀。北京一时腥风血雨风声鹤唳，鲁迅也上了"黑名单"，随即他便离京前往厦门大学任教。林语堂此时是厦门大学文科主任兼国学研究院总秘书，鲁迅之所以去厦门大学，正是受林语堂之邀请。

但鲁迅在厦门大学待得并不如意，不到半年便想离开厦门大学，但又怕拂了林语堂的面子，他曾在致许广平的信中说："现在去留，专在我自己，外界的鬼祟，一时还攻我不倒。我很想尝尝杨桃^①，其所以熬着者，为己，只有一个经济问题，为人，就只怕我一走，玉堂立刻要被攻击，因此有些彷徨。"林语堂也对鲁迅的处境深感内疚，"我请鲁迅至厦门大学，遭同事摆布追逐，至三易其厨，吾尝见鲁迅开罐头在火酒炉上以火腿煮水度日，是吾失地主之谊，而鲁迅对我绝无怨言是鲁迅之知我"。此时，林语堂以"白象"称呼鲁迅，意思是鲁迅像大象一样珍贵，可见林语堂当时对鲁迅之尊敬。许广平此后便以"小白象"作为对鲁迅的昵称，甚至鲁迅和许广平后来还

①. 作者注：指去广州。

称呼儿子周海婴为"小红象"。

最后，鲁迅还是离开了厦门大学前往广州中山大学，不久林语堂也被排挤出厦门大学。又经过半年彷徨后，鲁迅于1927年9月来上海定居，一住就是9年，上海也成为鲁迅的最终归宿地。

鲁迅初到上海，下榻于共和旅馆，原本只是想将上海作为中转站"漂流"一阵再作打算。他之前多次路过上海，对上海印象并不太好，曾在给朋友的信中表示"现在是住在上海的客寓里了；急于想走"①。在住旅馆期间，周建人、郁达夫、林语堂、李小峰、孙伏园等人纷纷来访，郁达夫妻子王映霞记述道："鲁迅与许广平住在二楼，那是一间20平方米左右的木结构房间，朝南有二扇小窗，还有两扇落地窗直通阳台。屋内陈设很简单，一个方桌，一个写字台，四个凳子，两个沙发，东西两侧各放一只单人床。"

那么为什么鲁迅很快就改变主意决定定居上海？施晓燕在《鲁迅在上海的居住和饮食》一书中认为："鲁迅留在上海，可以跟兄弟比邻而居，亲密的朋友都离自己不远，左翼文化人活跃，城市里与文化相关的产业欣欣向荣，还拥有全中国最大的日本书店，饮食上也能满足口味。这样的氛围对鲁迅来说，非常适合定居，而在共和旅馆居住的五天，就是让鲁迅敏锐地觉察到以上这一系列的优势，从而使他决定定居上海"。鲁迅自己也在1927年10月21日致友人廖立峨信中说道："这里的情形，我觉得比广州有趣一点，因为各式的人物较多，刊物也有各种，不像广州那么单调。"

景云里成为鲁迅在上海的第一个家，许广平曾写诗道："景云深处是吾家。"住在景云里，鲁迅刚开始只是打算暂居上海，因此只给自己和许广平每人购置了一床一桌二把椅子，房子里没有卫生设施，没有煤气。对

---

① 出自鲁迅杂文集《华盖集续编》中《上海通信》。

于未来，鲁迅在1928年2月致友人台静农的信中表示："我在上海，大抵译书，间或作文；毫不教书，我很想脱离教书生活。"即鲁迅决定脱离教书生活，因此他到上海之初虽然也多次受邀在一些学校演讲，却"对于一切学校的聘请，全都退却"，而开始了自由撰稿人生涯。

鲁迅刚到上海时，北京的《语丝》周刊被张作霖查禁，因此迁到上海由鲁迅主编，鲁迅还和郁达夫合编《奔流》杂志，和柔石成立朝花社介绍国外文学、版画。在思想文化战线上，鲁迅刚开始和创造社、太阳社论战，后来又和它们联合成立"左联"，鲁迅成为"'左联'盟主"。鲁迅还经常到附近的公啡咖啡馆会友晤谈，也经常光顾附近的内山书店并与书店老板内山完造成为挚友，内山书店也由此成为鲁迅在上海的一个重要文化空间和紧急避难所。周海婴于1929年9月27日出生于景云里，鲁迅和许广平的关系也由此公开。总体上，在景云里的两年多中，鲁迅继续统领国内思想文化尤其是领导左翼文化，做了很多工作，取得很多重要成果，在生活方面也比较如意。

但鲁迅所住的景云里环境比较恶劣，许广平在《景云深处是吾家》一文中写道："鲁迅也未能安居，住在景云里二弄末尾二十三号时，隔邻大兴坊，北面直通宝山路，竟夜行人，有唱京戏的，有吵架的，声喧嘈闹，颇以为苦。加之隔邻住户，平时搓麻将的声音，每每于兴发时，把牌重重敲在红木桌面上。静夜深思，被这意外的惊堂木式的敲击声和高声狂笑所纷扰，辄使鲁迅掷笔长叹，无可奈何，尤其可厌的是在夏天，这些高邻要乘凉，而牌兴又大发，于是径直把桌子搬到石库门外，迫使鲁迅竟夜听他们的拍拍之声，真是苦不堪言的了。"所以，鲁迅从景云里23号搬到了18号，后来隔壁17号空了，"鲁迅欢喜它朝南又兼朝东，因为它两面见太阳，是在弄内的第一家，于是商议结果，又租了下来"。后又因邻居烦扰，鲁迅于1930年5月迁居拉摩斯公寓。

如果说在景云里的两年多是鲁迅到上海的过渡时间，那住在拉摩斯公寓的三年则是鲁迅在上海的"黄金时代"。这三年，鲁迅和"左联"关系融洽，和冯雪峰、胡风等"左联"负责人交往密切，编订"左联"机关刊物《前哨》创刊号，出席"左联"为其组织举办的五十寿辰纪念会，率"左联"与胡秋原、苏汶等"第三种人"论战……鲁迅还主编了《十字街头》等杂志，编纂《三闲集》《二心集》《两地书》等著作，创作了《中国无产阶级革命文学和前驱的血》《辱骂和恐吓决不是战斗》《为了忘却的记念》等名文，并当选中国民权保障同盟执行委员。在拉摩斯公寓，鲁迅还会晤了在上海治病的红军将领陈赓，瞿秋白也曾在此两次避难。

因为拉摩斯公寓斜对面就是日本海军陆战队司令部因而有战火危险，鲁迅曾写道："以致突陷火线中，血刃塞途，飞丸入室，真有命在旦夕之概。"再加上住房朝北采光不好，于是 1933 年 4 月鲁迅迁居施高塔路的大陆新村 9 号。大陆新村是一家私营银行专为出租而造的住宅群，属于"越界筑路"区域即是半租界，因此相对安全些，鲁迅是以内山书店职员身份居住。

鲁迅在大陆新村租住的房子是红砖三层新式里弄独院楼房，比原来租住的两个房子条件、环境都优越多了，煤气、马桶、冰箱等一应俱全。鲁迅在这房子里度过了他生命中最后的三年半，直到他于 1936 年 10 月 19 日逝世，在这段最后的岁月中鲁迅生活安稳，但精神世界动荡不安。

鲁迅说过："我的娱乐只有看电影，而可惜很少有好的。"[①] 的确，看电影是鲁迅最大的休闲娱乐，在最后的三年半里，鲁迅看了近百场电影，最喜欢看的电影是"美女加野兽"的《人猿泰山》，比他在上海前几年看的电影多了两倍，可见他当时生活安逸。鲁迅成为上海《申报》副刊《自

---

① 出自鲁迅书信集《书信（13）》中《360318 致欧阳山、草明》。

由谈》的主要撰稿人，在《自由谈》上发表了 140 多篇文章，成就了鲁迅杂文创作的高峰，也使得《自由谈》成为进步舆论的重要阵地。在另一战线上，鲁迅作为"'左联'盟主"却与"'左联'总管"周扬展开了"两个口号"之争、"两个协会"之争等论战，他在继续"向左转"的同时依旧保持了独立性，在继续战斗的同时也增添了很多精神内耗。在创作大量杂文之余，鲁迅还创作了《理水》《采薇》《非攻》《起死》等历史小说，《阿金》《我的第一个师父》《女吊》《死》《关于太炎先生二三事》等文章。

鲁迅刚到上海时，同在上海的林语堂闻讯立即赶来拜访，深谈至半夜。次日，林语堂再次来访，并与鲁迅、孙伏园等人聚餐合影。林语堂见鲁迅和许广平同居一室，有次问郁达夫："鲁迅和许广平女生，究竟是怎么回事？有没有什么关系的？"

不久，由蔡元培担任院长的中央研究院成立，林语堂被聘为蔡元培的英文秘书。如果说《语丝》时期，林语堂是鲁迅的"小迷弟"，那么此时，他们已经平起平坐，甚至林语堂成了鲁迅的"恩人"。也可能是这种角色的转化，让林语堂不再如从前那般敬重鲁迅，这让鲁迅暗地里感到不爽，从而爆发了南云楼风波。之前，他们已有矛盾，传说鲁迅与林语堂曾同住在上海北四川路横滨桥附近，一次鲁迅不小心把烟头扔在了林语堂的蚊帐下，将林的蚊帐烧掉了一角。林语堂深感不悦，厉声责怪了鲁迅。鲁迅觉得林语堂小题大做，回敬说一床蚊帐不过 5 元钱，烧了又怎么样，两人由此大吵了起来。

"鲁迅与其称为文人，不如号为战士"

　　南云楼风波发生后，鲁迅和林语堂开始疏远。但两人很快意识到，这不过是一场误会而已，私下里还是有些交往。随着共同参与中国民权保障同盟，两人又开始紧密来往。

　　1932年，蔡元培、宋庆龄领衔的民权保障同盟成立后，林语堂任宣传主任，鲁迅则任执行委员，一起为公义、人道奔走。每次开记者会，有外国记者在场时，林语堂担任英文翻译，鲁迅则任德文翻译，互相配合相得益彰。除了共同参与民权保障同盟活动外，两人书信来往也比较密切，林语堂还托鲁迅帮他哥哥找工作。

　　后来，民权保障同盟逐渐成为国民党的眼中钉，他们奈何不了宋庆龄、蔡元培，便拿民权保障同盟总干事杨杏佛开刀。1933年6月18日，杨杏佛在中央研究院大门外中枪身亡。鲁迅为此气愤地写下诗句："岂有豪情似旧时，花开花落两由之。何期泪洒江南雨，又为斯民哭健儿。"并于6月20日不带钥匙出席了杨杏佛的入殓仪式，做好了视死如归的准备。看到林语堂没有出席，鲁迅很生气地说："这种时候就看出人来了，林语堂就没有去，其实，他去送殓又有什么危险！"实际上，林语堂当时因为被特务监控不能出门，后来据《申报》报道，林语堂参加了7月2日杨杏佛的出殡下葬仪式。此前，林语堂还写了著名的《论政治病》一文，讽刺国民党政府的丑恶无耻。

　　杨杏佛的遇刺，的确打压了中国民权保障同盟，同盟不久便名存实亡，鲁迅和林语堂也少了往来。林语堂随后开始自主创业并转变态度，1932年主编《论语》，1934年创办《人间世》，1935年创办《宇宙风》，大力弘扬"幽默文学"和"闲适小品"，因此被称之为"幽默大师"。而"铁血战士"鲁迅对林语堂倡导"幽默文学"和"闲适小品"非常反感，认为这是为血腥的现实涂脂抹粉。

《论语》创刊一周年时，林语堂邀请鲁迅写文章。鲁迅给了林语堂一个面子写了《"论语一年"》，但文章开头毫不客气地说："他（指林语堂）所提倡的东西，我是常常反对的。先前，是对于'费厄泼赖'，现在呢，就是'幽默'。我不爱'幽默'……"他认为，像中国和印度这样的国家不可能有"幽默"，因为"皇帝不肯笑，奴隶是不准笑的"。鲁迅甚至有一次在饭局中当着林语堂的面说："这其实很无聊，每月要挤出两本幽默来，本身便是件不幽默的事，刊物又哪里办得好！"

接下来，鲁迅又写了《小品文的危机》《骂杀与捧杀》《隐士》等文章，反对"小摆设"一类的闲适小品，并创办《太白》杂志，提出"生存的小品文，必须是匕首，是投枪，能和读者一同杀出一条生存的血路的东西"。但林语堂"欲据牛角尖负隅以终身"，坚持自己的"幽默"，认为"人到文明了，有什么忧愤，只在笔端或唇角微微一露罢了"，并写了《作文与作人》《我不敢再游杭》《今文八弊》等文章回敬鲁迅等反对者。

不过，吵归吵，鲁迅此时还是把林语堂当成朋友的，用他自己的话来说即是"玉堂是我的老朋友，我应以朋友待之"。他劝林语堂不要再写幽默、小品文这种"小玩意儿"，有精力还不如多翻译一些英国文学名著。鲁迅一直非常重视翻译工作，据统计，他一生翻译了15国77名作家的225部（篇）作品，比自己写的文字还要多。因此鲁迅此话本意是站在朋友角度为林语堂着想，不想让林语堂浪费翻译才华"误入歧途"，不料林语堂回信说等他老了再翻译。

鲁迅看信后火冒三丈，以为林语堂是讥讽他老了，因为鲁迅此时正在热火朝天地进行翻译工作，于是愤愤地在致曹聚仁的信中说："这时我才悟到我的意见，在语堂看来是暮气，但我至今还自信是良言，要他于中国有益，要他在中国存留，并非要他消灭。他能更急进，那当然很好，但我看是决不会的，我决不出难题给别人做。"其实，这也是误会而已。林语堂后来很委屈地解释道：

我的原意是说，我的翻译工作要在老年才做。因为我中年时有意思把中文作品译成英文……现在我说四十译中文，五十译英文，这是我工作时期的安排，哪有什么你老了，只能翻译的嘲笑意思呢？

因为这些不经意的误会，更因为鲁迅和林语堂的立场越来越远，鲁迅不再把林语堂当朋友了，"以我的微力，是拉他不出来的"[①]。后来，鲁迅有次参加一场婚宴，看见林语堂夫妇在座，二话不说抬腿就走。1935年4月20日，鲁迅写下《"天生蛮性"》一文，此文只有三句话："为'江浙人'所不懂的辜鸿铭先生赞小脚；郑孝胥先生讲王道；林语堂先生谈性灵。"《"天生蛮性"》这个标题其实是林语堂的原话，当时他因为反对大众语而受到批评后就说"我系闽人，天生蛮性；人愈骂，我愈蛮"，鲁迅用林语堂这个原话做标题无疑就是在讽刺林语堂。

鲁迅写此文时，林语堂已远赴美国，与鲁迅从此别离。再次听到的是鲁迅逝世的消息，林语堂在鲁迅逝世四天后写了《悼鲁迅》一文。在文中，他将自己和鲁迅的关系作了概括："鲁迅与我相得者二次，疏离者二次，其即其离，皆出自然，非吾与鲁迅有轻轩于其间也。吾始终敬鲁迅；鲁迅顾我，我喜其相知，鲁迅弃我，我亦无悔。大凡以所见相左相同，而为离合之迹，绝无私人意气存焉。"和鲁迅战斗过有着切身体会的林语堂还准确定性鲁迅为"战士"："鲁迅与其称为文人，不如号为战士。战士者何？顶盔披甲，持矛把盾交锋以为乐。不交锋则不乐，不披甲则不乐，即使无

---

① 出自鲁迅书信集《书信（12）》中《340813致曹聚仁》。

锋可交，无矛可持，拾一石子投狗，偶中，亦快然于胸中，此鲁迅之一副活形也。" 文章最后，对鲁迅的死因也有精准分析：

然鲁迅亦有一副大心肠。狗头煮熟，饮酒烂醉，鲁迅乃独坐灯下而兴叹。此一叹也，无以名之。无名火发，无名叹兴……火发不已，叹兴不已，于是鲁迅肠伤，胃伤，肝伤，肺伤，血管伤，而鲁迅不起，呜呼，鲁迅以是不起。

从朋友到论敌，从一度和好到终究疏离，林语堂和鲁迅分道扬镳最终还是两人思想立场不同所致。鲁迅对国民性和人性充满绝望，乃至满腔怒火，"只要我还活着，就要拿起笔，去加敬他们的手枪"[1]。而林语堂深受儒家积极入世和道家超尘脱俗思想影响，对国民性和人性总体上持乐观态度，因此提倡"幽默"和"性灵""闲适"。

"勇者愤怒，抽刃向更强者；怯者愤怒，却抽刃向更弱者。"此外，站在"鸡蛋"一边的鲁迅很反感林语堂、梁实秋等人的"绅士"做派"西崽相"，认为他们自以为是高人一等，瞧不起劳苦大众。有次在饭桌上，几个广东籍作家兀自讲粤语，讲得兴致盎然。别人插不上嘴，林语堂便故意讲一口流利的英语来"幽默"逗趣一番，没想到惹来鲁迅厉声痛斥："你是什么东西！难道想用英语来压中国的同胞吗？"

实际上，林语堂也并非完全不关心现实放弃战斗，不像同样提倡"闲适"小品的周作人一样兀自"吃苦茶"，而是一直很关心时事热爱国家。在创办《论语》《人间世》《宇宙风》等杂志提倡"幽默"时，他写了很多社会批评方面的"幽默"文章，以"幽默"讽刺当权者、上海租界、日本政府等，林语堂只不过换了一种柔和的战斗方式。

---

[1] 出自鲁迅书信集《致外国人士书信》中《330625[1]致山本初枝》。

"两脚踏东西文化、一心评宇宙文章"

应"中国通"赛珍珠夫妇邀请，林语堂用英语写作的第一本书《吾国与吾民》，因比较全面通俗地介绍了中国传统文化及国民性格，在美国一炮而红。受到鼓励，林语堂1935年赴美国专职写作，他出版的第二本书《生活的艺术》再次畅销，在欧美国家掀起一阵"林语堂热"。林语堂由此大受鼓舞，确定了自己"两脚踏东西文化、一心评宇宙文章"的人生道路。

抗战爆发后，林语堂身在国外心系国内，通过《京华烟云》《风声鹤唳》等著作在美国各种场所演讲，以及通过为《纽约时报》撰稿等方式积极为中国抗战发声，"在此期间，他和赛珍珠一起，成为美国最有影响的中国声音，无论是文化上还是政治上，为西方世界言说中国"。他还曾返回国内希望为国抗战效力，但终究因"水土不服"而返回国外。抗战胜利后，林语堂不顾赛珍珠等人"不谈政治"的劝告，继续撰文评论时政。因为支持国民党政权，林语堂与"左"倾的赛珍珠夫妇闹翻，并在新中国成立后定居美国，开始从事鲁迅曾经期望的翻译工作。林语堂的一生翻译了《兰亭集序》《东坡诗文选》等几十部中国传统文化名著，写了《吾国与吾民》《生活的艺术》《苏东坡传》等关于中国文化的著作，还写了《美国的智慧》《朱门》《远景》等书阐述自己的哲学，另外在报刊文章、各种演讲中对西方的种族主义、物质主义等也多有批评。

林语堂不仅在书中宣扬"生活的艺术"，享受"智慧而快乐"的人生，他自己也是随心所欲尽力工作，尽情作乐。他和夫人廖翠凤结婚时将结婚证书烧掉，因为当时结婚证书只有在离婚时才有用，他认为自己用不到了。他"对文学、村姑、地质、原子、音乐、电子、电动刮胡刀、科学小零件都有兴趣，他用泥巴做模型，在玻璃片上用蜡塑风景画、人像画，喜欢雨中散步，能游泳三码……"还喜欢钻研各种发明。林语堂发明过自动桥牌机、牙膏牙刷一体机，还费尽家财历经数年发明了"明快中文打字机"。这款打字机拉风得很，每分钟最快能打六十个字，还是傻瓜式操作，不用学就会用，IBM 都曾花钱买过这个打字机的专利，只可惜最后没有投入量产，否则林语堂就成了著名科学家、企业家、亿万富翁了。

每个人都是丰富、复杂的，鲁迅其实不仅是"文艺青年"也是科普达人，像林语堂一样对科技充满兴趣。鲁迅学过地质、医学，下过煤矿，做过标本，在 1903 年写的科学论文《说鈤》是国内最早介绍居里夫人科学成就的文章，同年翻译的《月界旅行》和《地底旅行》是中国最早翻译的科学作品之一，在 1906 年与顾琅合编的《中国矿产志》是中国最早系统介绍本国矿产的科学论著。1909 年，鲁迅回国后任生理学和化学教员，编写了 11 万字的《人生象斁》讲义，著译了许多自然科学方面的著作。直到晚年，鲁迅还计划要翻译法布尔的科学普及著作《昆虫记》《物理新诠》，并在给文学爱好者颜黎民的信中写道："先前的文学青年，往往厌恶数学，理化，史地，生物学，以为这些都无足重轻，后来变成连常识也没有，研究文学固然不明白，自己做起文章来也胡涂，所以我希望你们不要放开科学，一味钻在文学里。"虽然鲁迅后来没有成为科学家，但开拓创新的科学精神贯穿了鲁迅人生及其作品。更为人所不知的是，鲁迅在东京时还练过两年的柔道，他的柔道老师则是柔道的开山鼻祖嘉纳治五郎，如果鲁迅坚持练下去的话很可能还会成为柔道高手、武术大师。

而林语堂也是复杂、丰富的，虽然"两脚踏东西文化"，但终究有一颗中国心。终究耐不住思乡之情。林语堂于 1966 年定居台湾，主编规模宏大的《当代汉英词典》，后被选为国际笔会台湾分会会长和国际笔会副会长。1975 年，他因长篇小说《京华烟云》等著作，再次被国际笔会提名为诺贝尔文学奖候选人。次年，因心脏病发作，林语堂逝世于香港玛丽医院，享年 81 岁。

晚年的林语堂依旧认为，在短篇小说家中鲁迅是最好的，"鲁迅用讽刺作为利器，把旧中国活活剥皮。他的笔犹如锋利而涂有毒药的箭。他自以为是个战士而不是作家。他一箭射中对手时的得意之状，还历历在我眼前"。在《八十自述》中，林语堂写道：

他哥哥周树人（鲁迅）可就不同了，每逢他攻击敌人的言语锋利可喜时，他会得意得哄然大笑。他身材矮小，尖尖的胡子，两腮干瘪，永远穿中国衣裳，看起来像个抽鸦片烟的。没有人会猜想到他会以盟主般的威力写出辛辣的讽刺文字，而能针针见血。他极受读者欢迎。

后来，林语堂还将鲁迅与胡适相比较道："在人格上，适之是淡泊名利的一个人，有孔子最可爱的'温温无所试'可以仕可以不仕的风度。鲁迅政治气味甚浓，脱不了领袖欲。适之不在乎青年之崇拜，鲁迅却非做的给青年崇拜不可，故而跳墙（这是我目击的事），故而靠拢，故而上当，故而后悔无及，与胡风同一条路。胡风胡适是殊途同归的。所不同者，一个上当，一个不曾上当而已。上当而能自觉，就是不上当。上当而犹恋名利，结果必成小丑，堕落为专写歌功颂德的廊庙文章，如郭沫若之流是已。故胡风人品在郭沫若之上，而胡适眼光气魄，道德人品，又在鲁迅胡风之上。所以我说胡适之先生在道德文章上，在人品学问上，都足为我辈师表。"经过后半生四五十年的苦苦探寻、思索，林语堂最终还是倾向了胡适。

不过，林语堂本质上更像他推崇的苏东坡，生性洒脱率性，是"一个不可救药的乐天派""假道学的憎恨者""生性诙谐爱开玩笑的人""月夜的漫步者"。可惜的是，林语堂没有苏东坡的宏伟才学和气势，写不出恢宏的《念奴娇·赤壁怀古》《赤壁赋》，只能"下可以陪婢田院乞儿"，而不能"上可陪玉皇大帝"。

学者钱穆桥在《林语堂传》中评论林语堂道："就其思想认识、知识分子立场而论，林语堂一生言行及其著述和胡适及鲁迅既有交融又有超越，从而给我们展示出另一景观，为中国于全球时代现代性之路铺垫新的范式……林语堂捍卫'赛先生'最为得力、最为坚定、最为雄辩，特别是针对专制蹂躏人权，林语堂的批评最为犀利、毫不留情……林语堂重新发掘中国传统文化资源，发展出一套'抒情哲学'……最后，有别于胡适和鲁迅，无论从人生经历还是批评范畴来看，林语堂的跨文化之旅更凸显其跨国性、全球性。"此书甚至称"林语堂，鲁迅，胡适——中国现代思想的三个坐标"，把林语堂拔高到和鲁迅、胡适并列有些牵强，其实也没有必要。林语堂就是林语堂，有他的历史价值和当今意义。

　　林语堂最大的历史价值和当今意义就在于他"两脚踏东西文化、一心评宇宙文章"，而非他的"闲适""幽默"，更非他发明的打字机。试问，当今对中外文化的了解程度、交流贡献，又有几个人能比得上林语堂呢？在注重文化"复兴"的当下，我们在此方面的确需要多向林语堂致敬、借鉴。

鲁迅与钱玄同："时光可惜，默不与谈"

途次往孔德学校，去看旧书，遇金立因，胖滑有加，唠叨如故，时光可惜，默不与谈。①

我想，"胖滑有加"似乎不能算作罪名，他所讨厌的大概是"唠叨如故"吧。不错，我是爱"唠叨"的，从（民国）二年秋天我来到北平，至（民国）十五年秋天他离开北平，这十三年之中，我与他见面总在一百次以上，我的确很爱"唠叨"，但那时他似乎并不讨厌，因为我固"唠叨"，而他亦"唠叨"也。不知何以到了（民国）十八年我"唠叨如故"，他就要讨厌而"默不与谈"。但这实在算不了什么事，他既要讨厌，就让他讨厌吧。

除了林语堂，最终与鲁迅失和的老朋友还有钱玄同，而鲁迅和钱玄同本是同门又是《新青年》的同事，关系不可不谓深厚，可最后他们竟然疏远到"默不与谈"的程度，令人叹息。

---

① 出自鲁迅与许广平书信集《两地书·一二六》。

"竭力怂恿他们给《新青年》写稿"

钱玄同出生于 1887 年 9 月 12 日，原名钱师黄，钱玄同的父亲钱振伦曾任绍兴书院山长、礼部主事等职，蔡元培曾就读于绍兴书院。1906 年，钱玄同赴日本早稻田大学学习师范，次年加入中国同盟会改名为"钱夏"，因为"夏"字根据《说文解字》解释是"中国之人也"。1908 年钱玄同与鲁迅、黄侃等人跟随章太炎学习国学，因为钱经常在章太炎讲完之后指手画脚，在席上爬来爬去，所以被鲁迅戏称为"爬翁"。而因为鲁迅经常挑灯夜读不修边幅，所以钱玄同回敬鲁迅一个外号"猫头鹰"。

据钱玄同回忆说："周氏兄弟那时正译《域外小说集》，志在灌输俄罗斯、波兰等国之崇高的人道主义，以药我国人卑劣、阴险、自私等龌龊心理。他们的思想超卓，文章渊懿，取材严谨，翻译忠实，故造句选辞，十分谨慎，然犹不满足，欲从先师了解故训，以期用字妥帖。所以，《域外小说集》不仅文笔雅驯，且多古言古字，与林纾所译小说绝异。"可见当时，钱玄同对鲁迅相当佩服。

从日本留学归国后，钱玄同和鲁迅一样当了公务员，不过是在浙江教育司中当一个小小的科员。他当时曾头戴"玄冠"身穿"深衣"系上"大带"，穿着他以为的"汉服"去上班，被传为笑谈。1913 年 9 月，钱玄同任教于北京高等师范学校，不久又兼任北大文字学教授。1916 年，30 岁的钱夏改名为"钱玄同"。

1917 年初，胡适在《新青年》第二卷第五号发表《文学改良刍议》，钱玄同立即在该刊第二卷第六号发表《通信》作为声援，其中写道："顷见五号《新青年》胡适之先生《文学刍议》，极为佩服。其斥骈文不通之句，及主张白话体文学说最精辟……具此识力，而言改良文艺，其结果必佳良无疑。惟选学妖孽、桐城谬种，见此又不知若何咒骂。"将模仿《文选》及桐城派古文的旧派文人称之为"选学妖孽、桐城谬种"，显示出了钱玄同爆表的战斗力和杀伤力，击中了旧文学旧文人的要害。鲁迅曾高度评价"选学妖孽、桐城谬种"这八个字"形容惬当，所以这名目的流传也较为永久"。

从此，钱玄同成为《新青年》的主要撰稿人和新文化运动的健将之一，从提倡复古的章门子弟转变为反传统"急先锋"，主张彻底"打倒"以儒学为代表的中国传统文化，包括废除古籍、习俗、节日等。后来他又在《新青年》杂志上发表了多篇文章痛斥"文妖"，志在"推翻桐选驱邪鬼"，尤其是和刘半农上演了精彩的"双簧戏"引发了新文化运动的高潮。钱玄同对陈独秀说："要搞文学革命，旧瓶装新酒不行。你和胡适都尚用腐儒腔，之乎者也，我提议，今后《新青年》应一律用白话文。"在钱玄同的宣传鼓动下，《新青年》从第四卷一号开始完全采用白话文。非常激进的钱玄同还发文主张全盘欧化，力主废除汉字采用拼音，提倡采用公元纪年，写文章用西式标点符号，要将"文学革命"进行到底。也正是钱玄同认为"周氏兄弟的思想是国内数一数二的，所以竭力怂恿他们给《新青年》写稿"，用激将法使得鲁迅从抄古碑的"躺平"中站出来，重整旗鼓走上了战斗道路。

"时光可惜，默不与谈"

钱玄同也称自己是新文化运动中"摇旗呐喊的小卒"，但实际上他和鲁迅一样，都是新文化运动冲锋陷阵的"大将"。鲁迅和钱玄同这两位同门、战友原本关系密切，1936年钱玄同曾追忆说《狂人日记》之后"豫才便常有文章送来，有论文、随感录、诗、译稿等"，钱玄同常提着大皮夹往返鲁迅处取稿件，给鲁迅送《新青年》杂志。两人常常夜谈，讨论废除汉字、消灭旧戏、耶代儒教等，一谈就是半夜，然后到附近"撸串"、喝个小酒。两人在反封建反传统的战线上也步调一致，钱玄同还在女师大学潮中坚定地站在鲁迅一边。

那为什么这样"相亲相爱"的两人会失和呢？起因是 1926 年 6 月顾颉刚发表《古史辨》，他主张用历史演进的观念和大胆疑古的精神研究古史。鲁迅不赞成《古史辨》观点，更讨厌诽谤他抄袭的顾颉刚，因此不断撰文抨击《古史辨》。而钱玄同却支持《古史辨》，他与顾颉刚不断通信主张对经史子集都要进行辨伪，甚至因此用"疑古玄同"作为别号。敌人的朋友也是敌人，因此钱玄同与鲁迅越走越远。早在此之前，鲁迅对钱玄同的疯狂行为、直率就略有不满，如钱玄同总是在鲁迅面前大秀自己几个儿子如何如何，这让当时还没有孩子的鲁迅很是尴尬不爽。

钱玄同曾说过一句名言："人到四十就该死，不死也该枪毙。"1927 年，钱玄同年届 40 岁，还真打算在《语丝》周刊上编发一期《钱玄同先生成仁专号》，后来因故未刊行。胡适对此特意作了首《亡友钱玄同先生成仁周年纪念歌》，其中写道："该死的钱玄同，怎会至今未死！一生专古杀人，去岁轮着自己。可惜刀子不快，又嫌投水可耻，这样那样迟疑，过了九月十二，可惜我不在场，不能来监斩你！"鲁迅则写道："作法不自毙，悠然过四十。何妨赌肥头，抵当辩证法。"与胡适的调侃不同，鲁迅这是在讽刺钱玄同肥胖、反对辩证法和说话不负责任。不过，鲁迅对钱玄同在提倡和推行国语罗马字化方面的贡献也给予了认可，在《无声的中国》中写道："那时白话文之得以通行，就因为有废掉中国字而用罗马字母的议论的缘故。"

1929 年，鲁迅回北平探亲，去孔德学校拜访马隅卿，恰好钱玄同也在座。看着名片上所印"周树人"三字，钱玄同笑着问："你的姓名不是已经改成两个字了吗？怎么还用这三字的名片？"鲁迅则正色回掸道："我从来不用两个字的名片，也不用四个字的名片！"鲁迅这是在讥讽钱玄同用的四字笔名"疑古玄同"，于是钱玄同脸上也布满了阴云。更巧的是，就在这时鲁迅最讨厌的顾颉刚又走了进来，鲁迅见此立刻起身离开，从此再未与钱玄同相见。

在给许广平的信中，鲁迅描述了这次邂逅："途次往孔德学校，去看旧书，遇金立因，胖滑有加，唠叨如故，时光可惜，默不与谈。"这意思是说钱玄同比原来又胖又滑但依旧像以前一样唠叨，时间是把杀猪刀，咋让他变成这样了，太可惜了，所以就没和他多说话。《两地书》出版后，钱玄同看到此信回应道：

我想，"胖滑有加"似乎不能算作罪名，他所讨厌的大概是"唠叨如故"吧。不错，我是爱"唠叨"的，从（民国）二年秋天我来到北平，至（民国）十五年秋天他离开北平，这十三年之中，我与他见面总在一百次以上，我的确很爱"唠叨"，但那时他似乎并不讨厌，因为我固"唠叨"，而他亦"唠叨"也。不知何以到了（民国）十八年我"唠叨如故"，他就要讨厌而'默不与谈'。但这实在算不了什么事，他既要讨厌，就让他讨厌吧。

钱玄同这意思是说我又胖又滑怎么了？又不违法，你以前不嫌我唠叨现在倒嫌我唠叨了，你讨厌我那就让你继续讨厌吧。

1932年，鲁迅第二次到北平省亲，钱玄同竟然公然宣布他"不认识有一个什么姓鲁的"，并阻挠鲁迅到北大演讲。可见两人关系之恶化。1935年，鲁迅发表《死所》一文，公然批评了钱玄同因为有教授死在教室便"从此不上课"的行为，为此还讲了一个公子和渔夫问答的笑话：

"你的父亲死在那里的？"公子问。

"死在海里的。"

"你还不怕，仍旧到海里去吗？"

"你的父亲死在那里的？"渔夫问。

"死在家里的。"

"你还不怕，仍旧坐在家里吗？"

"实在感到他的无聊、无赖、无耻"

鲁迅逝世后的第五天，钱玄同写了《我对于周豫才君之追忆与略评》一文。在回忆了与鲁迅的平生交往后，钱玄同谈了自己对鲁迅的评价，认为鲁迅的长处有三：他治学最为谨严；治学是他自己的兴趣，绝无好名之心；他读史与观世，有极犀利的眼光，能抉摘中国社会的痼疾，如"良医开脉案，作对症发药之根据，于改革社会是有极大用处的"。同样，钱玄同认为鲁迅也有多疑、轻信、迁怒三大短处：多疑往往使鲁迅"动了不必动的感情"，轻信往往使鲁迅与曾"认为同志"的人"决裂而至大骂"，迁怒常常使鲁迅以自己的好恶为准则，"本善甲而恶乙，但因甲与乙善，遂迁怒于甲而并恶之"。这似乎说的就是钱玄同和鲁迅的关系，鲁迅本善钱玄同而恶顾颉刚，但因钱玄同与顾颉刚善，遂迁怒于钱玄同并恶之。

对于这篇文章，钱玄同在日记中写道："未记，此两周中又未记，可记者为十九日周豫才死；一八八一至一九三六（五十六岁）。我因为青年们吹得他简直是世界救主，而又因有《世界日报》访员宋某电询吾家，未见我，而杜撰我的谈话，我极不愿，因作《我对于周豫才君之追忆与略评》一文，登入该报及转载于师大之《教育与文化》中。"

其中，钱玄同所说的《世界日报》内容是指 10 月 21 日《世界日报》"教育界"版中刊有记者"采访"钱玄同的报道。该文写道：

师大文学院国文系主任钱玄同，为鲁迅前期之唯一好友，无论他人传说，或出自鲁迅直述，皆知催鲁迅作小说最力者，厥为钱氏，故实为鲁迅之益友也。昨日记者往访钱氏，时钱氏对鲁迅之死耗，已早先得知，据谈："本人与鲁迅先生在民八以后，皆在北京任职，彼此之间，堪称莫逆。嗣后先生离平南下，即未获再晤，仅彼此通信，以达情意而已，及先生转变之后，彼此各奔前途，分道扬镳，即音信亦不通矣。虽则如此，而先生之天才能力，余始终敬仰，尤其对于朋友，毕恭毕敬，心诚意挚之情，实足令人不能忘者，亦是值得吾人钦佩者。"

其实，这篇所谓钱玄同的"谈话"，完全是该报记者杜撰的。钱玄同并非对鲁迅"始终敬仰"，如看过鲁迅的《三闲集》《二心集》后，钱玄同在日记中写道："实在感到他的无聊、无赖、无耻。"

另外值得一提的是，钱玄同一直收藏着两份含有鲁迅早年译作的简报，直到 1966 年 9 月 14 日由钱玄同之子钱秉雄捐献给鲁迅博物馆。学者郜元宝认为，钱玄同当时与周作人关系密切，可能是因为钱玄同写《我对周豫才君之追忆与略评》时，周作人将两份剪报交（或赠）给钱玄同做参考。钱玄同一直收藏着这两份简报，某种程度上也是对和鲁迅"相爱相杀"的纪念吧。

"钱玄同决不'污伪命'"

钱玄同与鲁迅的失和，本质上是因为两人"道不同不相为谋"。鲁迅本质上是"战士"，一直忧患于时事；而钱玄同本质上是学者，最终退隐于书斋。从对老师章太炎的评价便可见两人分野，鲁迅认为章太炎的革命贡献远超学术，而钱玄同则更着重章太炎学术的博大。在给周作人的信中，钱玄同曾语带讥讽地称鲁迅为"左翼公""左公"。钱玄同自己也是国学大师，在新文化运动、国语运动、古史辨运动以及音韵学诸方面都做出了杰出的贡献，尤其是将儿子钱三强培养成了著名物理学家。他曾写信给在法国留学的钱三强：

你常有信来，固所欣盼。惟求学之时，光阴最可宝贵，以后来信，大可简单，我欲知者，为学业之进度与身体之健康，其余均可不谈；不但家信如此，即与此间诸学友如沈、陈诸君通信，亦当如此。此乃时间经济之道也，切记切记。……我虽闭门养病，但自幼读孔孟之书，自三十岁以后，对于经义，略有所窥知，故二十年来教诲后进，专以保存国粹昌明圣教为期，此以前常常向你们弟兄述说者。今虽衰老，不能多所用心，但每日必温习经书一二十页，有时卧病在床，则闭目默诵，此于修养身心最为有益，愿终身行之也。

钱玄同早年激烈反对孔孟，到晚年则"每日必温习经书"，这也算是历史的吊诡吧。时间的确是把杀猪刀，很多人到最后不仅面目全非还活成了自己当年讨厌的人。不过无论如何，钱玄同坚守了底线。对于日寇侵犯，钱玄同抑郁气愤，热河失陷后他有三个月谢绝饮宴，并与北平文化界知名人士联名提出抗日救国七条要求。全面抗战爆发后，钱玄同明确对朋友表示："钱玄同决不'污伪命'"，"污伪命"是指到日伪政权任职。

1939 年 1 月 17 日，钱玄同在北平的德国医院逝世。临终前三天，钱玄同还到孔德学校处理李大钊的遗留图书《九通》，把它卖给当时的北平大学女子师范学院，以帮助解决李大钊子女的生活问题。钱玄同去世后，鲁迅最好的朋友许寿裳送挽联道："滞北最伤心，倭难竟成千古恨。游东犹在目，章门同学几人存。"国民政府褒扬令则写道：

国立北平师范大学教授钱玄同，品行高洁，学识湛深。抗战军兴，适以宿疾不良于行，未即离平。历时既久，环境益艰，仍能潜修国学，永保清操。

辛因蛰居抑郁，切齿仇雠，病体日颓，赉志长逝。溯其生平致力教育事业，历二十余载。所为文学，见重一时，不仅贻惠士林；实亦有功党国。应予明令褒扬，以彰幽潜，而昭激劝。此令！

鲁迅与刘半农："渐渐忘却"

我佩服陈胡，却亲近半农。①

托尼学说，魏晋文章。

除夕是寻常事，做诗为什么？不当它除夕，当作平常日子过。这天我在绍兴县馆里，馆里大树颇多。风来树动，声如大海生波。静听风声，把长夜消磨。主人周氏兄弟，与我谈天：欲招缪撒，欲造"蒲鞭"。说今年已尽，这等事，待来年。夜已深，辞别进城。满街车马纷扰，远远近近，多爆竹声。此时谁最闲适？地上只一个我，天上三五寒星。

这是 1918 年 3 月刘半农发表的《丁巳除夕》诗，提到他在北方度过第一个除夕夜的情景，也提到他和鲁迅谈天的场景。

①　出自鲁迅杂文集《且介亭杂文》中《忆刘半农君》。

"却亲近半农"

  鲁迅与刘半农原本关系不错，也是"新青年"战友和老朋友，刘半农也曾极力催促鲁迅为《新青年》写稿。与陈独秀、胡适等"新青年"相比较，鲁迅更亲近令人不觉其有"武库"的刘半农。鲁迅在《忆刘半农君》中回忆道：

  他活泼，勇敢，很打了几次大仗。譬如罢，答王敬轩的双锁信，"她"字和"牠"字的创造，就都是的。这两件，现在看起来，自然是琐屑得很，但那是十多年前，单是提倡新式标点，就会有一大群人"若丧考妣"，恨不得"食肉寝皮"的时候，所以的确是"大仗"。现在的二十左右的青年，大约很少有人知道三十年前，单是剪下辫子就会坐牢或杀头的了。然而这曾经是事实。

  但半农的活泼，有时颇近于草率，勇敢也有失之无谋的地方。但是，要商量袭击敌人的时候，他还是好伙伴，进行之际，心口并不相应，或者暗暗的给你一刀，他是决不会的。倘若失了算，那是因为没有算好的缘故。

  ……半农却是令人不觉其有"武库"的一个人，所以我佩服陈胡，却亲近半农。

  当时鲁迅常常与刘半农闲聊，"一多谈，就露出了缺点。几乎有一年多，他没有消失掉从上海带来的才子必有'红袖添香夜读书'的艳福的思想，好容易才给我们骂掉了。但他好像到处都这么的乱说，使有些'学者'皱眉。有时候，连到《新青年》投稿都被排斥。他很勇于写稿，但试去看旧报去，很有几期是没有他的。那些人们批评他的为人，是：浅"。不过，鲁迅认为刘半农的浅"如一条清溪，澄澈见底，纵有多少沉渣和腐草，也不掩其大体的清。倘使装的是烂泥，一时就看不出它的深浅来了；如果是烂泥的深渊呢，那就更不如浅一点的好"①。

刘半农早年在上海以向"鸳鸯蝴蝶派"报刊投稿为生，写了不少以才子佳人为题材的小说。1917 年，刘半农被蔡元培破格聘为北大预科国文教授，改原来笔名"伴侬""半侬"为"半农"，好友钱玄同当时逗他说，白面书生用"半仙"还差不多，怎么用"半农"？《新青年》发表《我之文学改良观》等文章推动了文学革命的开展，刘半农和钱玄同也在《新青年》上演了精彩的"双簧戏"。在现实中刘半农和钱玄同也经常抬杠，刘半农说："我们（指刘、钱两人）两个宝贝一见面就要抬杠，真是有生之年，即抬杠之日。"后来，刘半农居然写了一首题为《抬杠》的打油诗昭告天下："闻说杠堪抬，无人不抬杠。有杠必须抬，不抬何用杠？抬自由他抬，杠还是我杠。请看抬杠人，人亦抬其杠。"

刘半农因为是鸳鸯蝴蝶派出身，常被以博士自居的胡适等海归讥讽为"浅"，甚至被北大师生谑称为"野兔"，故而他一气之下跑到国外镀金。1920 年，刘半农到英国伦敦大学的大学院学习实验语音学，1921 年夏转入法国巴黎大学学习，1925 年获得法国国家文学博士学位，成为第一个获得以外国国家名义授予最高学衔的中国人。这下没人敢嘲笑刘半农"浅"了，刘半农则常常在众人面前标榜自己是"国家博士"，但刘半农思念故乡心切，1925 年 8 月写有名诗《教我如何不想她》，首创了以"她"代指女性。从此"她"字成为女性的专用代词，此诗后来被赵元任谱曲广为流传：

天上飘着些微云，

地上吹着些微风。

啊！

微风吹动了我的头发，

---

① 本段引文皆出自鲁迅杂文集《且介亭杂文》中《忆刘半农君》。

教我如何不想她？

月光恋爱着海洋，

海洋恋爱着月光。

啊！

这般蜜也似的银夜，

教我如何不想她？

水面落花慢慢流，

水底鱼儿慢慢游。

啊！

燕子你说些什么话？

教我如何不想她？

枯树在冷风里摇，

野火在暮色中烧。

啊！

西天还有些儿残霞，

教我如何不想她？

1925年秋，刘半农回国担任北京大学国文系教授，兼任北大研究所国学门导师，建立了语音乐律实验室，成为中国实验语音学奠基人。能者多劳，年少有为，刘半农写的《半农谈影》还是中国第一部探讨摄影艺术的著作，他还是最早将高尔基、狄更斯、托尔斯泰、安徒生的作品翻译成中文的译者。

"几乎已经无话可谈了"

1926 年春天，回国后的刘半农重印《何典》，"我今将此书标点重印，并将书中所用俚语标出又略加校注，以便读者。事毕。将我意略略写出。如其写得不对，读者不妨痛骂：'放屁放屁，真正岂有此理！'"刘半农邀请鲁迅为此书写序，鲁迅认为写得不对，虽没有痛骂"放屁放屁，真正岂有此理"，但在短序中直言道："我看了样本，以为校勘稍迂，空格令人气闷。半农的士大夫气似乎还太多。至于书呢？那是：谈鬼物正像人间，用新典一如古典……难违旧友的面情，又该动手。应酬不免，圆滑有方，只作短文，庶无大过云尔。"

写完序后，鲁迅连夜又写了《为半农题记〈何典〉后，作》，其中说：

半农到德法研究了音韵好几年，我虽然不懂他所做的法文书，只知道里面很夹些中国字和高高低低的曲线，但总而言之，书籍具在，势必有人懂得。所以他的正业，我以为也还是将这些曲线教给学生们。

鲁迅"还以老朋友自居，在序文上说了几句老实话"，却惹得欢迎"痛骂"的刘半农很不高兴，书出版后，虽然送书给了鲁迅但没有签名。不过当时刘半农还是大度地向瑞典学者斯文·赫定建议，提名鲁迅为诺贝尔文学奖候选人，并请台静农写信给鲁迅征求其意见。对此，1927 年 9 月 25 日鲁迅复信台静农：

九月十七日来信收到了。请你转致半农先生，我感谢他的好意，为我，为中国。但我很抱歉，我不愿意如此。诺贝尔赏金，梁启超自然不配，我也不配，要拿这钱，还欠努力……倘因为黄色脸皮人，格外优待从宽，反足以长中国人的虚荣心，以为真可与别国大作家比肩了，结果将很坏。

鲁迅还写道："我眼前所见的依然黑暗，有些疲倦，有些颓唐，此后能否创作，尚在不可知之数。倘这事成功而从此不再动笔，对不起人；倘再写，也许变了翰林文字，一无可观了。还是照旧的没有名誉而穷之为好罢。"对于人人心向往之的诺贝尔文学奖，鲁迅认为自己还不配获奖，也不愿因为自己是"黄色脸皮人"而被"格外优待从宽"，更不愿因获诺贝尔文学奖而停止战斗。鲁迅就这样主动放弃了自己成为中国第一个诺贝尔文学奖得主的大好机会，而这正是鲁迅之酷之魅力所在。鲁迅一生走自己的路，特立独行卓尔不群，如鲁迅在散文诗《墓碣文》中所言："于浩歌狂热之际中寒；于天上看见深渊。于一切眼中看见无所有；于无所希望中得救。"

1928 年 2 月 27 日，刘半农在《语丝》四卷九期上发表文章《林则徐照会英吉利国王公文》。在文章按语中，刘半农说，林则徐被英人俘虏，"明正典刑，在印度异尸游街"。事实上，林则徐被罢职后发配新疆伊犁，并未在"印度异尸游街"。4 月 2 日，鲁迅在《语丝》四卷第十四期上刊登了读者来信，指出了这个错误，惹得刘半农又是不爽，从此不再给《语丝》投稿，也基本中断了和鲁迅的来往。一年后，鲁迅于 1929 年 12 月 22 日写文章谈刘半农不来稿的原因："我恐怕是其咎在我的。举一点例罢，自从我万不得已，选登了一篇极平和的纠正刘半农先生的'林则徐被俘'之误的来信以后，他就不再有片纸只字。"

1928 年 8 月 4 日晚，李小峰在上海万云楼请客，客人中也有刘半农，但鲁迅和刘半农就像鲁迅和钱玄同的关系一样"几乎已经无话可谈了"。一个星期后，鲁迅给章廷谦写信说："沈刘两公，已在小峰请客席上见过，并不谈起什么。我总觉得我也许有病，神经过敏；所以凡看一件事，虽然对方说是全都打开了，而我往往还以为必有什么东西在手巾或袖子里藏着。但又往往不幸而中，岂不哀哉。""沈刘两公"指的就是沈尹默、刘半农。

1933 年 10 月，鲁迅化名"丰之余"写《"感旧"以后（下）》，以刘半农为例，批评提倡白话文运动的一些"战士"胜利后不再为白话文战斗反而拿古文字来嘲笑后进青年：

> 北京大学招考，他是阅卷官，从国文卷子上发见一个可笑的错字，就来做诗，那些人被挖苦得真是要钻地洞，那些刚毕业的中学生。自然，他是教授，凡所指摘，都不至于不对的，不过我以为有些却还可有磋商的余地。……当时的白话运动是胜利了，有些战士，还因此爬了上去，但也因为爬了上去，就不但不再为白话战斗，并且将它踏在脚下，拿出古字来嘲笑后进的青年了。因为还正在用古书古字来笑人，有些青年便又以看古书为必不可省的工夫，以常用文言的作者为应该模仿的格式，不再从新的道路上去企图发展，打出新的局面来了。

1930 年 2 月 22 日，鲁迅写信给章廷谦，说明自己为何不回北平教书，原因之一是"疑古和半农，还在北平逢人便即宣传，说我在上海发了疯，这和林玉堂大约也有些关系"。这其实是鲁迅听信了谣言，钱玄同、刘半农和林语堂并没有到处宣传鲁迅"发了疯"。

刘半农也曾试图与鲁迅和好如初。1932 年 11 月 20 日，鲁迅到北平探望母亲。刘半农本来打算去看鲁迅，后被别人劝阻了。但刘半农的忠厚还是让鲁迅很感动，"这使我很惭愧，因为我到北平后，实在未曾有过访问半农的心思"[①]。此后，鲁迅将刘半农渐渐忘却，"回想先前的交情，也往往不免长叹。我想，假如见面，而我还以老朋友自居，不给一个'今天天气……哈哈哈'完事，那就也许会弄到冲突的罢"。

---

① 出自鲁迅杂文集《且介亭杂文》中《忆刘半农君》。

"却于中国更为有益"

1934 年，刘半农外出考察方言方音，夜宿一间乡村草房。其他人都睡在土炕上，而刘半农躺在自备的行军床上故作僵硬状，然后开玩笑说："我这是停枢中堂啊！"不料一语成谶，在考察途中，刘半农被虱子叮咬，不幸染上"回归热"病，7 月 14 日在北平逝世，年仅 44 岁。刘半农去世后，鲁迅写了一篇《忆刘半农君》，对刘半农进行了深切怀念。文章最后写道：

现在他死去了，我对于他的感情，和他生时也并无变化。我爱十年前的半农，而憎恶他的近几年。这憎恶是朋友的憎恶，因为我希望他常是十年前的半农，他的为战士，即使"浅"罢，却于中国更为有益。我愿以愤火照出他的战绩，免使一群陷沙鬼将他先前的光荣和死尸一同拖入烂泥的深渊。

周作人对鲁迅给刘半农的评价很不以为然，赋诗感叹："漫云一死恩仇泯，海上微闻有笑声。空向刀山长作揖，阿旁牛首太狰狞。"在周作人眼中，刘半农"状貌英特，头大，眼有芒角，生气勃勃，至中年不少衰，性果毅，耐劳苦"。而钱玄同在《亡友刘半农先生》中写道：

半农是一个富于情感疾恶如仇的人，我回想十五年前他作文痛骂林纾、"王敬轩"、丁福保诸人时那种狂热的态度，犹历历如在目前；但他决不是纯任情感的人，他有很细致的科学头脑，看他近十余年来对于声调的研究与方音的考察可以证明。这样一位虎虎有生气的人，若加以年寿，则贡献于学术者何可限量！

刘半农曾为鲁迅写过一副对联——"托尼学说，魏晋文章"，被公认为是对鲁迅准确的评价，鲁迅自己也没有反对。鲁迅原来对刘半农的评价是："我佩服陈胡，却亲近半农。"刘半农和鲁迅其实并没有什么"苦大仇深"，两人之所以疏远都是因为一些小误会而起，殊为遗憾。不过，可能这正是人生常态，人生聚散无常，"人类的悲欢并不相通"，很多人走着走着就散了，很多情走着走着就淡了。

鲁迅与许寿裳："相知之深有如兄弟"

 季茀（许寿裳）他们对于我的行动，尽管未必一起去做，但总是无条件地承认我所做的都对。

晨夕相见者近二十年，相知之深有如兄弟。

和所有人一样，鲁迅也有敌人，也会遭遇"羡慕嫉妒恨"；也会孤独，也会"空虚寂寞冷"；也有朋友，也会"一生一起走"。

"两间余一卒，荷戟独彷徨"

"有我所不乐意的在天堂里，我不愿去；有我所不乐意的在地狱里，我不愿去；有我所不乐意的在你们将来的黄金世界里，我不愿去。"就像鲁迅在自己所写的《影的告别》中所言，鲁迅一生像影子一样彷徨于"明与暗"之间，"绝望与反抗绝望"是鲁迅的生命底色。实际上，"孤独与驱除孤独"也是鲁迅的一大生命底色。

　　鲁迅本质上是孤独的，首先表现在情感领域缺乏灵魂伴侣。众所周知，鲁迅与妻子朱安之间是无爱婚姻。虽然后来幸而有了许广平，许广平与鲁迅之间当然有爱情，但许广平其实也很难足够理解、抚慰鲁迅，两人毕竟有着年龄、身份、思想等方面的巨大差距。从许广平和鲁迅的《两地书》中可见一斑，书中两人交流更多的是人生、社会、生活、人际等平常话题，虽然不乏亲密，但缺乏思想的相知、心灵的契合。

　　两人在一起后，许广平逐渐成为家庭主妇，两人之间的距离、隔阂其实越来越大，冷战也越来越多，如著名学者林贤治在《人间鲁迅》中所言："为了应付家务，她跟笔绝交了，完完全全成了爱人和孩子的附庸。关心家庭多于关心社会，关心鲁迅的病体多于关心他的心灵，她倦于跟踪鲁迅思想的发展，作为个人的或是共同的理想已经不复具有原来的魅力。"因此，鲁迅有时或沉默如死或半夜喝酒或睡到阳台，会在妆台上放置三幅木刻，其中两幅是裸女画，还有一幅刻着穿长裙头发飞散的女人在大风中奔跑，也许那样的"追风少女"才是鲁迅内心深处渴望的伴侣。

　　情感领域，鲁迅还缺乏知己。鲁迅虽然老朋友很多，但真正的知己很少。即使被鲁迅赠送"人生得一知己足矣，即使斯世当以同怀视之"对联的瞿秋白恐怕也很难称得上是鲁迅真正的知己，毕竟两个人年龄、辈分、生活环境等相差太多，且两个人相交时间太短。许寿裳固然和鲁迅友谊深厚，但思想、才学上又相差不少，况且连许寿裳也说鲁迅"我觉得他感到孤寂"。其他人就更难称得上是鲁迅的知己了。

　　此外，鲁迅的孤独还体现在很多方面，主要包括"身于旷野之中叫喊，却无人回应"式的独自呐喊的孤独、"他走进无物之阵，所遇见的都对他一式点头"①式的难逢真正对手的孤独及"总觉得缚了一条铁索，有一个工头在背后用鞭子打我，无论我怎样起劲的做，也是打，而我回头去问自己的错处时，他却拱手客气的说，我做得好极了，他和我感情好极了"②式的盟友鞭打的孤独。总而言之，如鲁迅的《题〈彷徨〉》中所言："寂寞新文苑，平安旧战场。两间余一卒，荷戟独彷徨。"鲁迅是孤独、横战的"战士"。

鲁迅的孤独有很多外在表现，尤其是在作品之中。如他作品中的狂人、阿Q、孔乙己、祥林嫂、涓生、闰土等主人公都是孤独的，甚至可以说鲁迅小说中的人物大多都是孤独者，如鲁迅研究专家阎晶明在《鲁迅还在》一书中所言："鲁迅小说里没有一个人物，其思想是被'群众'理解的，他们的内心没有一个人可以进入。"鲁迅很多小说的主题也都是"孤独"，最典型的小说是直接以"孤独者"命名的《孤独者》，主人公魏连殳极具个性、思想，乃至被世人排斥，甚至不被孩子接纳，某种意义上这其实就是鲁迅自己的写照。《野草》更是鲁迅的独白，对鲁迅的孤独有了更多隐晦的反映，其中的野草、影、过客、战士、地火等意象都是孤独的。鲁迅还直接说过："当我沉默着的时候，我觉得充实；我将开口，同时感到空虚。"这是因为孤独的他无人理解。

鲁迅为何这么孤独，他的孤独从何而来呢？一方面，孤独是我们人类共同的生命底色，我们大多数人本质上都是孤独的。另一方面，鲁迅的孤独来自他自己的生命经历，年少时家境败落给他的冲击，日本留学时看到麻木国人围观给他的刺激，与自己弟弟周作人失和的剧痛，被高长虹等青年朋友背后射冷箭的伤心，等等，让他深深体味到人间的冷漠、寂寞；鲁

---

① 出自鲁迅散文诗集《野草》中《这样的战士》。
② 出自鲁迅书信集《书信（13）》中《350912②致胡风》。

迅的孤独更来自他思想的深邃博大、性格的特立独行、灵魂的高傲清醒等，源于他对人、对事、对社会、对国家的深透体悟和清醒认知，以及他的度人情怀。

那面对孤独，鲁迅怎么办呢？一方面，他接受孤独甚至享受孤独，孤独如同夜色般"寂静浓到如酒，令人微醺"。鲁迅清醒地意识到自己的孤独，很多时候其实是沉浸在自己孤独状态里的。另一方面，鲁迅当然有时也会驱除、反抗孤独，如他在《呐喊自序》中说："使我沉入于国民中，使我回到古代去。"如他对爱情、对知音、对青年朋友的渴望，如他在深夜中独自写作，如他在"无物之阵"中"举起了投枪"……

如同"绝望与反抗绝望"是鲁迅生命的一体两面，孤独与驱除孤独也是鲁迅生命中的一体两面。孤独像是鲁迅的影子，有时鲁迅喜欢与影子在一起，有时又想摆脱影子，但孤独终究还是像和所有人如影随形一样伴随着他。与他人不同的是，鲁迅在孤独中寻找自由，在孤独中战斗不息，也因此成了"鲁迅"，像他描写的"孤独的雪"一样，"在无边的旷野上，在凛冽的天宇下,闪闪地旋转升腾着是雨的精魂……是的，那是孤独的雪，是死掉的雨，是雨的精魂"。这也给予我们重要启示，孤独其实并不可怕，要学会"慎独"，学会享受孤独和反抗孤独。

那孤独的鲁迅有没有携手一生的朋友？在致曹聚仁的信中，鲁迅曾言："自己年纪大了，但也曾年青过，所以明白青年的不顾前后，激烈的热情，也了解中年的怀着同情,却又不能不有所顾虑的苦心孤诣。现在的许多论客，多说我会发脾气，其实我觉得自己倒是从来没有因为一点小事情，就成友或成仇的人。我还不少几十年的老朋友，要点就在彼此略小节而取其大。"确实，鲁迅也有不少老朋友，如他和郁达夫、曹聚仁、台静农、萧军、萧红等人的"忘年之交"，与内山完造、史沫特莱等人的"跨国友谊"，与瞿秋白、冯雪峰、胡风等人的"同志之谊"等。其中，鲁迅一生最好的朋友当数许寿裳,两人"不是兄弟,胜似兄弟"。

"求之古人,亦不多遇"

鲁迅和许寿裳乃同乡同学,鲁迅比许寿裳仅大1岁。1902年秋,许寿裳考入东京弘文学院补习日语,与同年4月来此学习的鲁迅相识并成为好友。两人在东京同吃同住,一起听章太炎先生的课,一起逛旧书店,甚至一起学德语。许寿裳吃面包不喜欢吃皮,常将面包皮撕掉。鲁迅见了觉得有些浪费,便说自己喜欢吃皮。于是,许寿裳后来总是将面包皮撕给鲁迅吃。鲁迅不仅跟着许寿裳吃面包皮,还跟着许寿裳剪了辫子,剪完后他还把剪发的小照赠给许寿裳,并在背后题了那首名诗:"灵台无计逃神矢,风雨如磐暗故园。寄意寒星荃不察,我以我血荐轩辕。"当时,许寿裳正编杂志《浙江潮》,便向鲁迅约稿,鲁迅的处女作《斯巴达之魂》等早期文章便发在《浙江潮》,由此,鲁迅便开启了写作大业。

1909年4月,许寿裳从日本回国,出任浙江两级师范学校教务长,并邀请同年6月回国的鲁迅来校任教。两人一起倡导科学,团结师生,与封建顽固的监督夏震武等人展开了"木瓜之役"(好给人起外号的鲁迅称夏震武为"木瓜")。民国成立后,许寿裳应教育总长蔡元培之邀赴南京筹建教育部,并向蔡元培推荐了鲁迅到教育部任职。可以说,如果没有许寿裳的这次推荐,鲁迅可能终其一生埋没在乡下做个"文艺青年"了。

来京后,鲁迅和许寿裳再度亲密无间,许寿裳曾说:"我们又复聚首,谈及故乡革命的情形,多属滑稽而可笑。我们白天则同桌办公,晚上则联床共话,暇时或同访图书馆。"鲁迅和周作人闹翻后,鲁迅搬出八道湾决定新买一栋房子，缺一些房款，是许寿裳和鲁迅另一好友齐寿山每人各借鲁迅一部分钱，解了鲁迅燃眉之急。因为鲁迅在这房子后接出一个小屋给自己住，这样的小屋在北京被称为"老虎尾巴"，许寿裳因此调侃鲁迅道："北平胡同里有一种老房子叫'老虎尾巴'，莫非你也是我的'老虎尾巴'，老头子？"

某种程度上，鲁迅的确可以说是许寿裳的"老虎尾巴"，许寿裳对鲁迅一向非常关照。许寿裳当上女师大校长后，他再次邀请鲁迅来女师大兼职，使得鲁迅每月多挣十几元外快。不料，许寿裳很快被迫辞职，女师大继之爆发学潮，鲁迅又随之被章士钊罢官。为此，许寿裳与齐寿山等人在《京报》联名发表文章，声援鲁迅并辞职抗议与鲁迅共进退，"章士钊一日不去，即一日不到部"。1926年"三一八惨案"发生后，鲁迅写下《"死地"》《可惨与可笑》《记念刘和珍君》《空谈》等多篇匕首般的杂文声讨刽子手，而许寿裳则亲自为死难学生料理丧事，甚至十余天夜不成寐。只要"眼睛一闭，这场地狱便出现"。

因此，鲁迅、许寿裳都被段祺瑞政府通缉。1927年鲁迅远赴厦门后，曾为许寿裳谋职未果，后离开厦门大学。到了中山大学后，鲁迅兼任文科主任及教务主任，便有权聘请了许寿裳来校任教，还聘请许广平担任个人助理。三人住在一起，每人单独一个房间。许寿裳回忆道：

那时候，他（鲁迅）住在中山大学的最中央而最高最大的一间屋——通称"大钟楼"，相见忻然。书桌和床铺，我的和他的占了屋内对角线的两端。这晚上，他邀我到东堤去晚酌，肴馔很上等甘洁。次日又到另一处去小酌。我要付账，他坚持不可，说先由他付过十次再说。从此，每日吃馆子，看电影，星期日则远足旅行，如是者十余日，豪兴才稍疲。

鲁迅从中山大学辞职不久，许寿裳也离开中山大学，担任了大学院秘书长。鲁迅之所以能当上大学院特约撰述员，每月拿300元，就是许寿裳再次向蔡元培推荐的结果。此时的鲁迅已名扬天下成为文坛"盟主"，但他跟许寿裳的情谊丝毫不减。两人虽然不在一个城市，但每年至少相见十余次，鲁迅每次脱险后都会首先给许寿裳写信报平安。许寿裳女儿生了病，鲁迅亲自寻医问药，鲁迅还是许寿裳儿子的"开蒙先生"。1935 年 7 月，很少应酬的鲁迅甚至将手头的翻译停了下来，破例出席了许寿裳长女在上海举行的婚礼。

许寿裳和鲁迅"不是兄弟，胜似兄弟"，"无患得患失之心，惟大义凛然是见"。许寿裳曾在日记中这样讲述两人的友谊："其（鲁迅）学问文章，气节德行，吾无间然。其知我之深，爱我之切，并世亦无第二人。"鲁迅则赠言："季茀（许寿裳）他们对于我的行动，尽管未必一起去做，但总是无条件地承认我所做的都对。"许广平则感叹说："求之古人，亦不多遇。"她还回忆道：

鲁迅先生无论多忙，看到许先生来，也必放下，好像把话匣子打开，滔滔不绝，间以开怀大笑，旁观者亦觉其恰意无穷的了。在谈话之间，许先生方面，因所处的环境比较平稳，没什么起伏，往往几句话就说完了。而鲁迅先生却是倾吐的，像水闸，打开了，一时收不住；又像汽水，塞去了，无法止得住；更像是久居山林了，忽然遇到可以谈话的人，就不由自己似的。在许先生的同情、慰藉、正义的共鸣之下，鲁迅先生不管是受多大的创伤，得到许先生的谈话之后，像波涛汹涌的海洋的心境，忽然平静宁帖起来了。

"同声相应，同气相求"

"友谊是两颗心真诚相待，而不是一颗心对着另一颗心敲打。"鲁迅和许寿裳终生之所以如此亲密，除了同学、同乡、同事之情外，更重要的是因为两人性情相近，所走的道路相同，同声相应，同气相求，同频才能同行。

许寿裳首先是鲁迅的战友，曾公开为鲁迅辩解道："有人以为鲁迅好骂，其实不然，我从不见其谩骂，而只见其慎重谨严。他所攻击的，虽间或系对个人，但因其人代表着某一种世态，实为公仇，决非私怨。而且用语极有分寸，不肯溢量，仿佛等于过称似的。要知道，倘说良家女子是婊子，才是骂，说婊子是婊子，那能算是骂呢？"许寿裳也是鲁迅的伙伴，他的年纪比鲁迅小，却像哥哥一样照顾着比自己大的鲁迅。在周氏兄弟失和这件事上，许寿裳明显站在鲁迅一边，乃至取代周作人成了鲁迅最亲密的"兄弟"。许寿裳本身也是著名的教育家、学者、传记作家，与鲁迅一样立志觉醒国民，振兴国家。他历任北京大学、中山大学、西北联大等多所高校教授，还曾任女师大校长、江西教育厅厅长、大学院秘书长，桃李满天下，被学生喻为"进步与自由的灯塔"。他写的《章炳麟传》还是中国最早的一部章太炎评传。

1936 年鲁迅病重，许寿裳专程从北平赶去上海探望。许寿裳在《亡友鲁迅印象记》中记述当时的鲁迅"神色极惫，不愿动弹，两胫瘦得像败落的丝瓜"。鲁迅也许意识到来日无多，赠送许寿裳一首题为《亥年残秋偶作》的诗："曾惊秋肃临天下，敢遣春温上笔端。尘海茫茫沉百感，金风萧瑟走千官。老归大泽菰蒲尽，梦坠空云齿发寒。竦听荒鸡偏阒寂，起看星斗正阑干。"

1936 年 7 月 27 日，许寿裳再次来看望鲁迅。两人聊了许久，直到晚上九点多，许寿裳才告别离开。临走前，病重的鲁迅坚持送许寿裳出门，还送了许寿裳一份他新装订完成的《凯绥·珂勒惠支版画选集》，并在卷端手题道："印造此书，自去年至今年，自病前至病后，手自经营，才得成就，持赠季市^①一册，以为记念耳。”鲁迅也许意识到自己来日不多，所以送这份画册作为纪念。

不久，听闻鲁迅逝世的噩耗，许寿裳禁不住失声恸哭，“这是我生平为朋友的第一副眼泪”。因公务在身和时局问题，许寿裳不能去沪为鲁迅执拂送殡，即给许广平发去唁电："豫才兄逝世，青年失其导师，民族丧其斗士，万分哀痛，岂仅为私，尚望善视遗孤，勉承先志。"对计划去上海为鲁迅送葬的学生，许寿裳说道：

我痛失老友，心中也很难过的，目前形势不利，可以在院内开个追悼会，我请老师作报告，向你们讲讲鲁迅先生的为人，鲁迅先生每出一本书都要送我一本，他的书很多。他写的信也很多，几十年的都在，还有照片，我拿出来给你们开个展览会，到时再出布告。

让人更为感慨感动的是，鲁迅逝世后，许寿裳对鲁迅的纪念、宣传、爱护。他积极筹备出版《鲁迅全集》，多方募集"鲁迅纪念文学奖金"，大力筹建"鲁迅先生纪念委员会"，和周建人一起主编《鲁迅年谱》，并撰写了一系列情深意切的回忆文章结集为《亡友鲁迅印象记》《我所认识的鲁迅》《鲁迅传》等研究鲁迅的必读书目。在《亡友鲁迅印象记》一书中，许寿裳称自己与鲁迅"晨夕相见者近二十年，相知之深有如兄弟"。

1937 年 1 月，许寿裳到上海万国公墓鲁迅墓地悼念鲁迅，归途中吟成一首悼诗："身后万民同雪涕，生前孤剑独冲锋。丹心浩气终黄土，长夜凭谁叩晓钟。"许寿裳还给予许广平无微不至的照顾，许广平对此感激地说："许先生不但当我是他的学生，更兼待我像他的子侄。鲁迅先生逝世之后，十年间人世沧桑，家庭琐事，始终给我安慰，鼓励，解纷；知我，教我，谅我，

---

① 季市，指季茀（许寿裳）。

助我的，只有他一位长者。"此后多年，许寿裳也致力于宣扬鲁迅思想及其作品。

鲁迅与许寿裳生死不渝的友谊是中国近现代史上不多的友情佳话，不亚于古代伯牙子期高山流水遇知音的故事，也让今天的我们备感温暖。

鲁迅与郁达夫："交谊至深，感情至洽"

相遇之际，就随便谈谈。

我和鲁迅是交谊之深，感情之洽，很合得来的朋友。

　　鲁迅有许寿裳这样的老朋友，也有郁达夫这样的小兄弟。"醉眼朦胧上酒楼，《彷徨》《呐喊》两悠悠。"这句郁达夫的诗很准确地评价了鲁迅及其作品。鲁迅与郁达夫在性格、年龄、文艺观等方面都有很大差异，但他们两人关系非常密切、融洽。鲁迅生前曾列郁达夫为"知人"，郁达夫也曾说："人们知道我和鲁迅思想不同，性格迥异，却不知道我和鲁迅是交谊至深，感情至洽，很合得来的朋友。"此外，鲁迅对郁达夫有很大影响，尤其是对郁达夫的人生有重要影响，郁达夫对评价鲁迅、传承鲁迅的思想精神也有重要贡献。

"相遇之际，就随便谈谈"

1896 年 12 月 7 日，郁达夫出生于浙江富阳，3 岁时父亲因病去世，家道中落。"九岁题诗四座惊，阿连少小便聪明。"郁达夫 9 岁就开始写诗，11 岁时进了新式学堂读小学，13 岁时学英语，并在此期间广泛阅读了中国历史书籍、优秀诗歌散文、戏剧作品，为以后的成就奠定了坚实的基础。

1911 年，郁达夫先就读于嘉兴府中学堂后转入杭州府中学堂，和徐志摩为同宿舍同学，继续大量阅读书籍。1913 年，郁达夫随兄郁曼陀到日本留学，初入东京第一高等学校预科读书，和郭沫若、张资平同学，后到第八高等学校学习。在第八高等学校读书期间，郁达夫阅读了大量世界文学名著，创作了大量诗歌，并开始尝试写小说。1919 年郁达夫升入东京帝国大学经济学部，1921 年创作了《沉沦》《南迁》《银灰色的死》等小说并于同年结集为《沉沦》出版，在国内文坛引起强烈震动。《沉沦》是我国第一本现代白话小说集，比鲁迅的《呐喊》还要早。

1921 年，郁达夫还和郭沫若、成仿吾、张资平、田汉、郑伯奇等人创办了创造社。郁达夫在 1921 年 9 月 29 日上海《时事新报》发表《创造》季刊的出版预告，宣言了创造社的宗旨："自文化运动发生后，我国新文艺为一二偶像所垄断……创造社同仁奋然兴起打破社会因袭，主张艺术独立，愿与天下之无名作家共兴起而造成中国未来之国民文学。"

1922 年郁达夫从东京帝国大学毕业后回国，一面继续创作，一面积极参与创造社刊物编辑工作，如范伯群、曾华鹏在《郁达夫评传》中所言："这时，创造社同时刊行季刊、周报、日报三种刊物，此外还编辑出版了'创造社丛书'和'辛夷小丛书'两套丛书中的一些作品。这无疑是这个文学团体成立以后最活跃、最兴旺的全盛时期，而这又是和郁达夫所作的贡献分不开的。"

1923 年，郁达夫被推荐到北京大学担任统计学讲师，由此和鲁迅相识。这一年 2 月 17 日，应周作人邀请，郁达夫在参加北大同人饭局上结识了鲁迅，他后来回忆道："我们谈的话，已经记不起来了，但只记得谈了些北大教员中间的闲话，和学生的习气之类。"十天后，郁达夫又宴请鲁迅等北大同人，并于 1923 年 11 月 22 日拜访鲁迅，还赠签名本《莺萝集》一册。之后，郁达夫和鲁迅见面并不太多，他想和鲁迅联合办刊物的愿望也没有实现。不久，郁达夫离开北平到武昌师范大学教书，和鲁迅失去联系，直到 1927 年两人共同定居上海后才密切交往。鲁迅于 1927 年 10 月到上海后的第三天便在李小峰宴席上遇见郁达夫，郁达夫次日又邀请鲁迅聚餐，之后交往频繁，鲁迅日记中出现郁达夫的次数达 211 次。

在上海，郁达夫和鲁迅合办了《奔流》杂志，实现了他们之前合办杂志的心愿，二人致力于"介绍真正革命文艺的理论和作品"。郁达夫还和鲁迅一起并肩同创造社、太阳社论争，一起列名为自由大同盟发起人，联名发表《中国文学家对于英国知识阶级及一般民众宣言》《上海文化界告世界书》等，并打算一起翻译《高尔基全集》。郁达夫经常去鲁迅家，有时一天去两次，有时郁达夫去鲁迅家也不是谈工作，而是纯粹吐吐槽顺便带走点东西，如郁达夫 1929 年在日记中写道：

午后打了四圈牌，想睡睡不着，出去看鲁迅，还以 Max Stimer 的书一本，谈了一小时的天。临走他送我一瓶陈酒，据说是绍兴带出来者，已有八九年的陈色了，当是难得的美酒，想拣一个日子，弄几碟好菜来吃。

鲁迅和郁达夫还经常一起外出散步，郁达夫就像个调皮可爱的弟弟，而鲁迅则是稳重包容的大哥，还经常被弟弟逗得大笑。日本友人金子光晴对此回忆道："在散步途中，两人似乎总有些说不尽的话要谈，而且说话的又总是郁先生，鲁迅脸上那稀疏的胡子下垂着，一直在嗯、嗯地点头。"

"小弟"郁达夫对"大哥"鲁迅非常尊敬，如王映霞所言："郁达夫一生最尊崇最可信赖的朋友，可以说就是鲁迅，鲁迅也最了解他。"在鲁迅被批判时写《革命广告》等文章声援鲁迅，对鲁迅的作品也一直予以极高评价，如1923年《呐喊》刚出版时，郁达夫就向郭沫若推荐说这本书很有一读的价值，他对鲁迅的感情，曾被郭沫若称为"有点近于崇拜"；1928年，郁达夫在文章《对于社会的态度》中又评价鲁迅及其作品道："对他的人格，我是素来知道的；对他的作品，我也有一定的见解。我总以为作品的深刻老练而论，他总是中国作家中的第一人者。我从前是这样想，现在也这样想，将来总也是不会变的。"1933年，他还说："我以为鲁迅的'阿Q'是伟大的……"

在为《中国新文学大系》选编《散文二集》时，郁达夫竟选编了鲁迅24篇文章，认为鲁迅杂文的艺术魅力在于"文体简练""幽默味"，"能以寸铁杀人，一刀见血"；对于《两地书》，郁达夫认为是"味中有味，言外有情"；对于鲁迅本人，郁达夫也准确评价道："在鲁迅刻薄的表皮上，人只见到了他的一张冷冰的青脸，可是皮下一层，在那里潮涌发酵的，却正是一腔沸血，一股热情。"在生活中，郁达夫对鲁迅也非常关心，曾调解鲁迅与北新书局老板李小峰的版税纠纷，曾因惦记鲁迅安危而在报上刊登过寻找鲁迅的启事，也牵线搭桥使鲁迅加入了"左联"。

鲁迅一向看不惯创造社人的"创造脸""创造气"，对创造社元老郁达夫却非常关心、爱护，经常称赞郁达夫文章，在《中国新文学大系·小说三集》中选编了《沉沦》《采石矶》《茑萝行》《春风沉醉的晚上》《过去》等多篇郁达夫文章。1932年日本作家增田涉在编选《世界幽默集》中国部分时，鲁迅向他推荐了郁达夫的小说《二诗人》，鲁迅还将郁达夫作品《迟桂花》编入中国短篇小说英译本《草鞋脚》，对郁达夫的约稿等要求他常常"漫应之曰：那是可以的"[①]。1936年4、5月间，美国记者斯诺采访鲁迅，问

---

① 出自鲁迅杂文集《伪自由书》中《前记》。

到"五四"以来中国最优秀的小说作者有谁，鲁迅也提到了郁达夫。

对于对郁达夫的攻击，鲁迅也向来回护，如鲁迅在《扣丝杂感》中写道："先前偶然看见一种报上骂郁达夫先生，说他《洪水》上的一篇文章，是不怀好意，恭维汉口。我就去买《洪水》来看，则无非说旧式的崇拜一个英雄，已和现代潮流不合，倒也看不出什么恶意来。"在《怎么写（夜记之一）》中鲁迅写道："我在电灯下回想，达夫先生我见过好几面，谈过好几回，只觉他稳健和平，不至于得罪于人，更何况得罪于国。"当时有人认为郁达夫文章颓废，不让郁达夫参加"左联"，鲁迅却说郁达夫的颓废是可以原谅的而力主让郁达夫加入了"左联"。

总之，郁达夫和鲁迅的关系非常融洽，鲁迅对此称："我和达夫先生见面得最早，脸上也看不出那么一种创造气，所以相遇之际，就随便谈谈。"[①]即二人是可以随便聊天的朋友。郁达夫也说："我和鲁迅是交谊之深，感情之洽，很合得来的朋友。"郁达夫妻子王映霞也回忆道："我们四个人无拘无束地在一起谈谈说说是经常事。"鲁迅对当时的郁达夫也有着重要影响，范伯群、曾华鹏在《郁达夫评传》中认为："由于两人的相识相知，在郁达夫处于腹背受敌的日子里，鲁迅的深厚情谊是支持他度过困难的力量之一，正是鲁迅真诚的友谊温暖了他的心，鲁迅的崇高品格激发他积极向上的热情，鲁迅面对白色恐怖和层层围剿所表现的大无畏精神，鼓舞他继续为进步事业奋斗的信心。"

后来，郁达夫和王映霞相恋并迁居杭州，鲁迅特写两首诗劝阻。

第一首写道：

洞庭木落楚天高，眉黛猩红浣战袍。泽畔有人吟不得，秋波渺渺失离骚。

---

① 出自鲁迅杂文集《伪自由书》中《前记》。

第二首写道：

钱王登遐仍如在，伍相随波不可寻。平楚日和憎健翮，小山香满蔽高岑。坟坛冷落将军岳，梅鹤凄凉处士林。何似举家游旷远，风波浩荡足行吟。

鲁迅劝郁达夫不要陷入儿女情长，认为杭州也不是远离是非之地。

郁达夫迁居杭州后，和鲁迅见面机会少了，但每次郁达夫去上海，总会去见鲁迅，并帮上海书店、报刊向鲁迅约稿，如鲁迅给黎烈文编的《自由谈》供稿，最初便是郁达夫邀请的，《自由谈》成为鲁迅晚年最主要的"阵地"，鲁迅共在《自由谈》上发表了143篇杂文。郁达夫在《回忆鲁迅》中回忆道："尤其是当鲁迅对编辑者们发脾气的时候。做好做歹，仍复替他们调停和解这一角色，总是由我来担当。所以，在杭州住下的两三年中，光是为了鲁迅之故，而跑上海的事情，前后总也有好多次。"郁达夫也曾写诗致鲁迅，高度评价了鲁迅的文学业绩："醉眼朦胧上酒楼，《彷徨》《呐喊》两悠悠。群氓竭尽蚍蜉力，不废江河万古流。"

后来，郁达夫去了福建担任省府参议兼省政府公报室主任，和鲁迅见面机会就更少了。在鲁迅去世前两个月，郁达夫回上海，鲁迅告诉郁达夫他的病情，并和郁达夫相约秋后去日本疗养。

"可是从此一别，我就再也没有和他作长谈的幸运了。"

"我以我血荐轩辕"

1936年10月19日，鲁迅逝世。郁达夫当日正在一个饭馆吃饭，从同席的一位日本记者处听闻这一噩耗而不敢相信，不等吃完饭就走了。当他回到报馆里证实这一消息后，郁达夫立即拟了一个电报给许广平："转景宋女生鉴乍闻鲁迅噩耗未敢置信万祈节哀郁达夫叩。"第二天，郁达夫就启程赶回上海参加鲁迅丧礼，在船上手书"鲁迅虽死，精神当与我中华民族永存"。10月24日，郁达夫便写了著名的《怀鲁迅》，深刻指出：

没有伟大的人物出现的民族，是世界上最可怜的生物之群；虽有了伟大人物，而不知拥护、爱戴、崇拜的国家，是没有希望的奴隶之邦。因鲁迅的一死，人们自觉作出了民族的尚有可为；也因鲁迅之一死，人家看出了中国还是奴隶性很浓厚的半绝望国家。

鲁迅去世后，郁达夫参加了为筹备出版日译《大鲁迅全集》的编辑工作会议，写了《鲁迅的伟大》《对于鲁迅死的感想》《鲁迅先生逝世一周年》《鲁迅逝世三周年纪念》《回忆鲁迅》等十多篇怀念鲁迅的文章，给予了鲁迅崇高而准确的评价。如他在《鲁迅的伟大》中写道："当我们见到局部时，他见到的却是全面；当我们热衷去掌握现实时，他已把握了古今与未来。要全面了解中国的民族精神，除了读《鲁迅全集》以外，别无捷径。"他在《对于鲁迅死的感想》中认为"鲁迅虽死，精神当与我中华民族同在"；在《鲁迅逝世三周年》中说自己"崇拜他的人格"，鲁迅是"一位值得崇拜的对象"。郁达夫写的散文《回忆鲁迅》中描写鲁迅尤具神韵非常精彩，可以和萧红的《回忆鲁迅先生》相媲美。1936年12月郁达夫访问台湾，在与文学青年交流的座谈会上，他还指出"《阿Q正传》一定会流传后世"。

全面抗战爆发后，郁达夫继承鲁迅的遗志继续战斗，参加了许多支援抗战的活动，如担任福州文化界救亡协会理事长、政治部第三厅设计委员等，撰写了大量宣传抗日救国的文章，做到了他在《鲁迅先生逝世一周年》中所言的："纪念先生最好的方法，莫过于赓续先生的遗志，拼命地去和帝国主义侵略者及黑暗势力奋斗。"1938年底，郁达夫应邀奔赴新加坡编辑报刊，"上南洋去作海外宣传"，继续撰文或募集捐款支持抗日，继续经常撰写和登载弘扬鲁迅业绩的文字，还曾动员新加坡青年捐款资助困在上海的鲁迅遗属及募款捐助延安鲁迅艺术学院,还写信向许广平约稿,请她"多写些杂文或回忆鲁迅的东西"。

1941 年 12 月太平洋战争爆发后,郁达夫离开新加坡辗转抵达苏门答腊一个名为巴爷公务的小镇,在此度过了他生命中最后三年。郁达夫在此先是开办了一家酒厂,后被迫担任日本宪兵部翻译,但郁达夫在做翻译期间暗中救助了不少印尼人和华侨。抗战胜利后,为了防止郁达夫泄露日军罪行,郁达夫被日寇暗杀,具体被害日期和遗体都不为人知,践行了鲁迅所言的"我以我血荐轩辕"。

"最关键的相通之处"

论影响力和作品风格,鲁迅和郁达夫有些类似于当年的韩寒与郭敬明,鲁迅的作品像韩寒一样"叛逆",郁达夫的作品像郭敬明小说一样反映年轻人的忧伤,也都是当时年轻人的偶像。他们一冷一热一刚一柔,一个倡导"写人生",一个鼓呼"为艺术",又相差 15 岁,为什么却能够关系如此密切、融洽呢?

郁达夫自己说:"至于我个人和鲁迅的交谊呢,一则因系同乡,二则因所处的时代,所看的书,和所与交游的友人,都是同一类属的缘故。"著名学者许子东在《郁达夫新论》中认为,郁达夫与鲁迅有着基本接近的社会政治观,如都极端憎恶黑暗势力,唾弃封建礼教,鼓吹社会革命,也因为都有着贯穿古今的渊博学识和融会中西的文学素养而有着共同语言,且"正直的人格、直率的品质,是两位作者精神上最关键的相通之处"。最后一个原因应是最重要的,鲁迅与人交往其实最看重的是个人品质,尤其是否真诚、质朴，和鲁迅关系密切的作家如胡风、冯雪峰、巴金、柔石等都有这个特点。

鲁迅和郁达夫的诗歌、散文、小说、日记等作品在题材、结构、书写方式等方面有很多不同，尤其是风格有很明显的不同，如许子东在《郁达夫新论》中所言：

郁达夫是直抒胸臆，主观色彩显露于浓烈的清浊混杂的情绪宣泄之中；鲁迅是冷峻地写实，感情炽火蕴藏于深沉凝重的笔锋之下。郁达夫的抒情，显示了笔调的清新，行文的畅达，虽直露酣畅又不失其哀婉、细腻与纤美；鲁迅的写实，则需要白描的笔触，洗练的线条，于含蓄幽默中见浓度、深度、力度。

两人作品风格的不同源于鲁迅与郁达夫在性格、文艺观等方面的差异。鲁迅性格刚毅深沉，郁达夫性格柔软脆弱，尤其是鲁迅更主张文学创作是在"为人生"，旨在"唤醒国民的灵魂"；而郁达夫则践行着文学"为艺术"，重在表现自我。

但郁达夫与鲁迅的作品及为人实际上也有很多相同，如两人小说、杂文、散文、古体诗都成就斐然，都富有爱国感情、人道关怀、独立人格，都对封建礼教、社会黑暗充满批判，都追求进步，都呼唤个性、思想等解放。两人本质上都是"战士"和"文人"，只不过鲁迅在"战士"方面色彩多些，郁达夫在"文人"方面色彩多些。

鲁迅是"战士"是凡人，其实也是文人，有着难以磨灭的文人习性和情怀。他虽然是新文化的旗手，但他也非常喜欢看古书，经常写文言文和旧体诗，还有着印笺纸、抄古碑、刻闲章等文人雅好。如鲁迅一边骂着郑振铎编的《小说月报》，一边还写了很多信给郑振铎，讨论怎样印笺谱、怎样印得精良考究。在精神方面，鲁迅则有着文人常见的敏感多疑、悲凉绝望等特性，当然也有仁爱、慈悲等优点。他写过斗志昂扬的《呐喊》，也写过泛着愁绪的《彷徨》；写过无数匕首般的杂文，也写过自艾自怜的《野草》；更写过充满柔情蜜意的《两地书》和富有学术价值的《中国小说史略》。

此外，鲁迅还和所有的文人一样喜欢读书，别人嗜书如命，他嗜书如打牌，他在《读书杂谈》里说："嗜好的读书，该如爱打牌的一样，天天打，夜夜打，连续的去打，有时被公安局捉去了，放出来之后还是打。"鲁迅从小就阅读过大量中国传统的典籍与野史异闻之类的书籍，在南京求学时，鲁迅曾经在冬天将买新棉裤的钱拿去买了自己喜欢的书，为了不使棉裤上的破洞被别人发现，他就用墨汁涂黑纸片来修补棉裤。后来，他也是经常将省吃俭用省下来的钱拿去买书，每年购书费用甚巨。据鲁迅日记中的"书账"统计，他一生购书约 3000 多种，共 9600 余册，还包括 6900 多种汉代画像石拓片。再加上其他来源，鲁迅藏书被保存下来的就达 14000 多册。鲁迅对书也都珍爱有加，如果新购或别人寄赠的书上有污迹与皱褶的地方时，鲁迅一般会亲自清洁或修补，寄给别人的书也都经过仔细包装。

鲁迅是伟大的思想家不假，但首先是伟大的文学家，他的思想寄托在文字上，如学者姜异新所言："文艺始终是高悬在鲁迅上空的璀璨灯火，烛照了其一生的航向。"鲁迅也一向重视文艺的作用，曾在《呐喊》捷克译本序言中道："自然，人类最好是彼此不隔膜，相关心。然而最平正的道路，却只有用文艺来沟通，可惜走这条道路的人又少得很。"

鲁迅与郁达夫关系密切亦师亦友亦兄弟，尤其是鲁迅对郁达夫的人生影响很大，总体上让郁达夫在不断"颓废"中继续前行。"醉眼朦胧上酒楼，《彷徨》《呐喊》两悠悠"，郁达夫与鲁迅也可谓"两悠悠"。而且，鲁迅对郁达夫有很大影响，这种影响反映了鲁迅对觉醒青年的影响。鲁迅、陈独秀、李大钊、蔡元培、胡适等"新青年"的努力终究功不唐捐，"觉醒年代"开花结果已有续篇，无数国人已经觉醒，中国这"沉睡的雄狮"也已醒来。

主要参考书目

鲁迅，《鲁迅全集》，人民文学出版社，2005 年

陈漱渝，《一个都不宽恕：鲁迅和他的论敌》，人民日报出版社，2010 年

房向东，《鲁迅与他的论敌》，上海书店出版社，2007 年

李伶伶，《鲁迅向左、新月向右》，江苏文艺出版社，2012 年

林贤治，《人间鲁迅》，人民文学出版社，2010 年

林贤治，《鲁迅的最后十年》，复旦大学出版社，2011 年

谢泳，《胡适还是鲁迅》，中国工人出版社，2003 年

房向东，《鲁迅是非》，东方出版中心，2008 年

喻名乐，《平凡人鲁迅》，华文出版社，2008 年

Jojn Derry Chinnery（秦乃瑞），《鲁迅的生命和创作》，中国国际广播出版社，2014 年

子通，主编，《鲁迅评说八十年》，中国华侨出版社，2005 年

朱正，《被虚构的鲁迅：〈鲁迅回忆录〉正误》，海南出版社，2013 年

朱正，《鲁迅的人际关系：从文化界教育界到政界军界》，中华书局，

2015 年

刘再复，《鲁迅传》，人民日报出版社，2010 年

陈濑渝，《鲁迅正传》，江苏文艺出版社，2010 年

周海婴、周令飞，《鲁迅是谁》，金城出版社，2011 年

鲁迅博物馆／鲁迅研究室／《鲁迅研究月刊》选编，《鲁迅回忆录》，
北京出版社，1999 年

曹聚仁，《鲁迅评传》，复旦大学出版社，2006 年

葛涛，《鲁迅的五大未解之谜》，东方出版社，2003 年

马建强，《民国先生》，广西师范大学出版社，2013 年

龙平平，《觉醒年代》，安徽人民出版社，2021 年

左玉河，《五四那批人》，万卷出版公司，2019 年

石钟扬、石霁：《永远的新青年——陈独秀与五四学人》，东方出版中心，
2020 年

汪兆骞，《文坛亦江湖：大师们的相重与相轻》，现代出版社，2016 年

汪兆骞，《民国清流——那些远去的大师们》，现代出版社，2015 年

吴海勇，《时为公务员的鲁迅》，广西师范大学出版社，2005 年

唐宝林，《陈独秀全传》，社会科学文献出版社，2013 年

郭德宏、张明林，《李大钊传》，红旗出版社，2016 年

顾艳，《译界奇人：林纾传》，作家出版社，2016 年

丁仕原，《章士钊与近代名人》，中国文史出版社，2006 年

白吉庵，《章士钊传》，作家出版社，2004 年

董大中，《高鲁冲突》，中国工人出版社，2007 年

董大中，《鲁迅与高长虹》，河北人民出版社，1999 年

顾潮、顾洪，《顾颉刚评传》，百花洲文艺出版社，2010 年

四正，《梁实秋作品精选》，长江文艺出版社，2004 年

梁实秋，《梁实秋自传》，江苏文艺出版社，1996 年

刘炎生，《潇洒才子梁实秋》，湖北人民出版社，2006 年

刘小清，《红色狂飙：左联实录》，人民文学出版社，2004 年

吴家荣，《阿英传论》，安徽教育出版社，2002 年

黄侯兴，《郭沫若正传》，江苏文艺出版社，2010 年

罗银胜，《周扬传》，文化艺术出版社，2009 年

孙郁、黄乔生，《周氏兄弟》，河南大学出版社，2004 年

朱正，《鲁迅三兄弟》，复旦大学出版社，2010 年

钱理群，《周作人正传》，江苏文艺出版社，2010 年

胡适，《胡适自传》，金城出版社，2013 年

邵建，《20 世纪的两个知识分子：胡适与鲁迅》，光明日报出版社，
2008 年

韩石山，《少不读鲁迅　老不读胡适》，陕西人民出版社，2012 年

唐德刚，《胡适杂忆》，广西师范大学出版社，2005 年

杨小曼，《胡适全传》，华中科技大学出版社，2013 年

房向东，《鲁迅与胡适："立人"与"立宪"》，河北人民出版社，
2011 年

陈濑渝、宋娜，《胡适与周氏兄弟》，湖北人民出版社，2007 年

钱锁桥，《林语堂传：中国文化重生之道》，广西师范大学出版社，
2019 年